Sonnenhof
nach Braunshart
Alter Steinbruch
Eichkopf
Panoramaweg
Römerkastell
„Autobahn"
Forsthaus
Waldsee
Seufzerbrocken
Forsthaus
Amselhof

Elena – Ein Leben für Pferde

Schatten über dem Turnier

Nele Neuhaus, geboren 1967 in Münster/Westfalen, lebt heute im Taunus. Sie reitet seit ihrer Kindheit und schreibt bereits ebenso lange. Nach ihrem Jurastudium arbeitete sie zunächst in einer Werbeagentur, bevor sie begann, Erwachsenenkrimis zu schreiben. Mit diesen schaffte sie es auf die Bestsellerlisten und verbindet nun ihre zwei größten Leidenschaften: Schreiben und Pferde. Ihre eigenen Pferde Fritzi und Won Da Pie standen dabei Pate für die gleichnamigen vierbeinigen Romanfiguren. Von Nele Neuhaus ist auch die Reihe „Charlottes Traumpferd" bei Planet! erhältlich. **www.neleneuhaus.de**

Elena – Ein Leben für Pferde bei Planet!:

Elena – Ein Leben für Pferde
Bd. 1: Gegen alle Hindernisse

Elena – Ein Leben für Pferde
Bd. 2: Sommer der Entscheidung

Elena – Ein Leben für Pferde
Bd. 3: Schatten über dem Turnier

Elena – Ein Leben für Pferde
Bd. 4: Das Geheimnis der Oaktree-Farm

Elena – Ein Leben für Pferde
Bd. 5: Ihr größter Sieg

Elena – Ein Leben für Pferde
Bd. 6: Eine falsche Fährte

Nele Neuhaus

Elena

Schatten über dem Turnier

PLANET!

Für Simone.
Und für Zoé, sobald sie lesen kann.

1. Kapitel

»Elena!« Die Stimme meines Vaters klang ungeduldig. »Was brauchst du denn so lange? Es ist schon halb sieben!«

»Ich komm sofort!«, rief ich zurück. Ich hatte eine halbe Stunde gebraucht, um meine Fingernägel einigermaßen sauber zu kriegen und jetzt wurde die Zeit knapp. Mein Bruder Christian tauchte hinter mir im Badezimmer auf und vor Schreck rutschte mir der Eyeliner ab.

»Mist!«, fluchte ich und versuchte ungeschickt, mit einem Wattestäbchen den Schaden zu beheben.

»Was hast du denn heute noch vor?«, erkundigte sich Christian spöttisch. »Willst du irgendwen zu Tode erschrecken?«

»Ach, halt die Klappe«, erwiderte ich verärgert. Schminken war überhaupt nicht mein Ding, aber heute Abend würde ich zum ersten Mal in meinem Leben auf einen Reiterball gehen und da wollte ich ganz besonders gut aussehen. Leider war momentan das absolute Gegenteil der Fall. Über und unter meinen Augen prangten dicke schwarze Balken, meine Wimpern sahen aus wie zusammengeklebte Spinnenbeine. Immer wenn ich mit dem Eyeliner einen schmalen Strich über das Augenlid malen wollte, begann meine Hand unkontrolliert zu zittern und meine Lider zuckten.

»Hier.« Christian hielt mir einen Waschlappen hin. »Mach's lieber weg, bevor dich jemand so sieht. Ist ja peinlich.«

Ich funkelte meinen Bruder wütend an, schnappte die Dose mit Augen-Make-up-Entferner und rubbelte hektisch mit einem ölgetränkten Pad an meinen Augen herum.

»Warum hast du dich überhaupt so in Schale geworfen?«, fragte ich. »Ich dachte, du wolltest in Jeans gehen.«

»Ich hab's mir anders überlegt. Schließlich werde ich heute Abend als Hessenmeister geehrt«, antwortete er und betrachtete sein Spiegelbild mit einem zufriedenen Lächeln. »Ich find, ich seh cool aus. Oder?«

Er trug einen dunklen Anzug, ein weißes Hemd und sogar eine Krawatte, seine dunklen Haare hatte er mit Gel nach hinten frisiert.

»Ja, total cool«, bestätigte ich, konnte mir aber eine kleine Spitze nicht verkneifen. »Wie Justin Bieber im Kommunionanzug.«

Sein Lächeln erlosch schlagartig. »Das stimmt nicht«, widersprach er. »Aber du siehst aus wie Winnetous Schwester auf dem Faschingsball.«

Mir kamen die Tränen, denn er hatte recht. Ich sah gruselig aus. Durch die Rubbelei hatten sich Wimperntusche und Eyeliner großflächig verteilt, meine Haut war fleckig und glühte dunkelrot und meine Augen brannten wie Feuer.

»Sag mal, wo bleibt ihr denn bloß?« Jetzt erschien auch Mama im Badezimmer. Ihr Blick fiel auf mein Gesicht im

Spiegel. »Großer Gott, Elena! Was ist denn mit dir passiert?«

»Ich wollte mich doch nur ein bisschen schminken«, jammerte ich und hielt anklagend die Dose mit dem Abschminkkram hoch. »Ich dachte, das geht damit weg!«

»Das nützt nichts bei wasserfester Schminke.« Mama musste auch lachen. »Komm mit nach unten. Das kriegen wir wieder hin.«

»Warte noch einen Moment!«, gluckste Christian amüsiert, »lass mich noch schnell ein Erinnerungsfoto für Tim machen.«

»Untersteh dich!« Ich tastete mich halb blind die Treppe hinunter, vorbei an Papa, der schon mit dem Autoschlüssel in der Hand im Flur stand und mich mit offenem Mund anblickte.

»Zwei Minuten«, sagte Mama und zog mich ins Elternbadezimmer. »Setz dich auf den Klodeckel und mach die Augen zu.«

»Warum können das die Mädchen in meiner Klasse und ich nicht?«, beklagte ich mich, während sie mein verhunztes Gesicht mit einer Flüssigkeit abrieb.

»Weil die nichts Besseres zu tun haben, als stundenlang vor dem Spiegel zu stehen und zu üben«, erwiderte Mama. »Außerdem bin ich mir nicht sicher, ob sie das wirklich *können*. Sich zu schminken, dass man ungeschminkt aussieht, ist nämlich eine echte Kunst. So, noch etwas Puder drauf, damit es nicht so glänzt. Und fertig!«

Ich schlug die Augen auf und erhob mich. Winnetous Schwester war verschwunden, aus dem Spiegel blickte mir wieder mein vertrautes Gesicht entgegen.

»Danke, Mama«, sagte ich erleichtert.

»Gern geschehen.« Sie grinste und schob mich aus dem Bad. »Du hast die Schminkerei gar nicht nötig. Aber wenn du willst, zeige ich dir mal ein paar Tricks.«

Zehn Minuten später saßen wir im Auto und Papa hielt noch einmal kurz an der Bushaltestelle am Rathaus, wo Melike auf uns wartete. Natürlich hatte Christian nichts Besseres zu tun, als meiner besten Freundin sofort von meinem fehlgeschlagenen Schminkversuch zu erzählen.

»Einer, der Justin Biebers Kommunionanzug auf dem Reiterball anzieht, sollte besser ganz still sein«, sagte ich. Melike kicherte und Christian kniff mich in den Arm und zischte: »Indianersquaw!«

Für Papa und Mama war es das erste Mal seit vielen Jahren, dass sie wieder auf den jährlichen Kreisreiterbund-Ball gingen. Diesmal gab es für unsere Familie ein paar erfreuliche Gründe, denn Christian und Papa waren im letzten Sommer in Eschwege Hessenmeister geworden und ich hatte im Herbst die Kreismeisterschaften meiner Leistungsklasse mit Quintano gewonnen. Wir würden also alle drei geehrt werden. Genau wie Tim als erfolgreichster Juniorenreiter Hessens, der bei den deutschen Meisterschaften Dritter geworden war.

Die Stimmung war prima und ich erinnerte mich an andere Autofahrten mit meinen Eltern vor noch nicht allzu langer Zeit, auf denen sich die beiden entweder gestritten oder angeschwiegen hatten. Viel war geschehen, seit dem unglückseligen Tag, an dem der Gerichtsvollzieher auf dem Amselhof aufgetaucht war und meine Eltern erfahren hatten, dass der Hof zwangsversteigert werden sollte, weil mein Opa einen Riesenhaufen Schulden bei der Bank gemacht hatte. Finanzielle Probleme hatten wie düstere Schatten über der Familie und dem Amselhof gehangen und es war für mich nicht einfacher geworden, als ich mich in Tim Jungblut verliebte. Tim war der einzige Junge, in den ich mich nicht hätte verlieben dürfen, denn er war der Sohn von Richard Jungblut, dem der Sonnenhof gehörte. Zwischen den Jungbluts und meiner Familie herrschte seit Ewigkeiten eine tief verwurzelte Feindschaft und Christian hatte Tim überdies noch dafür gehasst, dass der auf Turnieren oft besser war als er selbst. Papa und Mama hatten so lange gestritten, bis Mama ihren Koffer gepackt hatte und zu ihren Eltern gefahren war. Damals hatte ich befürchtet, wir müssten den Amselhof verkaufen, denn Papa hatte Opas Schulden übernehmen müssen. Mein einziger Lichtblick zu dieser Zeit war mein Hengst Fritzi gewesen, den ich heimlich mit Tim und Melike auf einer Waldwiese trainiert hatte. Aber dann wurde alles besser. Papa hatte sein bestes Pferd Lagunas gut verkaufen und damit einen großen Teil der Schulden abbezahlen können. Mama war zurückgekommen und seit der Hessenmeisterschaft in Eschwege im Sommer waren Christian und Tim Freunde, denn Tim hatte meinem Bruder das Leben gerettet. Ja, so viel hatte sich verändert! Tim konnte nun immer auf den Amselhof kommen und das tat er oft, denn auch bei ihm war alles anders geworden. Sein schrecklicher Vater saß seit dem vergangenen Sommer im Gefängnis und wartete auf seinen Prozess, weil er mit einer ganzen Bande überall in Deutschland Pferde gestohlen und andere schlimme Dinge getan hatte.

Mein Handy piepste, als wir auf den Parkplatz der Mehrzweckhalle in Griesheim fuhren, in der in diesem Jahr der

Reiterball stattfinden sollte. Es war eine SMS von Tim. »*Muss noch Heu geben und füttern und auf Gina aufpassen, bis meine Mom zurück ist. Wird später, sorry! Kuss, T.*«

»Tim kommt erst später«, verkündete ich leicht enttäuscht. »Er muss noch füttern.«

»Was wird jetzt eigentlich aus dem Sonnenhof?«, fragte Melike.

»Keine Ahnung.« Ich zuckte die Achseln. »Tims Mutter kümmert sich wohl null um den Stall.«

»Gerade heute Nachmittag haben Engelbert Maiwald und Corinna Faist angerufen, dass sie gerne zurück auf den Amselhof kommen würden«, sagte Mama. »Ihnen gefällt es wohl nicht mehr auf dem Sonnenhof.«

»Bloß die nicht!«, rief Christian, der die ganze Fahrt über Nachrichten in sein Handy getippt hatte.

»Wir haben momentan sowieso keine Boxen frei«, erwiderte Papa. »Nicht zuletzt dank Lajos ist alles voll. Und bis der neue Stall fertig ist, wird es sicher Januar oder Februar.«

Dr. Lajos Kertéczy war Tierarzt und ein alter Freund von Papa und Mama. Auch er war in das dunkle Familiengeheimnis verwickelt, das zu der Feindschaft zwischen Tims und meiner Familie geführt hatte. Lange Jahre war Lajos im Ausland gewesen, bevor er ins alte Forsthaus mitten im Wald gezogen war, das Tims Opa Friedrich Gottschalk gehörte. Melike und ich hatten Lajos zuerst für einen Pferdedieb gehalten und uns mächtig blamiert, aber das hatte er uns nicht übel genommen. Im Forsthaus hatte Lajos nicht genug Platz für seine Pferdepatienten gehabt und es war meine Idee gewesen, ihn auf den Amselhof zu holen. In der Zeit, als es uns so schlecht gegangen war, hatten viele Leute mit ihren Pferden den Amselhof verlassen und so hatte es genug Platz für Lajos' vierbeinige Patienten gegeben. Nicht zuletzt durch ihn waren neue Einsteller gekommen, unter anderem auch Kiki Denninger und ihre Bruder Fabian, Melikes Freund.

Mama hatte einen ganzen Tisch für die Leute vom Amselhof reserviert, damit wir alle zusammensitzen konnten. Ich war noch nie auf einem Reiterball gewesen und fand es irgendwie komisch, wie fremd und verkleidet all die Leute aussahen, die ich nur von Turnieren in Reithosen und Stiefeln kannte. Bei manch einem musste ich gar zwei Mal hinschauen, um ihn zu erkennen. Immer wieder blickte ich auf mein Handy und hoffte, dass Tim sich melden würde. Die Musik war zu laut und eindeutig für die Generation meiner Eltern gedacht; Papa und Mama amüsierten sich auf jeden Fall und verschwanden gleich nach dem Essen auf die Tanzfläche.

»Deine Eltern sind wie frisch Verliebte!«, schrie mir Melike ins Ohr.

Ich fand es ein bisschen peinlich, aber ich freute mich auch. Mama sah richtig glücklich aus und das hatte sie verdient, nach all dem Ärger der letzten Jahre. Mittlerweile lief alles super auf dem Amselhof. Die Zeiten, in denen die Worte »Gerichtsvollzieher« und »Zwangsversteigerung« zum täglichen Wortschatz meiner Eltern gehört hatten, waren glücklicherweise vorbei. Mit harter Arbeit, viel Energie und einer Portion Glück hatten Papa und Mama die finanzielle Krise, in die Opa den Amselhof vor zwei Jahren gestürzt hatte, bewältigt. Tims Großvater Friedrich Gottschalk, der beste Freund von meinem Opa, hatte Papa viele gute Ratschläge gegeben. Er besaß ein großes Bauunternehmen und kannte sich in finanziellen Dingen gut aus. Zuerst hatte er dafür gesorgt, dass Papa und Mama von der Bank, die Opa damals von heute auf morgen den Geldhahn zugedreht hatte, zu einer anderen Bank gewechselt waren, bei der sie nun günstigere Konditionen für ihr Darlehen bekamen. Darüber hinaus war noch ein großes Grundstück bis dahin mehr oder weniger wertlosen Ackerlandes zu Bauland geworden. Mit dem Verkaufserlös konnten die restlichen Schulden abbezahlt werden und es reichte sogar noch, um auf dem Amselhof eine zweite Reithalle mit einem zusätzlichen Stalltrakt zu bauen. Außerdem konnten endlich die kaputten Dächer, die maroden Wasserleitungen und der Hallenboden erneuert werden. Ja, die Zukunft sah für den Amselhof rosiger aus denn je und das war sicherlich mit ein Grund dafür, dass Papa und Mama so unbeschwert und fröhlich tanzten.

Ich hatte mich so hingesetzt, dass ich den Eingang des Saales im Blick behielt, und schaute abwechselnd von der Tür auf mein Handy. Es war heiß, die Luft war schlecht, Musik, Stimmengewirr und Gelächter waren so laut, dass Gespräche kaum möglich waren. Aber jedermann schien sich zu amüsieren – bis auf mich.

»Da kommt Fabian. Ich hau ab«, schrie Melike mir irgendwann zu. »Kommst du mit?«

»Ich komm nach«, schrie ich zurück. Melike verschwand eilig Richtung Tanzfläche. Ich nippte an meiner lauwarmen Cola und kontrollierte vergeblich mein stummes Handy. Allein am Tisch, der voll mit halb leer gegessenen Tellern, Gläsern, Flaschen und Blumengestecken war, fühlte ich mich so überflüssig wie ein vergessenes Mauerblümchen und wünschte mich weit fort. Christian hockte bei seinen

Kumpels, meine Eltern tanzten, als wollten sie einen Rekord aufstellen, und alle anderen aus unserem Stall waren irgendwohin verschwunden. Schließlich ließ auch ich den Tisch im Stich und durchquerte das Foyer. Draußen, vor den Glastüren, standen die Raucher in Grüppchen beieinander. Ich stieß die Tür zur Damentoilette auf und wäre fast wieder rückwärts hinausgefallen. Die Wolke aus Haarspray, Parfüm und Schweiß, die mir entgegenschlug, nahm mir beinahe den Atem. Vor den Spiegeln drängten sich Mädchen und Frauen, zupften an ihren Haaren und malten an ihren Gesichtern herum. Ich reihte mich in die Warteschlange vor den Toiletten ein. Wo blieb bloß Tim? Um halb zehn sollte auf der Bühne des Ballsaals die Ehrung der Meister stattfinden, jetzt war es schon Viertel nach neun.

»Hey«, sagte plötzlich jemand neben mir.

»Hey, Kiki«, erwiderte ich. Seit dem letzten Sommer, als Fabian und sie mit ihren Pferden Carino und Whiteface auf den Amselhof gezogen waren, hatte Kiki sich sehr verändert. Damals hatte sie ganz kurzes, weißblond gefärbtes Haar gehabt und ein paar Piercings an Nasenflügel und Augenbrauen, jetzt war jedes Metall aus ihrem Gesicht verschwunden, sie trug das Haar kinnlang und naturblond. In dem schwarzen Korsagenkleid und mit ihren großen, himmelblauen Augen sah sie sehr hübsch aus. Sie knallte ihre Tasche auf den Rand eines Waschbeckens und kramte einen Beutel mit Schminkutensilien heraus.

»Sag mal, weißt du, was mit Melike los ist?«, fragte sie mich, während sie mit einer beneidenswerten Geschicklichkeit ihre Augen nachschminkte.

»Was meinst du?« Ich stellte mich dumm.

»Noch vor ein paar Tagen haben sie und Fabi zusammengeklebt wie Kaugummi. Aber jetzt muss irgendwas passiert sein. Sie tanzt mit uns und er hockt wie ein Trauerkloß in einer Ecke.«

»Von einem Streit hat sie mir nichts erzählt«, erwiderte ich ausweichend. Das stimmte auch. Es hatte keinen Streit gegeben, Fabian ging meiner besten Freundin einfach nur auf die Nerven.

»Na ja.« Kiki beugte sich nach vorne, betupfte ihr Gesicht mit Puder und betrachtete kritisch ihr Spiegelbild. »Wahrscheinlich übertreibt er es wieder mal mit seiner Anhänglichkeit. Ich hab ihm schon bei seiner letzten Freundin gesagt, er soll ihr mal etwas Luft zum Atmen lassen. Aber so ist er halt.«

Was sollte ich dazu sagen? Wollte sie mich aushorchen?

»Ich mische mich da nicht ein«, meinte ich also unbehaglich.

Toilettenspülungen rauschten, eine dicke Frau drängte sich an mir vorbei und streifte mich mit ihrem schweißfeuchten nackten Arm.

»Kommt Tim noch?«, fragte Kiki beiläufig und packte ihren Schminkkram wieder in die Tasche.

»Er hatte es vor«, antwortete ich.

»Bei euch ist aber alles klar, oder?«

»Ja. Wieso willst du das wissen?« Ich war erstaunt über diese Frage.

»Nur so.« Kiki grinste. »Bis gleich auf der Tanzfläche.«

Eine der sechs Toilettenkabinen wurde frei, ich war an der Reihe. Ich hatte es nicht besonders eilig, in den Ballsaal zurückzukehren. Meine Begeisterung für Bälle würde sich nach diesem Abend in Grenzen halten, das wusste ich mit Sicherheit. Plötzlich klingelte mein Telefon und ich kramte hektisch in dem kleinen schwarzen Handtäschchen, das Mama mir für heute Abend geliehen hatte. Da war es!

»Ja, Tim?«, rief ich, drückte mit der Schulter die Tür auf und verlor das Gleichgewicht, weil gleichzeitig jemand von draußen öffnete. Ich taumelte, das Handy glitt aus meiner Hand und landete auf dem Boden. Mich bewahrten die Arme eines Fremden vor demselben Schicksal.

»Hoppla!«, sagte eine dunkle Stimme. Ich blickte verwirrt in belustigte goldbraune Augen, dann fiel mein Blick auf Ariane Teichert.

»Bauerntrampel«, zischte sie und grinste spöttisch.

Sie sah mal wieder so perfekt aus wie ein Filmstar, trug ein raffiniertes knallrotes Kleid, das die Schultern und den halben Rücken freiließ, und Schuhe mit Absätzen, in denen ich keinen Schritt hätte tun können, ohne mir unweigerlich die Knöchel zu brechen. Mit meinem billigen dunkelblauen H&M-Kleidchen fühlte ich mich wie eine tollpatschige graue Ente neben einem makellosen Schwan.

»Äh, Entschuldigung«, stammelte ich.

»Kein Problem.« Der Junge bückte sich, hob mein Handy auf und reichte es mir. Er war etwa siebzehn oder achtzehn Jahre alt und sah unverschämt gut aus. Halblange dunkle Haare, ein dunkler Anzug, das weiße Hemd stand oben lässig offen.

»Hi Ariane.« Ich spürte, wie mir das Blut ins Gesicht schoss.

»Willst du uns nicht vorstellen?«, fragte der Junge und lächelte mich freundlich an.

»Das ist Elena«, sagte Ariane und musterte mich von oben herab wie ein ekliges Insekt. Eigentlich waren wir ungefähr gleich groß, aber mit ihren Absätzen war sie zehn

Zentimeter größer als ich. Sie hakte sich bei dem schönen Fremden ein und gurrte: »Komm, Nick, lass uns reingehen. Die Ehrung fängt gleich an.«

»Ach, wirst du auch geehrt? Das wusste ich ja gar nicht.« Ich konnte mir diese spitze Bemerkung nicht verkneifen und erntete dafür einen wütenden Blick.

»Ich bin Niklas Schütze«, sagte der Junge und reichte mir die Hand.

»Freut mich«, erwiderte ich. Mein Handy klingelte wieder. »Sorry, da muss ich drangehen. Viel Spaß noch heute Abend!«

Ich nahm den Anruf entgegen und beeilte mich, nach draußen zu kommen. Niklas Schütze rührte sich nicht vom Fleck und blickte mir nach, ohne sich um Ariane zu kümmern.

»Ich schaff's nicht mehr«, sagte Tim zu mir. Er klang niedergeschlagen. »Meine Mutter ist erst vor ein paar Minuten nach Hause gekommen und bei dem Sauwetter will ich nicht mit dem Moped bis nach Griesheim gurken. Kannst du mir meine Medaille mitbringen?«

»Klar«, erwiderte ich enttäuscht. Ich hatte mich so sehr auf diesen Abend gefreut!

2. Kapitel

Ich hatte keine Ahnung gehabt, wie viele Reiterinnen und Reiter vom Vorsitzenden des Kreisreiterbundes geehrt wurden. Zuerst waren die Voltigierer dran, dann die Distanz- und die Westernreiter, dann die Vielseitigkeits-, die Dressur- und erst zum Schluss die Springreiter. Es standen schon mindestens vierzig Leute mit Medaillen oder Erinnerungstellern aus Zinn in den Händen auf der Bühne, als ich endlich aufgerufen wurde. Hatten die Ballgäste am Anfang die Ehrung noch aufmerksam verfolgt und brav applaudiert, so ließ die Konzentration bald nach und mittlerweile hörte kaum noch jemand wirklich zu. Ich verpasste den Aufruf meines Namens auch und hätte meine Ehrung glatt verpennt, wenn Mama mir nicht auf die Schulter geklopft hätte. Ich stieg also die Treppe hoch, schüttelte ein paar wichtigen Herren die Hand und bekam einen hässlichen Zinnteller überreicht. Christian und Papa wurden aufgerufen, dann bekam ich noch einen zweiten Teller für Tim. Von hier oben hatte man einen super Ausblick in den ganzen Saal und ich bemerkte, dass Niklas, der gut aussehende Junge von vorhin, mit ein paar anderen jungen Leuten am Tresen der Sektbar stand und die ganze Zeit zu mir herüberschaute.

Dicht neben ihm leuchtete Ariane in Gold und Rot wie ein Weihnachtsbaum.

»Kennst du den Typ, der links neben Ariane an der Sektbar steht?«, fragte ich meinen Bruder.

»Nee, keine Ahnung«, erwiderte Christian. »Wieso?«

»Ach, nur so. Ich bin eben mit ihm zusammengestoßen, als ich aus dem Klo kam. Er heißt Niklas Schütze.«

»*Der* Niklas Schütze? Was sollte der denn auf unserem irrsinnig aufregenden Reiterball wollen?«

»Also kennst du ihn doch!«

»Wenn es der ist, den ich meine, dann hab ich ihn schon reiten sehen.« Christian bemühte sich, im Halbdunkel des Saales auf die Entfernung Niklas' Gesicht zu erkennen. »Er war letztes Jahr Europameister bei den Junioren und reitet für die Schweiz.«

Die Ehrung war beendet, stürmischer Applaus erklang. Wahrscheinlich waren alle froh, dass der öde offizielle Teil der Veranstaltung überstanden war. Die Musik setzte wieder ein, wir verließen im Gänsemarsch die Bühne. Christian verkrümelte sich Richtung Sektbar, Fabian saß am anderen Ende des Tisches und ich ging mit Melike und Kiki auf die Tanzfläche. Die Band, die zuvor diese entsetzliche Schrammelmusik gespielt hatte, war verschwunden, jetzt hatte ein DJ übernommen und spielte die aktuellen Hitlisten rauf und runter. Melike und Kiki fiel Niklas Schütze irgendwann auf, wahrscheinlich, weil Ariane so auffällig an ihm klebte. Es war wegen der Lautstärke der Musik nicht ganz leicht, Melike von unserem Zusammenstoß vor der Toilette zu erzählen.

»Er guckt die ganze Zeit zu dir«, informierte sie mich. »Lässt dich nicht aus den Augen!«

Mir war das unangenehm. Wie viel mehr Spaß hätte mir der ganze Abend gemacht, wäre Tim dabei gewesen! Leider machten Papa und Mama nicht den Eindruck, als hätten sie es besonders eilig, nach Hause zu kommen. Sie saßen mit Bekannten zusammen an einem Tisch fernab von den Lautsprechern der Musikanlage und amüsierten sich ganz offensichtlich prächtig. Christian und seine Kumpels waren natürlich viel zu cool um zu tanzen und so war die Tanzfläche fast nur voller Mädchen und junger Frauen.

»Das stinkt Ariane ganz schön, dass der Typ dich die ganze Zeit anstarrt«, schrie Melike mir ins Ohr. »Ui, jetzt geht er raus – und Ariane dackelt ihm nach! Wie peinlich ist das denn?«

»Ariane auf Beutefang!«, rief Kiki in mein anderes Ohr. »Ich glaub, sie hat einen im Tee, so wie sie läuft.«

Das interessierte mich alles nicht. Ich musste mich zwingen, nicht immer wieder auf mein Handy zu gucken. Wir tanzten und tanzten, weil Melike auf gar keinen Fall mit Fabian reden wollte, und es war weit nach Mitternacht, als meine Eltern endlich aufstanden. Kiki und Fabian waren vor einer Viertelstunde von ihrer Mutter abgeholt worden, die Luft war also rein.

»Puh!«, rief Melike. »Ich muss total dringend aufs Klo!«

»Ich komme mit.« Nach drei Stunden Tanzerei taten meine Füße weh und mir war heiß. Der Ballsaal hatte sich schon ziemlich geleert, nur an der Sektbar stand noch eine Traube von Leuten. Vor der Damentoilette herrschte Aufruhr.

»Was ist ’n hier los?«, erkundigte sich Melike.

»Ariane hockt seit Stunden in einem der Klos«, erklärte ein dunkelhaariges Mädchen, das ich schon ein paar Mal auf Reitturnieren gesehen hatte, und kicherte. »Sie ist wohl betrunken.«

»Ich dachte, sie ist längst weg.« Ich war überrascht. Seitdem Niklas Schütze den Ballsaal verlassen hatte, hatte ich auch Ariane nicht mehr gesehen.

»Von mir aus kann sie da drin übernachten«, sagte die Freundin der Dunkelhaarigen verächtlich. Melike konnte Ariane auch nicht sonderlich gut leiden, aber Ungerechtigkeit und Schadenfreude konnte sie erst recht nicht ausstehen.

»Ich check das«, beschloss sie deshalb. »Hilf mir mal hoch, Elena.«

Ich verschränkte meine Hände ineinander und machte ihr eine Räuberleiter.

»Und?«, keuchte ich.

»Sieht so aus, als ob sie Hilfe braucht.« Melike schwang sich trotz Kleid über die Trennwand und verschwand auf der anderen Seite, wenig später öffnete sie die Tür von innen. Ich sah Ariane, die auf dem Boden neben der Kloschüssel saß und gar nicht mehr perfekt aussah. Sie hatte die Augen geschlossen, ihr Make-up war völlig verschmiert, die Haare hingen ihr wirr ins Gesicht. Die anderen drängten sich sensationslüstern näher, jeder wollte einen Blick auf Ariane erhaschen.

»Ich hol meine Eltern«, sagte ich und quetschte mich durch die neugierige Menge nach draußen. Dabei schnappte ich ein paar schadenfrohe Bemerkungen auf.

»Hat wohl 'ne Abfuhr kassiert.« »Geschieht ihr ganz recht, der blöden Kuh!«

Papa und Mama verließen gerade mit ein paar Bekannten den Ballsaal, und Papa kam sofort mit, als ich ihm rasch erzählte, was passiert war.

Mama holte Jürgen Bergmann, den hessischen Juniorentrainer, bei dem Ariane mit ihrem Pferd Con Amore trainierte, seitdem Tims Vater im Gefängnis war. Sie war mit ihm und ein paar anderen Reitern aus seinem Stall auf den Reiterball gekommen.

»Wie kann sie nur so etwas tun!«, sagte er empört. »Ich habe ihren Eltern versprochen, dass ich ein Auge auf sie habe, aber ich kann ja auch nicht den ganzen Abend neben ihr stehen.«

»Am besten rufst du den Notarzt an«, riet Mama ihm.

Ariane war unterdessen wieder zu sich gekommen. Papa hatte sie aus der Toilette nach draußen getragen und im Foyer auf einen Stuhl gesetzt.

»Was hast du getrunken?«, wollte er von Ariane wissen.

»Zwei Sekt oder so. Überhaupt nicht viel«, lallte sie. »Ich will nach Hause!«

»Uh, ist ja gruselig.« Christian wandte sich angewidert ab. »Betrunkene Mädchen sind der totale Horror!«

»Kommt, Kinder, wir fahren«, sagte Mama. »Jürgen hat Arianes Eltern angerufen, die holen sie jetzt ab.«

»Ich kann nicht verstehen, dass man auf einer solchen Veranstaltung Jugendlichen Alkohol ausschenkt«, regte sich Papa während der Heimfahrt auf.

»Haben sie doch gar nicht«, erwiderte Christian. »Aber Ariane hat sich von ein paar Älteren immer wieder was zu trinken mitbringen lassen.«

»Außerdem isst sie seit ein paar Wochen kaum noch was«, ergänzte ich. »Sie meint nämlich, sie wäre zu fett!«

»Ist sie ja auch«, behauptete Christian.

»Unsinn!«, entgegnete Mama, die am Steuer saß, scharf. »Ariane ist doch gertenschlank!«

»Obenrum geht's ja, aber sie hat einen dickeren Hintern als ihr Pferd.« Christian lachte boshaft.

»Also, ich würde mich an ihrer Stelle auf kein Turnier mehr trauen«, sagte ich. »*Jeder* hat sie da heute so liegen sehen. Das ist megapeinlich!«

»Ich glaube, das Mädchen hat Probleme«, bemerkte Mama.

»Die hat sie ganz sicher.« Melike schnaubte. »Sie hat sich's ja bald wirklich mit jedem verdorben, so arrogant, wie sie sich immer aufführt.«

Im Auto wurde es langsam warm, ich saß gemütlich eingekuschelt zwischen Christian und Melike und merkte plötzlich, wie müde ich war. Ich bekam einen regelrechten Gähnanfall. Durch die Aufregung um Ariane hatte ich sogar vergessen, auf meinem Handy nachzuschauen, ob Tim mir noch eine Gute-Nacht-SMS geschickt hatte. Aber wahrscheinlich lag er schon längst im Bett und schlief tief und fest. Mir fielen die Augen zu. Doch dann machte Papa eine Bemerkung, die mich schlagartig wieder hellwach werden ließ.

»Die Gerüchte um den Sonnenhof überschlagen sich ja allmählich«, sagte er zu Mama. »Was die Leute so alles reden!«

»Ich gebe nichts auf das Gerede.« Mama schüttelte den Kopf. »Erinnere dich doch nur, was sie damals alles über uns geschwätzt haben.«

»Was reden sie denn?«, erkundigte ich mich und öffnete die Augen.

»Jemand hat erzählt, Linda habe vor, den Sonnenhof an Jürgen Bergmann zu verpachten«, berichtete Papa. »Andere behaupten, ein reicher Unternehmer sei der neue Pächter und Bergmann nur der Trainer. Und wieder andere haben gewusst, dass Teichert den Hof sogar kaufen will.«

»Davon hätte Tim mir doch sicher etwas erzählt!« Ich beugte mich vor.

»Wie gesagt: Das sind alles nur Gerüchte«, erwiderte Papa.

»Wo Rauch ist, ist auch Feuer«, mischte sich Melike ein. Manchmal konnte sie ganz schön altklug sein. »Irgendwas wird dran sein.«

»Es ist auf jeden Fall klar, dass Linda die Reitanlage in Zukunft nicht alleine bewirtschaften kann«, meinte Papa. »Und bis Richard wieder aus dem Gefängnis kommt, muss ja irgendetwas mit dem Hof passieren. Na ja, wir werden es erleben.«

Ich schwieg und versuchte mich zu erinnern, ob Tim mir in den letzten Tagen oder Wochen etwas über die Zukunft des Sonnenhofs erzählt hatte. Nein, hatte er nicht, abgesehen davon, dass er selbst momentan im Stall arbeiten und zwei Mal am Tag alle Pferde füttern musste, weil der letzte Pferdepfleger, den es auf dem Hof gegeben hatte, verschwunden war, nachdem er von Tims Mutter seinen Lohn bekommen hatte. Verschwieg Tim mir wohl etwas? Und wenn ja, weshalb?

3. Kapitel

Noch immer durchfuhr mich beim Anblick des dunkelgrünen Jeeps von Tims Vater ein Schreck, aber natürlich war nicht er es, der Tim und seine beiden Pferde am frühen Sonntagnachmittag zu uns auf den Amselhof brachte, sondern seine Mutter. Wenn Papa sonntags Zeit hatte, baute er in den Wintermonaten gerne nachmittags in der Reithalle einen Parcours auf. Die meisten Einsteller ritten vormittags und so konnten er und Jens, der Aknefrosch, trainieren ohne jemanden zu stören. Mit der zweiten Reithalle, die gerade zwischen Turnierstall und Scheune gebaut wurde, würde das anders werden, aber so lange hieß es noch Rücksicht nehmen auf die Kunden.

Seitdem Richard Jungblut im Gefängnis war, trainierte Papa Tim. Dank seiner tollen Turniererfolge im vergangenen Jahr hatte Tim für das große Reitturnier in der Frankfurter Festhalle übernächste Woche eine Starterlaubnis bekommen, er durfte sogar in der internationalen Tour gegen alle berühmten Weltklassereiter starten.

Das Auto mit dem Pferdeanhänger stoppte hinter dem Turnierstall. Fritzi streckte den Kopf aus dem Fenster seiner Box und wieherte laut. Er war sehr neugierig und beobachtete den lieben langen Tag, was sich auf dem Hof vor seinem Fenster tat.

»Hi!«, rief ich, als Tim ausstieg.

»Hi«, erwiderte er und ging zum Hänger, um die Klappe zu öffnen. Gina, seine jüngere Schwester, saß auf der Rückbank des Jeeps und starrte mürrisch vor sich hin. Ich klopfte an die Scheibe und winkte ihr, doch anstatt zurückzugrüßen, streckte sie mir die Zunge heraus.

Seitdem ihr Vater, an dem sie sehr hing, nicht mehr da war, betrat sie weder den Stall, noch kümmerte sie sich um ihr Pony.

Melike und ich halfen Tim, Juke Box und Tanot de Chardin abzuladen und sein Sattelzeug in die Putzhalle zu tragen.

»Ich hol dich dann gegen sechs wieder ab«, sagte Tims Mutter. »Viel Spaß!«

Linda Jungblut hatte bei ihrem Mann nicht viel zu lachen gehabt, sie war so gut wie nie mit auf Turniere gefahren. Lajos kam aus dem Stall und half ihr, den Pferdehänger vom Jeep abzuhängen. Dann tauchte auch Mama noch auf und die drei quatschten miteinander. Früher waren sie alle richtig gute Freunde gewesen, so wie Tim, Christian, Melike, Fabian, Kiki und ich heute. Sie hatten jede freie Minute auf dem Amselhof verbracht und waren an den Wochenenden zusammen auf Turniere gefahren. Irgendwann hatte sich Papa in Mama verliebt und Lajos in Linda, Tims Mutter. Doch dann war die Freundschaft zerbrochen, denn auf dem Rückweg von einem Turnier hatte Richard Jungblut einen schweren Unfall verursacht, bei dem Mamas Schwester Viola gestorben war. Richard hatte ein paar Bier zu viel getrunken und Lajos die Schuld an dem Unfall in die Schuhe geschoben. Lajos hatte deshalb ins Gefängnis gemusst, Richard hatte Linda geheiratet und das war der Grund gewesen, warum meine Eltern die Jungbluts nicht leiden konnten. Tim, Melike und ich waren erst vor einem Jahr hinter dieses tragische Familiengeheimnis gekommen, über das unsere Eltern niemals gesprochen hatten.

Melike und ich banden Juke Box und Tanot in der Putzhalle zwischen dem Turnierstall und dem Schulstall an, Tim schleppte sein Sattelzeug herbei. Ich nahm Tanot die Transportgamaschen ab.

»Hast du schon die Story von Ariane gehört?«, tratschte Melike gleich los, als Tim Tanot die Stalldecke über den Kopf zog.

»Elena hat's mir am Telefon erzählt.«

Manchmal konnte man mit Tim so herrlich lästern wie mit einer besten Freundin, aber er war schon seit Wochen anders als sonst, auch heute Morgen am Telefon war er komisch gewesen. Deshalb hatte ich ihm vom Reiterball auch nicht besonders viel erzählt.

»Sie war den ganzen Abend wie der Teufel hinter diesem Typen her«, erzählte Melike weiter. »Und der hat sie wohl abblitzen lassen.«

»Was für ein Typ?«, erkundigte sich Tim mehr höflich als interessiert.

»Niklas Schütze.« Es war ein eigenartig prickelndes Gefühl, diesen Namen auszusprechen und ich vermied es, Tim dabei anzusehen. Für ein paar Sekunden hatte ich in Niklas' Armen gelegen und seine ungewöhnlichen goldbraunen Augen hatten mich letzte Nacht bis in meine Träume verfolgt. Aber das musste Tim nicht wissen.

»Ach.« Tim schien erstaunt zu sein. »Was macht der denn auf dem Reiterball?«

»Er war mit den ganzen Leuten aus dem Stall von Jürgen Bergmann da«, sagte Melike, die wie immer alles wusste. »Er hat wohl seine Pferde zum Trainieren dort stehen.«

»Kennst du ihn?«, erkundigte ich mich. »Gib mir mal die Gamaschen.«

»Ja, klar. Er ist Deutscher, reitet aber für die Schweiz, weil er in der Nähe von Zürich wohnt. Ich kenn ihn von ein paar größeren Turnieren, auf denen ich auch geritten bin.« Tim kramte die Gamaschen aus einem Beutel und reichte sie mir. Ich ließ meine Finger über Tanots rechtes Vorderbein gleiten und zuckte plötzlich zusammen.

»Autsch!«, murmelte ich. Ich wiederholte die Berührung und wieder fühlte es sich an, als hätte ich einen elektrischen Schlag bekommen. Rein äußerlich war an Tanots Vorderbein nichts zu sehen, es war weder warm noch geschwollen. Seltsam.

Papa kam mit Calvador, seinem besten Pferd, am Zügel aus der Reithalle.

»Seid ihr fertig?«, fragte er im Vorbeigehen. »In fünf Minuten geht's los.«

»Oh, ich muss noch Fritzi satteln!«, fiel mir ein.

»Na, dann aber fix. Quatschen könnt ihr später noch.«

Ich drückte Tim die Gamaschen für die Hinterbeine in die Hand und lief in den Turnierstall. Glücklicherweise hatte ich Fritzi vorhin schon schnell übergeputzt, richtig schmutzig war er nicht, denn Jens hatte ihn gestern erst frisch geschoren, und ihm die dicke Winterdecke angezogen. Eigentlich glänzte Fritzis Fell so dunkelbraun wie Zartbitterschokolade, aber nach dem Scheren war er für ein paar Wochen mehlig grau, bis sein Fell allmählich nachwuchs.

Heute konnte er es kaum erwarten, rauszukommen. Er tänzelte und wieherte, als ich ihn aus der Box holte und auf der Stallgasse anband.

»Ja, mein Süßer, heute hast du mal wieder mit mir das Vergnügen«, sagte ich zu meinem Pferd und legte ihm den Sattel auf den Rücken.

»Aber leider geht's nicht ins Gelände.«

Der fünfjährige Hengst blickte mich aus seinen schönen dunklen Augen aufmerksam an, seine Ohren zuckten vor und zurück, ganz so, als würde er verstehen, was ich zu ihm sagte.

»Wir dürfen endlich mal wieder zusammen springen.« Ich liebkoste seine weiche Nase. Seitdem Papa Fritzi zu einem richtigen Springpferd ausbildete, kam ich kaum noch dazu ihn zu reiten, deshalb freute ich mich jetzt umso mehr darauf. Ein paar Minuten später führte ich mein Pferd durch die Putzhalle in die Reithalle. Tim saß schon auf Tanot und Christian ritt auf Paradiso im Schritt neben ihm her.

Als Fritzi die Hindernisse in der Halle sah, war es um ihn geschehen. Er sprang für sein Leben gern und stand keine Sekunde still. Papa musste ihn festhalten, damit ich aufsitzen konnte. In der nächsten halben Stunde hatte ich keine Zeit mehr, mir über Niklas Schütze, Tims komische Laune oder das Bein seines Pferdes Gedanken zu machen, denn mein Hengst machte seinem Namen »Fritz Power« alle Ehre und ich musste schwer aufpassen, im Sattel zu bleiben. Fritzi nahm jedes noch so alltägliche Geräusch zum Anlass, ein paar wilde Bocksprünge zu machen: das Schlagen einer Autotür, das Gebell von Robbie, unserem

Berner Sennenhund, oder ein »Hatschi!« von Melike waren Grund genug, aus dem Nichts quasi in der Luft zu explodieren. Erst als es mit dem Springen losging, begann er sich zu konzentrieren. Ich war schweißgebadet, aber das Gefühl, das Fritzi mir beim Springen gab, machte alles wieder wett. Mein Berittpferd Quintano, das mir der Schweizer Pferdehändler Nötzli zur Verfügung gestellt hatte, war ein wirklich tolles Springpferd. Mit ihm hatte ich im Sommer meine ersten M-Springen geritten, war bei der Hessenmeisterschaft Vierte geworden und Kreismeisterin, aber im Vergleich zu Fritzi war seine Art zu springen eher durchschnittlich.

Zuerst ritten Christian und ich den Parcours, dann war Tim an der Reihe. Nach Sprung Nummer drei schlug er die falsche Richtung ein und ritt Hindernis Nummer neun von hinten. Das war ihm vorhin, als der Parcours noch niedriger gewesen war, auch schon einmal passiert.

»Stopp!«, rief Papa ärgerlich und Tim parierte durch. Tanot war schon nass geschwitzt und schnaufte.

»Was ist los mit dir, Tim?«, tadelte Papa. »Du bist ja gar nicht bei der Sache und dein Pferd hat kaum Kondition! In zehn Tagen willst du dein erstes internationales Turnier reiten – und das gegen die Weltelite. Aber so wird das nichts!«

»Ich weiß auch nicht.« Tim zuckte die Schultern. »Ich bin in der letzten Woche kaum zum Reiten gekommen.«

Christian war schon von seinem Pferd abgesessen, er lockerte den Sattelgurt, schob die Steigbügel hoch und führte Paradiso aus der Bahn. Papa signalisierte mir mit einer Kopfbewegung, dass ich auch die Halle verlassen sollte. Fritzi dampfte in der kalten Luft, und Melike warf ihm die

Abschwitzdecke über die Kruppe. Ich ließ mich aus dem Sattel gleiten und folgte Christian in den Stall.

»Was ist denn mit Tim los?«, wollte Melike wissen.

»Keine Ahnung. Ich glaube, irgendetwas mit diesem Niklas Schütze hat ihn aufgeregt«, erwiderte ich.

»Hast du ihm etwa erzählt, dass er dich gestern Abend angegraben hat?« Melikes Augen funkelten.

»Spinnst du? Der hat mich doch nicht angegraben!«, widersprach ich empört. »Er hat mein Handy aufgehoben, mir die Hand gegeben und ›Hi, ich bin Niklas Schütze‹ gesagt. Dabei hatte er Ariane wie eine Klette am Arm hängen.«

»Also, ich fand, das sah schon irgendwie so aus, als ob er dich gut fände. So wie er dich die ganze Zeit angestarrt hat.«

»Hör bloß auf!« Die Erinnerung daran war mir unangenehm. Ich band Fritzi an und nahm ihm Sattel und Trense ab.

»Ich hab den Typen mal gegoogelt«, gab Melike zu. »Der hat 1.654 Freunde bei Facebook!«

»Ganz toll!« Ich war kein bisschen beeindruckt.

»Und er ist supererfolgreich«, fuhr Melike fort. »Ist letzte Saison sogar schon Nationenpreise für die Schweiz geritten – und das als Junior! Und er war Europameister der Junioren.«

»Jetzt sag bloß nicht, dass du ihn *süß* findest«, neckte ich meine beste Freundin. »Vor ein paar Tagen warst du noch total in Fabian verknallt.«

Melike war extrem schnell zu begeistern. Ich erinnerte mich nur zu gut daran, wie sie für meinen Bruder geschwärmt hatte. Der wurde dann von Lajos abgelöst, der erstaunlich lange ihr Favorit gewesen war. Letzten Sommer war Melike dann rettungslos Liam O'Brien, dem charmanten irischen Bereiter, der als Ersatz für Jens auf den Amselhof gekommen war, verfallen, bis wir herausgefunden hatten, dass Liam in Wirklichkeit Andy hieß und zu der Bande gehörte, die Pferde stahlen. Auf Liam war schließlich Fabian, Kikis Bruder, gefolgt und mit dem war Melike nun schon seit dem Herbst zusammen.

»Fabian!« Sie verdrehte die Augen. »Erinnere mich nur nicht an den!«

»Wie bitte?«

»Ehrlich gesagt überlege ich seit Tagen, wie ich am besten mit ihm Schluss machen kann«, gestand Melike mir. »Weißt du, mit Fabian und mir, das ist nicht wie bei Tim und dir. Er ist nicht meine große Liebe. Eigentlich geht er mir nur noch tierisch auf die Nerven.«

»Oh nein, Melike! Wir haben so viel Spaß zusammen!« Ich hatte zwar gemerkt, dass ihre Begeisterung für Fabian Denninger merklich abgekühlt war, dennoch hatte ich gehofft, dass alles so bleiben würde, wie es war.

»Das ist der Grund, weshalb ich bisher gezögert habe«, gab sie zu. »Ich find's ja eigentlich auch prima so, wie es ist.«

Hufeisen klapperten auf dem Asphalt der Stallgasse und Jens bog mit Tims Pferd am Zügel um die Ecke.

»Aus dem Weg, Weibsvolk!«, sagte der Aknefrosch. Diesen Spitznamen hatte ich ihm vor ein paar Jahren als Revanche für die wenig schmeichelhaften Bezeichnungen, die er für mich auf Lager hatte, verpasst. Mittlerweile verstanden wir uns ganz gut, aber er konnte es nicht lassen, mich herumzukommandieren. »Räum mal deinen Esel von der Stallgasse, du dummes Kind, aber ein bisschen zackig, damit ich das Biest hier anbinden kann. Muss zwei Boxen freimachen.«

»Wieso das denn?«, fragte Melike neugierig.

»Um dich drin einzusperren«, erwiderte Jens ruppig, wie es seine Art war.

Ich band Fritzi los und führte ihn unter das Solarium. Jens arbeitete seit fünf Jahren bei uns als Bereiter. Er war meistens schlecht gelaunt, aber er war zuverlässig und konnte gut reiten und Papa brauchte ihn, denn alleine könnte er die Arbeit mit den vielen Pferden nicht schaffen. Obwohl Jens immer vor sich hin meckerte, war er mit seinem Job zufrieden, denn Papa ließ ihn mit guten Pferden auf denselben Turnieren reiten, auf denen er startete und das war nicht selbstverständlich. Woanders waren Bereiter bessere Pferdepfleger, die nur die jungen, verdorbenen oder schlechten Pferde zum Reiten bekamen und nie auf Turnieren starten durften.

Ich lauschte der Kabbelei zwischen Jens und Melike nur mit einem Ohr, denn durch das Stallfenster sah ich Tim, der telefonierend draußen auf dem Weg zwischen der neuen Reithalle und der Führmaschine hin und her lief. Zu gerne hätte ich ihn nach den Gerüchten über den Sonnenhof gefragt, aber ich traute mich nicht.

»Liam war mir hundert Mal lieber als du!«, hörte ich Melike sagen. »Er konnte auch viel besser reiten als du!«

»Vor allen Dingen konnte er viel besser Pferde klauen als ich«, grinste Jens spöttisch. »Aber er freut sich sicher, wenn du ihn mal im Knast besuchst.«

»Blödi!«, schnaubte Melike.

Tim hatte aufgehört zu telefonieren und kam in den Stall.

»Danke, Jens«, sagte er.

»Kein Thema«, erwiderte der Aknefrosch. »Ich mach dir zwei Boxen im mittleren Stall fertig.«

»Du lässt deine Pferde bei uns?«, fragte ich.

»Ja. Dein Vater meint, ich kann hier bis zum Festhallenturnier besser trainieren.« Tim lächelte, aber es war nicht sein richtiges Lächeln, sondern ein angestrengtes, fremdes. In Gedanken war er ganz woanders, das merkte ich ihm an. »Er hat mir sogar angeboten, beide Pferde morgens zu reiten.«

»Cool!« Ich freute mich wirklich, dass Papa das Training von Tim so ernst nahm. Er selbst hätte in Frankfurt auch reiten können, aber er hatte mit dem Neubau der Reithalle und den Umbauarbeiten in den alten Stallungen zu viel um die Ohren und gönnte sich und seinen Pferden deshalb eine Turnierpause bis Mitte Januar. Jens hatte den Stall verlassen, auch Melike war verschwunden.

»Tim, ich wollte dir noch ...«, begann ich.

»Ich muss Juke Box satteln«, unterbrach er mich. »Ich will deinen Vater nicht warten lassen. Sag's mir später, okay?«

Er zwinkerte mir zu und ließ mich einfach stehen.

»Ja«, murmelte ich und blickte ihm nach. »Mach ich.«

Erst da fiel mir auf, dass er mir heute noch gar keinen Kuss gegeben hatte.

4. Kapitel

»Wisst ihr, was auf der Facebook-Seite von Jürgen Bergmann steht?«, verkündete Christian beim Abendbrot. »Niklas Schütze kommt zurück nach Deutschland und startet demnächst für Hessen!«

Diese vermeintlich sensationelle Nachricht löste allerdings keine große Überraschung aus.

»Das hat mir Jürgen gestern Abend schon erzählt«, sagte Papa. »Niklas' Vater verlegt seinen Firmensitz zurück nach Frankfurt und deshalb zieht auch die Familie wieder hierher. Die Pferde stehen übrigens schon auf Bergmanns Reitanlage.«

»Wieso sagst du uns denn nichts davon?«, empörte sich mein Bruder, der gerne über alles als Erster Bescheid wusste. Sein Handy piepste und er zog es aus seiner Hosentasche.

»Tu ich ja gerade«, grinste Papa. »Ein Euro Strafe, mein lieber Sohn.«

»Ich hab doch gar nicht telefoniert«, verteidigte sich Christian.

»Hany am Tsch koschtn ro«, zitierte ich die Regel, die Mama vor Monaten eingeführt hatte, weil sie es unmöglich und unhöflich fand, wenn Papa oder Christian beim Essen ihre Handys auf den Tisch legten oder gar SMS lasen. Da ich gerade in mein Käsebrot gebissen hatte, klang es etwas undeutlich.

»Beiß doch noch mal ab, dann versteht man dich vielleicht besser«, sagte Christian sarkastisch. »Kann ich aufstehen, Mama? Ich bin eh fertig mit essen.«

Ich schluckte das Käsebrot herunter.

»Und wer räumt die Küche auf?«, fragte ich spitz.

»Das ist Frauenarbeit«, entgegnete mein Bruder. »Männer gehen auf die Jagd und hacken Holz.«

»Wer ist hier ein Mann?«, konterte ich spöttisch. »Etwa du?«

»Geh Holz hacken«, sagte Papa gut gelaunt, bevor Christian etwas auf meine Bemerkung erwidern konnte. »Ich räume die Küche auf.«

Ich nutzte die Gelegenheit und machte mich ebenfalls aus dem Staub. Twix, mein braun-weißer Jack-Russell-Terrier, hatte nur darauf gewartet, dass ich nach oben gehen würde, und schoss wie ein Pfeil aus seinem Körbchen neben der Haustür. In meinem Zimmer warf ich mich auf mein Bett, verschränkte die Arme hinter dem Kopf und starrte an die Decke. Niklas Schütze war also mit seinen Pferden auf die Anlage des Kadertrainers nach Frankfurt gezogen. Das erklärte zumindest seine Anwesenheit auf dem Reiterball gestern. Ich kannte Bergmanns Stall am Rande des Frankfurter Stadtwaldes, er war ziemlich klein, bot keine optimalen Trainingsbedingungen und schon seit Monaten hieß es immer mal wieder, Bergmann suche eine andere Reitanlage für sich und seine Kunden. Vielleicht war an den Gerüchten über den Sonnenhof ja doch etwas dran! Ich angelte nach meinem Handy, das auf dem Nachttisch lag. Es ließ mir keine Ruhe mehr, ich musste Tim jetzt einfach danach fragen, selbst auf die Gefahr hin, dass er am Telefon wieder komisch sein würde.

»Hey«, sagte Tim, der nach dem zweiten Klingeln gleich drangegangen war. »Meine Mom hatte es vorhin eilig, deshalb war ich so schnell verschwunden.«

»Nicht so schlimm«, erwiderte ich und nahm allen Mut zusammen. »Christian hat eben bei Facebook gesehen, dass Niklas Schütze zu Bergmann in den Stall geht. Und gestern auf dem Reiterball wurde erzählt, er würde den Sonnenhof pachten.«

»Ach ja? Was reden sie denn sonst noch so?« Tims Stimme klang zu meiner Erleichterung fast wie immer. Ich berichtete ihm, was Papa gestern auf der Rückfahrt im Auto erzählt hatte. Twix kuschelte sich dicht an mich und schloss mit einem zufriedenen Seufzer die Augen.

»Es ist tatsächlich was dran an den Gerüchten«, gab Tim nach einer kurzen Pause zu. »Meine Mutter hätte am liebsten alles verkauft, aber mein Alter hat sich quergestellt. Auch wenn er im Knast sitzt, gehört der Hof schließlich auf dem Papier ihm. Du wirst es nicht glauben, aber mein Vater hat den Sonnenhof für fünf Jahre an den Teichert verpachtet.«

»*Waaas*?« Ich setzte mich so abrupt auf, dass Twix unsanft geweckt wurde und mit einem Knurren protestierte. »An Arianes Vater? Das kann ich nicht glauben!«

Ich war fassungslos!

»Es ist aber leider wahr und es kommt noch besser«, antwortete Tim. »Als Trainer wird der Bergmann auf den Hof kommen. Und weil seine Anlage in Frankfurt zu klein ist, sollen zum ersten Januar ein paar von seinen Kunden auf den Sonnenhof ziehen. Wahrscheinlich auch Niklas Schütze.«

Jetzt dämmerte mir, warum Ariane gestern an Niklas gehangen hatte, als sei er ihr Eigentum.

»Was ist mit dem?«, fragte ich vorsichtig. »Kannst du ihn nicht leiden?«

»Der Typ ist so was von arrogant, das kannst du dir nicht vorstellen«, sagte Tim düster. »Und gegen seinen Vater sind Arianes Eltern echt nette, unkomplizierte Leute.«

Auf mich hatte Niklas gestern absolut keinen arroganten Eindruck gemacht, im Gegenteil. Er war mir ziemlich sympathisch gewesen, aber ich hütete mich, Tim das zu sagen.

»Der einzige Vorteil an der ganzen Sache ist der, dass ich dann hier nicht mehr so viel Arbeit habe«, fuhr Tim fort. »Mit Stall misten, füttern und Unterricht geben ist dann Schluss. Arianes Vater hat nämlich schon große Pläne.«

»Das kann ich mir vorstellen.« Vorstellen konnte ich mir aber vor allen Dingen, wie Ariane ab morgen mit dem Sonnenhof herumprotzen würde, jetzt, wo die Katze aus dem Sack war.

Wir redeten noch ein paar Minuten, dann wünschten wir uns eine gute Nacht. Kaum dass Tim aufgelegt hatte, wählte ich Melikes Nummer und erzählte ihr brühwarm, was ich gerade eben von Tim erfahren hatte.

5. Kapitel

»Hast du schon gehört? Teicherts gehört jetzt der Sonnenhof!«

Mit dieser Neuigkeit überfiel mich Laura, eine von Arianes wenigen Freundinnen, die früher auch mal ihr Dressurpferd auf dem Amselhof gehabt hatte, am Montagmorgen, kaum dass ich einen Fuß ins Schulgebäude gesetzt hatte. Laura hatte seit Jahren keine zehn Worte mit mir gewechselt, aber jetzt hakte sie sich bei mir unter, als wären wir die besten Freundinnen. Sie war – wenn das überhaupt möglich war – noch eingebildeter als Ariane.

»Ja, das weiß ich schon.« Ich versuchte durch den Mund zu atmen, denn von Lauras aufdringlichem Parfüm, in dem sie gebadet haben musste, wurde mir schwindelig. »Tim hat's mir erzählt. Allerdings haben Teicherts den Sonnenhof gepachtet, nicht gekauft.«

»Äääächt?« Laura blieb auf dem Treppenabsatz stehen, riss die Augen auf und mimte die total Überraschte.

»Ja. Echt.« Ich befreite mich aus ihrem Polizeigriff und ging weiter, aber weit kam ich nicht, denn im Flur vor meinem Klassenzimmer lauerte mir Tanja Habermann auf. Sie und ihre Mutter hatten gemeinsam mit Sabrina Ludwig im Frühjahr gekündigt und waren mit ihren Pferden auf die Reitanlage der Jungbluts gezogen. Während meinen Eltern die vier fehlenden Boxenmieten pro Monat echtes Kopfzerbrechen bereitet hatten, hatten Christian und ich ihnen keine Träne nachgeweint.

»Elena!«, rief Tanja aufgeregt und winkte mir. »Hast du schon gehört?«

»Ja, hab ich. Teicherts haben den Sonnenhof gepachtet.«

»Gepachtet?« Tanjas rundes Gesicht war ein einziges Fragezeichen. »Aber Ariane hat gesagt, ihr Vater hätte ...«

»Stimmt nicht«, schnitt ich ihr das Wort ab. »Und ich muss es ja wohl wissen.«

Ich ging an ihr vorbei und betrat die Klasse. Ariane war wieder ganz die Alte. Sie saß auf ihrem Tisch, umgeben von ihren Getreuen, und hielt Hof. Ihr langes blondes Haar trug sie wie immer offen, es reichte ihr mittlerweile bis zum Po.

»Werdet ihr denn auf dem Hof wohnen?«, hörte ich Tessa fragen.

»Phhh, ganz sicher nicht«, erwiderte Ariane. »Die Jungbluts hocken ja noch in der Hütte drin. Aber das Ding ist eh kaum größer als unsere Garage.«

Ihr Hofstaat lachte gehorsam.

»Mein Dad überlegt, ob er unseren Trainer in das Haus setzt«, fuhr Ariane fort. »Wäre ja schon gut, wenn einer auf dem Hof ist, der Ahnung hat, nicht nur irgend so ein Pferdepfleger. Da stehen dann ja lauter echt wertvolle Pferde.«

Ihr Blick fiel auf mich. Sie sprang vom Tisch auf und kam direkt auf mich zumarschiert. Ich wappnete mich innerlich gegen Gemeinheiten aller Art und war erstaunt, als sie ein freundliches Lächeln aufsetzte.

»Elena, warte mal«, sagte sie und zog mich in eine Ecke. »Ich ... äh ... ich weiß, ich war in letzter Zeit nicht immer nett zu dir«, druckste sie herum. Das war allerdings die Untertreibung des Jahrhunderts! Ariane war nicht nur nicht nett zu mir gewesen, sondern richtiggehend link. Mir zuckte die Erinnerung an ihre miese Mobbing-Attacke bei SchülerVZ durch den Kopf, die dank Melikes Strategie für Ariane zu einer katastrophalen Niederlage geworden war.

»Es war echt voll okay von Melike und dir, dass ihr ... also ... na ja ... dass ihr mir am Samstagabend geholfen habt. Ich hatte plötzlich voll die Kreislaufprobleme.«

»Du warst total betrunken«, korrigierte ich sie kühl.

»Na ja.« Ariane grinste verlegen und zuckte die Achseln. »Dabei hab ich gar nicht viel getrunken. Ich hatte nur den ganzen Tag nichts gegessen und dann noch meine Tage gekriegt.«

»Ist schon okay«, antwortete ich unbehaglich. Solche Details interessierten mich nicht im Geringsten.

»Ich wollte nur, dass du es weißt«, sagte Ariane. Das war nur das Vorgeplänkel gewesen, jetzt rückte sie endlich mit ihrem eigentlichen Anliegen heraus. »Das mit dem Sonnenhof hat Tim dir sicher schon erzählt, oder?«

Ihre Augen glitzerten siegessicher, und ich fragte mich, was sie mit diesem Anfall von Freundlichkeit wohl bezweckte. Ich kannte Ariane leider ziemlich gut. Früher, als sie noch mit ihren Eltern in Steinau gewohnt hatte, waren wir sogar mal Freundinnen gewesen, aber das war lange her. Es war für sie ein herber Schlag gewesen, als sie im letzten Sommer herausgefunden hatte, dass Tim und ich zusammen waren. Sie war fest davon überzeugt gewesen, sie müsse bloß mit dem Finger schnippen, um jeden Jungen zu bekommen, der ihr gefiel, die Realität war jedoch eine andere. Ariane war unbeliebt, und diese bittere Wahrheit hatte sie erfahren müssen.

»Ja, klar«, antwortete ich nun. »Herzlichen Glückwunsch.«

»Danke!«, trällerte Ariane und schüttelte ihre Mähne. »Ich konnt's kaum glauben, als mein Dad mir gestern davon erzählt hat. Es ist voll cool, eine eigene Reitanlage zu haben und immer mit seinem Freund zusammen trainieren zu können.«

Ich sah den erwartungsvollen Ausdruck in Arianes Augen, aber ich tat ihr nicht den Gefallen, sie nach Niklas Schütze zu fragen.

»Ach, ihr habt den Sonnenhof gekauft?«, fragte ich mit gespieltem Erstaunen. »Tim hat mir doch gesagt …«

»Gepachtet«, unterbrach mich Ariane eilig und ihr strahlendes Lächeln wurde dünner.

»Du kannst auf jeden Fall *immer* auf den Sonnenhof kommen, wenn du Tim besuchen willst«, säuselte sie gönnerhaft. »Es wird so richtig schön werden, als Erstes räumen wir da natürlich mal ordentlich auf.«

Bei der Vorstellung, wie Arianes aufgebrezelte Mutter mit einem Besen Spinnweben von Boxengittern fegte, musste ich mir auf die Lippen beißen, um nicht laut herauszulachen. Glücklicherweise betrat in diesem Moment unsere Klassenlehrerin Frau Werneke das Klassenzimmer und ich verkniff mir gerade noch eine spitze Bemerkung. Mein Blick fiel auf Arianes Po in den superengen Jeans und ich musste grinsen. Christian hatte recht: Sie war zwar sehr dünn, aber ihr Hintern war ganz schön kräftig.

Auf dem Weg von der Schule zum Busbahnhof nach der achten Stunde überlegten Melike und ich, was Ariane mit ihrem Verhalten wohl bezwecken mochte.

»Irgendwas führt sie im Schilde«, sagte Melike.

»Genau das hab ich mir auch gedacht«, stimmte ich ihr zu. »Aber was?«

»Hm.« Melike runzelte nachdenklich die Stirn. »Fakt eins ist, dass sie hinter Tim her war, ihn aber nicht kriegen konnte.«

Ich musste über Melikes Ausdrucksweise grinsen.

»Fakt zwei ist«, fuhr meine Freundin fort, »sie hatte noch nie einen festen Freund. Fakt drei – sie ist scharf auf Niklas Schütze und hat jetzt Angst, weil er dich anhimmelt.«

»Quatsch!«, widersprach ich Melike. »Ich hab drei Sekunden mit dem geredet, mehr nicht!«

»Du lagst in seinen Armen«, stellte Melike fest. »Er hat dich den ganzen Abend nicht aus den Augen gelassen.«

»Ich bin aus der Klotür gestolpert und er hat mich aufgefangen, sonst wäre ich hingefallen«, korrigierte ich sie. »Das war alles andere als romantisch!«

»Egal. So muss es aber auf Ariane gewirkt haben.« Melike ließ sich in ihrer Ariane-Theorie nicht durch meine Einwände beirren. »Außerdem analysiere ich gerade ja auch nur ganz objektiv die Situation.«

»Du hörst dich an wie eine Anwältin!« Ich musste lachen.

»Vielleicht sollte ich Jura studieren und Rechtsanwältin werden.« Melike grinste auch. »Oder Richterin. Und wenn ich mal reiten will, komme ich zu Tim und dir.« Wir hatten die Fußgängerzone erreicht und sie hakte sich bei mir ein. »Ich sehe unsere Zukunft ganz deutlich vor mir: Tim und du auf dem Amselhof mit einem Haufen Kindern und

Pferden, und ich – eine Karrierefrau, die der Erfolg reich, aber einsam gemacht hat.«

Ich prustete los vor Lachen und Melike kicherte, aber plötzlich wurde sie ernst.

»Oh nein, der schon wieder!« Sie verdrehte die Augen.

Am Busbahnhof wartete Fabian und hielt Ausschau. Als er uns im Strom der Schüler bemerkte, winkte er und steuerte auf uns zu.

»Verdammt«, murmelte Melike. »Ich dachte, der hätte noch eine Stunde länger.«

Fabian sah schlecht aus, hatte richtige Ringe unter den geröteten Augen.

»Hi, Melike«, sagte er, mich beachtete er gar nicht.

»Hi«, antwortete Melike abweisend und ließ widerstrebend meinen Arm los.

»Lass uns doch noch mal reden«, bat Fabian. »Du antwortest mir auf keine WhatsApp und in den Pausen hab ich dich auch nirgendwo gesehen. Bitte, Melike! Was hab ich denn falsch gemacht?«

Ich ging weiter zum Bus, der schon mit geöffneten Türen wartete. Während Melike mit Fabian diskutierte, versuchte ich, Tim zu erreichen. Offenbar war er heute nicht in der Schule gewesen, denn ich hatte ihn nirgendwo gesehen und ans Handy war er auch nicht gegangen. Der Busfahrer ließ den Motor an.

»Willst du mitfahren oder nicht?«, schnauzte er mich durch die geöffnete Tür an. Ich rief Melike, sie sagte noch etwas zu Fabian und kam dann angerannt. Durch die Busfenster sah ich Fabian mit gesenktem Kopf und hochgezogenen Schultern in die Fußgängerzone einbiegen.

»Er will es einfach nicht kapieren«, sagte Melike genervt

und schlug mit ihrer Faust gegen die Lehne des Sitzes vor ihr. »Dauernd schleicht er hinter mir her! Er hat mir heute doch schon wieder fünfzehn Nachrichten geschickt, obwohl ich ihm am Samstagabend klipp und klar gesagt habe, dass mir das auf den Keks geht!«

»Aber vor ein paar Tagen war doch noch alles okay zwischen euch«, wagte ich einen vorsichtigen Einwand.

»Wenn ich ehrlich bin, hab ich mir das nur eingeredet«, erwiderte Melike düster. »Es war unfair von mir, ihn so lange in dem Glauben zu lassen, mir wär's ernst mit ihm. Er ist ja echt ganz nett, aber …«

»Aber? Er macht doch alles, was du willst, ist immer da. Er sieht voll gut aus und ist … lieb …«

»Genau! Du sagst es!«, entgegnete Melike heftig. »Fabian ist ein gut aussehender, netter, lieber, zuverlässiger Langweiler. Nie geht etwas von ihm aus. Immer guckt er mich aus Hundeaugen an, findet alles toll, was ich sage und mache und wenn es der letzte Schrott ist! Ich schreib ihm was, Sekunden später kommt schon die Antwort, als hätte er nur darauf gewartet, dass ich mich melde. Ich hab das Gefühl, ich sitze in einer Falle. Oh Mann, ich könnte manchmal echt ausrasten!«

»Hm.« Mehr fiel mir dazu nicht ein.

»Null Temperament!«, regte Melike sich auf. »Keine eigenen Ideen, keine Überraschungen, keine Wortgefechte, kein Streit! Ich komme mir vor, als wären wir seit zwanzig Jahren verheiratet! Nee, das kann's nicht sein. Da ist ja sogar Jens witziger!«

»Auwei«, grinste ich. »Bitte komm mir nicht mit dem Aknefrosch an.«

»Ach, das hab ich doch nur so gesagt.« Melike musste

kurz grinsen, aber dann schaute sie wieder missvergnügt drein. »Ich wünschte, ich hätte nie was mit ihm angefangen.«

»Was hast du ihm gerade gesagt?«, wollte ich wissen.

»Dass er mich einfach in Ruhe lassen soll.« Melike stieß einen abgrundtiefen Seufzer aus und lehnte sich zurück. »Ich war nicht sehr nett zu ihm, aber anders scheint er es einfach nicht zu kapieren.«

6. Kapitel

Es hatte angefangen zu nieseln, als Melike und ich uns am Rathaus trennten und ich mein Fahrrad loskettete, um hinaus zum Amselhof zu fahren. Trotz der Handschuhe froren mir fast die Hände am Lenker fest, so kalt war es geworden. Ja, der Herbst war vorbei, in ein paar Wochen war schon wieder Weihnachten! Manchmal konnte ich kaum fassen, wie schnell die Zeit verging und wie viel sich in diesem einen Jahr verändert hatte. Ich war auf dem Amselhof aufgewachsen und hatte schon immer die Leute kommen und gehen sehen. Manchmal waren sie nett und es tat einem ein bisschen leid, wenn sie die Entscheidung trafen, ihr Pferd in einen anderen Stall zu stellen, aber meistens kümmerte es mich nicht sehr. Enge Freundschaften hatte ich nie gehabt, mal abgesehen von Melike. Aber im letzten Sommer waren wir zu einer tollen Clique geworden: Tim, Christian, Fabian, Melike, Kiki und ich hatten zusammen bei der Heuernte geholfen, wir hatten gegrillt, waren ins Schwimmbad oder an den Waldsee gefahren und schließlich hatten wir gemeinsam ein großes und gefährliches Abenteuer bestanden, als wir nachts durch den Wald nach Braunshart geritten waren, um Fritzi zu befreien. Jetzt hatte Tim kaum noch

Zeit. Gegen den Willen seines Vaters war er nicht nach der Zehnten von der Schule abgegangen, sondern war aufs Gymnasium gewechselt, um sein Abitur zu machen. Durch G8 war das ein ordentliches Pensum, das er neben Stallarbeit und Reiten zu bewältigen hatte.

Christian verlor immer mehr den Spaß am Reiten; nachdem er im Sommer mit Ronalda die Hessenmeisterschaften der Junioren gewonnen hatte, war er danach auf keinem einzigen Turnier mehr geritten. Er tauchte eigentlich nur noch im Stall auf, wenn Tim da war. Wenn Melike und Fabian sich nun trennten, dann würde auch das noch einmal viel verändern. Die Clique, die wir im Sommer gewesen waren, gab es nicht mehr. Unmerklich hatte sich alles in wenigen Monaten verändert. Und Fritzi war auch nicht mehr so richtig mein Pferd, seitdem Papa ihn regelmäßig trainierte und auf Turnieren ritt.

Ich fuhr durch das Hoftor, bog scharf nach links ab und radelte bei Fritzi vorbei. Er wieherte freudig, als er mich kommen sah. Im Stall war keine Menschenseele zu sehen, nur Jens' verstaubtes Radio lief. Nachdem ich ein paar Minuten mit Fritzi geschmust hatte, schob ich mein Fahrrad durch den Stall. In der Putzhalle begegnete ich Lajos.

»Na, was machst du denn für ein trübes Gesicht?«, fragte er.

»Ach«, seufzte ich und blieb stehen, »warum kann nicht immer alles so bleiben, wie es ist?«

»Weil im Leben immer alles in Bewegung ist. Und das ist gut so«, erwiderte Lajos.

»Ich finde es nicht gut«, widersprach ich. »Ich wünschte, alles wäre noch wie im Sommer.«

»Was hat sich denn verändert?« Lajos musterte mich aus seinen dunklen Augen aufmerksam und hörte zu, als ich ihm erzählte, was mich beschäftigte.

»Aber wäre es nicht furchtbar langweilig, wenn sich nichts verändern und entwickeln würde?«, fragte er, als ich verstummte.

»Ich weiß nicht«, sagte ich störrisch. »Ich find's blöd.«

»Stell dir mal vor, du wärst immer dreizehn«, entgegnete er. »Fritzi wäre immer drei Jahre alt, du würdest immer und ewig in die siebte Klasse gehen und mit Sirius E- und A-Springen reiten. Du würdest nie erwachsen werden, nie den Führerschein machen, immer dieselben Leute sehen. Und ich müsste immer im Forsthaus sitzen und du würdest glauben, ich sei ein Pferdedieb.«

Er lächelte und ich musste wider Willen auch grinsen.

»So meine ich das ja nicht«, sagte ich.

»Ich weiß schon, wie du's meinst. Ich habe jetzt einfach mal etwas übertrieben. Das Leben ist Veränderung, Entwicklung. Man kann nichts festhalten und die Zeit nicht zurückdrehen. Leider muss man sich oft von Dingen und Menschen verabschieden, die man lieb gewonnen hat, dafür tauchen neue Menschen auf, neue Chancen.«

Das war etwas, was ich sehr an Lajos schätzte: Er nahm mich immer ernst, speiste mich nie mit irgendwelchen lapidaren Erwachsenenfloskeln ab.

Ich stieß einen tiefen Seufzer aus.

»Kennst du Hermann Hesse?«, fragte Lajos.

»Nee.« Ich war überrascht über den plötzlichen Themenwechsel. »Wer ist das? Ein neuer Kunde von dir?«

Da lachte Lajos, und ich war gekränkt.

»Ach, die Jugend!«, rief er theatralisch. »Ihr kennt euch

mit Vampiren, Werwölfen und Zauberern aus, aber ihr kennt nicht mehr den guten alten Hesse!«

Er klopfte mir leicht auf die Schulter, dann warf er einen Blick auf seine Uhr.

»Ich muss leider los, Elena«, sagte er. »Google doch mal ›Hermann Hesse‹ und ›Stufen‹. Das ist ein berühmtes Gedicht von ihm. Vielleicht hilft dir das ein wenig.«

Ich nickte und sah ihm nach, wie er mit raschen Schritten durch den Regen zu seinem Auto lief, einstieg und davonfuhr. Dann schob ich mein Fahrrad hinüber zur Gaststätte und ging durch den Seiteneingang hinein. Twix, dessen Tagsüber-Körbchen im Flur zwischen der Wohnung von Opa und Oma und der Gaststätte stand, freute sich wie ein Plätzchen, als er mich sah und sprang glücklich an mir hoch.

Oma kochte mittags immer für die ganze Belegschaft des Amselhofes, heute saßen auch wieder die Bauarbeiter, die an der Reithalle arbeiteten, mit am Tisch. Ich wusch mir die Hände und setzte mich auf den letzten freien Stuhl neben dem Aknefrosch. Oma lud mir den Teller voll mit Sauerkraut, Kartoffelbrei und Rippchen.

»Kennst du Hermann Hesse?«, fragte ich Jens.

»Klar«, erwiderte der mit vollem Mund. »Denkst du, ich bin ein Volltrottel, nur weil ich Bereiter bin?«

»Nee, du bist Bereiter, weil du ein Volltrottel bist«, sagte Christian trocken. Alle lachten.

»Ach ja? Weißt du denn, wer Hermann Hesse ist, Herr Superschlau?«, konterte Jens angriffslustig.

»Natürlich. Hesse war ein großer Dichter.« Christian erhob sich von seinem Stuhl, legte eine Hand auf seine Brust und deklamierte pathetisch: »Wer mit dem Leben spielt, kommt nie zurecht, wer sich nicht selbst befiehlt, bleibt immer Knecht.«

»Das ist aber von Goethe, nicht von Hesse«, bemerkte einer der Bauarbeiter. Alle starrten den Mann verblüfft an und der wurde rot.

»Ist bloß Allgemeinbildung«, nuschelte er verlegen.

»Goethe, Hesse, was soll's. Ein wichtiger deutscher Dichter eben.« Christian war nicht so leicht zu beeindrucken und grinste Jens an. »Tu nicht so, als ob du mehr wüsstest.« Er setzte sich wieder hin und schob sich eine Gabel mit Kartoffelbrei in den Mund.

»Was wird das jetzt hier?« Meine Oma stemmte die Hände in die Seiten und schüttelte den Kopf. »Das literarische Quartett auf dem Amselhof?«

Jens legte Messer und Gabel hin, wischte sich mit der Serviette den Mund ab und stand auf. Halb erwartete ich, er würde jetzt beleidigt rausgehen und auf den Nachtisch verzichten, auf den er eigentlich immer großen Wert legte.

»Hör gut zu, du neunmalkluger Angeber, du kannst jetzt was lernen«, sagte er zu Christian. Er räusperte sich, wartete, bis ihn jeder anblickte.

»Stufen. Von Hermann Hesse«, begann er. Und dann sagte er doch tatsächlich fehlerfrei und flüssig das ganze Gedicht auf.

»Es wird vielleicht auch noch die Todesstunde uns neuen Räumen jung entgegensenden, des Lebens Ruf an uns wird niemals enden. Wohlan denn, Herz, nimm Abschied und gesunde«, endete er und blickte meinen Bruder herausfordernd an.

Für ein paar Sekunden war es so still, dass man den Wasserhahn in der Küche tropfen hören konnte.

»Wow«, sagte ich tief beeindruckt, legte mein Besteck hin und applaudierte. Die anderen folgten meinem Beispiel. Der Aknefrosch verbeugte sich grinsend und setzte sich wieder hin.

»Woher kannst du das auswendig?«, fragte ich.

»Ob du's glaubst oder nicht, auch ich habe ein paar Jahre lang eine Schule von innen gesehen«, erwiderte er ironisch. »Du hast mich doch eben nur nach Hesse gefragt, weil du fest damit gerechnet hast, ich wäre noch ein bisschen ungebildeter als du. Stimmt's?«

»Gar nicht!«, protestierte ich, aber ich wurde knallrot und schämte mich, weil er recht hatte und ich genau das gedacht hatte.

»Ganz schön überheblich von dir.« Er schüttelte den Kopf und machte sich über den Nachtisch her. »Ich hab übrigens noch einen kostenlosen Lebenshilfetipp für dich: Never judge a book by the cover.«

»Was soll das heißen?«

»Würdest du in Englisch besser aufpassen, dann wüsstest du's.« Er löffelte ungerührt seinen Pudding leer. Und ich musste mir eingestehen, dass ich tatsächlich ungebildeter war als der Aknefrosch und so mancher Bauarbeiter.

7. Kapitel

Melike und ich nutzten den verregneten Nachmittag, um in der Sattelkammer des Turnierstalls Berge von schmutzigem Sattelzeug zu putzen. Meine Freundin lachte sich scheckig, als ich ihr von Jens' Auftritt beim Mittagessen erzählte und davon, dass ich Hermann Hesse für einen neuen Kunden von Lajos gehalten hatte. Sie wollte unbedingt von mir den Bauarbeiter gezeigt bekommen, der Christian so blamiert hatte.

»Und dann sagt der Aknefrosch noch so was wie ›never choose a book by the cover‹«, erzählte ich, während ich einen Sattelgurt einseifte. »Es wär ein kostenloser Lebenshilfetipp. Pah, so ein Idiot!«

»Er meinte sicher ›never *judge* a book by the cover‹«, vermutete Melike. »Das heißt so viel wie: Beurteile einen Menschen nicht nach dem Äußeren.«

»Genau das habe ich auch gesagt«, ließ sich der Aknefrosch von der Tür aus vernehmen. »Das dumme Kind hat's nur nicht richtig verstanden.«

Ich zuckte erschrocken herum. »Belauschst du uns etwa?«, fuhr ich ihn verärgert an.

»Das würde mir noch fehlen, mir euer blödes Gekicher anzuhören«, entgegnete er grinsend. »Euer Vater sendet mich mit der Botschaft, eure dämliche Hoheit untertänigst zu bitten, sich auf ein neues Ross zu setzen.«

Melike, die alte Verräterin, bog sich vor Lachen.

Ich warf den nassen Schwamm nach ihm, Jens schnappte ihn reaktionsschnell und warf ihn beträchtlich heftiger zurück. Der Schwamm klatschte mir ins Genick und Melike lachte noch mehr.

»Spinnst du?«, kreischte ich, weil mir die schmutzige Seifenbrühe den Rücken herunterlief.

»Los jetzt«, schnauzte der Aknefrosch. »Schnapp dir deine Kappe und deine Anfängerweste und geh in die Halle!«

Da es nicht ratsam war, Papa warten zu lassen, wenn er auf einem Pferd saß, nahm ich meine Reitkappe und die Sicherheitsweste, auf die Mama bestand, wenn ich fremde Pferde ritt, und machte mich fluchend auf den Weg in die Reithalle. Papa saß auf Skyfall, dem schicken Apfelschimmel mit der weißen Mähne und dem weißen Schweif, den Pferdehändler Nötzli vor ein paar Tagen hatte bringen lassen. Früher hatte ich gedacht, jedes Pferd müsse mit einem so guten Reiter wie Papa auch gut gehen, aber mittlerweile wusste ich, dass dies nicht immer der Fall war. Es gab Pferde, die unter einer Frau besser gingen als unter einem Mann, die nicht so stark kontrolliert werden wollten oder die ganz einfach schon schlechte Erfahrungen gemacht hatten.

Skyfall war eindeutig ein solches Pferd. Nach jedem Sprung, den Papa machte, rannte er los, als sei der Teufel hinter ihm her und ließ sich kaum noch durchparieren. Er hatte die Augen weit aufgerissen und war nass geschwitzt.

»Auf dieses irre Vieh sollst du dich setzen?« Melike riss die Augen auf. »Ich glaube, dein Vater will dich loswerden.«

»Wahrscheinlich schämt er sich für seine dumme Tochter«, kommentierte Jens boshaft.

»Jetzt reicht's aber«, knurrte ich ihn an. »Kannst grad mal ein lumpiges Gedicht auswendig und spielst dich hier auf, als hättest du die Weisheit mit Löffeln gefressen.«

»Besser ein Gedicht als gar keins.«

»Warte nur, heute Abend lern ich ›Die Bürgschaft‹ auswendig«, drohte ich ihm und betrat die Halle. Ich erinnerte mich daran, dass Papa neulich in der Küche zu Mama gesagt hatte, der Schimmel sei absolut kein Pferd für ihn und er wisse überhaupt nicht, weshalb Nötzli ihm ein solches Pferd schicken würde. Mama hatte nur gelacht und erwidert, vielleicht sei das Pferd ja auch gar nicht für ihn gedacht und Nötzli habe gewusst, dass er es selbst schnell merken würde.

Skyfall war ein Dreiviertelblüter, ein feines, hochsensibles Tier.

»Zwischen uns stimmt einfach die Chemie nicht«, sagte Papa zu mir, als er absaß und die Steigbügel auf die für mich passende Länge verkürzte. Der Schimmel schnaufte, an seinem Hals hatte sich Schaum gebildet.

»Fertig?«

Ich nickte, nahm den Zügel. Papa ergriff mein Knie und warf mich in den Sattel. Der Schimmel schoss sofort nach vorne, ich hatte kaum Zeit, meine Füße in die Bügel zu stellen und die Zügel aufzunehmen. Sein Rücken war hart wie ein Brett, er schnickte dauernd mit dem Kopf, was ausgesprochen unangenehm war.

»Reit ihn einfach im Trab um die ganze Bahn und auf den Zirkel!«, rief Papa mir zu. Das war leichter gesagt, als getan. Skyfall war auf der Flucht, entweder trippelte er auf der Stelle oder stürmte kopflos vorwärts. Ganz ähnlich war

Quintano gegangen, als ich ihn damals zum ersten Mal geritten hatte. Ich gab ihm etwas mehr Zügel, ließ meine Schenkel ganz ruhig am Pferdebauch liegen und tat sonst nichts. Das schien das richtige Rezept zu sein. Mit jeder Runde wurde der Wallach entspannter und konzentrierter, er begann am Gebiss zu kauen und gab im Rücken nach. Sein Trab war schwungvoll und weich, und seine Galoppade war ein echter Traum – flüssig, weitausgreifend und sehr angenehm zu sitzen. Ich war begeistert!

Christian und Tim tauchten auf der Tribüne neben Melike auf, dann gesellten sich Lajos, Opa und Mama dazu.

»Hallo, Tim!«, grüßte ich im Vorbeireiten.

»Hi, Elena«, erwiderte er, ohne zu lächeln.

Nach zehn Minuten ritt ich ein paar fliegende Wechsel, versuchte eine Galopptraversale und sogar eine Pirouette. Unter all der Angst vor einer scharfen Parade oder dem Reitergewicht im Rücken verbarg sich ein exzellent ausgebildetes Pferd, das willig auf die feinsten Hilfen reagierte.

»Komm mal hier über das Kreuz!«, rief Papa durch die Halle. Tim und Christian waren bereits im Stall verschwunden, und ich war ein klein bisschen enttäuscht über Tims Desinteresse.

Skyfall fühlte sich wohl mit mir, ich spürte regelrecht, wie erleichtert er war. Ein paar Mal ließ ich ihn über das Kreuz springen, dann folgten ein kleiner Steilsprung und ein kleiner Oxer.

»Und?«, fragte Papa mich, als ich an ihm vorbeigaloppierte.

»Super«, antwortete ich und das stimmte. Skyfall gab mir ein tolles Gefühl am Sprung. Er sprang leichtfüßig, geschmeidig und sehr vermögend, besser noch als Quintano und angenehmer als Fritzi, der über den Hindernissen quasi explodierte und seinen Reiter dadurch gelegentlich in Gefahr brachte.

»Wie alt ist das Pferd?«, wollte Lajos wissen.

»Acht«, erwiderte Papa. »Ist in Irland und England schon bis 1,30 gegangen.«

Ich parierte zum Schritt durch und klopfte Skyfalls Hals. Papa und der Aknefrosch erhöhten alle Hindernisse und Papa erklärte mir den Parcours, der ungefähr L-Höhe hatte. Wir bewältigten den Parcours fehlerfrei und Papa nickte zufrieden.

Als ich den Schimmel aus der Halle führte, kam mir Tim mit Tanot entgegen.

»Na, wie war's?«, fragte Tim nur.

Keine Umarmung, kein Kuss.

»Gut«, erwiderte ich knapp. »Wo warst du heute den ganzen Tag? Ich hab versucht dich anzurufen, aber dein Handy war aus.«

Ich hörte selbst, wie vorwurfsvoll meine Stimme klang, und ärgerte mich darüber. Das Letzte, was ich sein wollte, war eine zickige Klette!

»Der Akku war mal wieder leer. Ich denk nie dran, das Ding aufzuladen«, sagte Tim. Für den Bruchteil einer Sekunde zuckte das Lächeln, das ich so an ihm liebte, über sein Gesicht, dieses Lächeln, das er nur für mich hatte. Ich sah die winzige Narbe an seiner Oberlippe und das süße Grübchen in seinem Kinn und hätte ihn am liebsten auf der Stelle umarmt und geküsst.

»Ich muss in die Halle. Bin eh etwas spät.« Das Lächeln war verschwunden, er ging weiter.

Bis Melike und ich Skyfall abgesattelt und versorgt hatten, war Tim schon fast fertig mit seinem ersten Pferd. Als wir zurück in die Reithalle kamen, sprang er gerade einen ziemlich hohen Parcours. Nach einer Doppel-Oxer-Kombination stolperte Tanot de Chardin, fing sich gleich wieder, bekam jedoch am nächsten Sprung einen ziemlich derben Fehler.

»Komm noch mal die letzte Tour!«, kommandierte Papa. »Und mach nicht so viel Druck auf den letzten Oxer, den kannst du ganz normal auf drei Galoppsprünge reiten.«

Tim nickte, ließ sein Pferd angaloppieren und wiederholte den letzten Teil des Parcours. Tanot sprang fehlerfrei, aber Papa war noch immer nicht zufrieden.

»Elena!«, rief er. »Sattele mir bitte Cotopaxi und komm dann mit Quintano in die Halle. Ich möchte, dass du auch noch mal mit ihm den Parcours springst.«

»Okay«, antwortete ich. Melike trabte hinter mir her, um mir dabei zu helfen, die beiden Pferde fertig zu machen.

In der letzten Turniersaison hatte ich mich mit Quintano dafür qualifiziert, im Preis der Herrmann-Hauser-Stiftung in der Frankfurter Festhalle zu starten. Für den Donnerstagvormittag nächste Woche, den Tag, der den hessischen Reitern vorbehalten war, stand eine Stilspringprüfung der Klasse M** auf dem Programm. Die besten vier Teilnehmer aus dieser Prüfung würden später am Nachmittag im Finale mit Pferdewechsel um den Sieg in dieser Serie reiten. Ich machte mir deswegen keine großen Gedanken; mit Quintano hatte ich sechs M-Springen gewonnen und zahlreiche weitere Platzierungen errungen. Auch Papa sorgte sich nicht um mich, wichtiger war ihm im Moment Tim, der ja in weitaus bedeutenderen Prüfungen starten würde.

Als wir wenig später mit Cotopaxi aus dem Stall kamen, kratzte Tim seinem Pferd vor der geöffneten Hallentür gerade die Hufe aus. Ein zierliches Mädchen mit einem kurzen blonden Pferdeschwanz hielt Tanot fest und schnallte das Martingal aus. Ein winziger Stich von Eifersucht zuckte durch mein Herz, wie immer, wenn ich Tim mit einem anderen Mädchen zusammen sah. Erst dann erkannte ich Kiki.

»Hey, Elena, hey, Melike!«, lächelte Kiki uns an.

»Danke«, sagte Tim zu ihr und schnappte ihr Tanots Zügel aus der Hand.

»Soll ich dir nicht noch …«, begann Kiki, aber Tim schüttelte den Kopf und verschwand mitsamt Pferd. Papa nahm mir Cotopaxi ab und schwang sich in den Sattel. Ich ging zu meinen Freundinnen und hörte, wie Kiki Melike erzählte, sie sei in einem Nagelstudio gewesen.

»Jetzt sehen meine Hände sogar nach drei Stunden im Stall noch echt gut aus«, kicherte Kiki und präsentierte uns stolz ihre makellos manikürten Fingernägel. »Untendrunter ist zwar alles rabenschwarz, aber von oben sieht das ja keiner.«

»Kostet doch ein Vermögen, dieser Fingernagelkram, oder nicht?«, fragte Melike kritisch. »Wie oft musst du denn jetzt dahin?«

»Keine Ahnung. So alle vier Wochen, schätze ich.« Ihr Handy klingelte. Sie warf einen Blick auf das Display. »Oh, ich muss los! Meine Mom und Fabian warten schon draußen. Wir sehen uns morgen! Ciao, ciao!« Und schon war sie weg.

Wir gingen zurück in den Stall, um Quintano zu holen.

»Was ist denn in *die* gefahren?« Melike schüttelte verwundert den Kopf. »Über diese künstliche Fingernagelscheiße hat sie doch immer gelästert. Und früher wär sie eher tot umgefallen, als so eine spießige Weste mit Pelzkragen, 'ne karierte Reithose und *Reitstiefel* anzuziehen!«

Das stimmte. Seitdem ich Kiki kannte, war sie immer nur in Chaps und Turnschuhen geritten. Auch von ihren Piercings hatte sie sich verabschiedet, genauso wie von ihrer wasserstoffblonden Stachelfrisur, dem Hundehalsband, mit dem Opa sie immer aufgezogen hatte, den verrückten Klamotten und ihrem dramatischen Augen-Make-up. Sie sah auf einmal ganz normal aus. Was mochte der Grund für diese Veränderung sein?

»Wahrscheinlich gefällt's ihr besser«, vermutete ich.

»Also echt!« Melike sah mich an, als sei ich ein völlig hoffnungsloser Fall. »Du hast zwar braune Augen, aber du bist total blauäugig! Wenn sich eine Frau so komplett verändert, dann steckt immer ein Kerl dahinter!«

»Vielleicht hat sie ja jemanden kennengelernt.« Ich zuckte die Achseln.

»Ich glaube viel eher, sie kennt schon jemanden, auf den sie Eindruck machen will«, sagte Melike. »Zum Beispiel Tim.«

»Unsinn!« Ich schüttelte den Kopf. »Tim findet sie sowieso ziemlich gruselig.«

»Aha. Und warum?«

»Die seltsamen Klamotten, die Piercings, die Haare …«, begann ich aufzuzählen, verstummte dann aber, als ich begriff, worauf Melike hinauswollte.

»Merkst du was?«, fragte sie. »Sie weiß auch, dass Tim sie unmöglich fand. Deshalb hat sie sich völlig verändert, ist quasi eine Kopie von dir geworden.«

Ich wollte das nicht glauben. Kiki war meine Freundin, ein super Kumpel, ein bisschen verrückt zwar, aber lustig und nett. Doch ganz plötzlich erinnerte ich mich an Kikis seltsame Frage auf der Toilette beim Reiterball, als sie wissen wollte, ob Tim noch käme und ob zwischen uns alles okay sei. Ich hatte mich darüber kurz gewundert, aber ihrer Neugier keine größere Bedeutung beigemessen.

Eben hatte Kiki bei Tim gestanden, sein Pferd festgehalten und erst neulich hatten sie in der Schule während der Pause miteinander gequatscht. Über was hatten sie geredet? Hatte ich irgendetwas nicht gemerkt?

Melikes Worte und Tims komisches Verhalten in den letzten Tagen und Wochen hatten einen gemeinen kleinen Zweifel in meinem Inneren geweckt.

»Ach was.« Ich nahm Quintano, der schon gesattelt auf der Stallgasse wartete, das Halfter ab, aber ich hatte auf einmal einen Kloß im Hals und ein ganz komisches Gefühl.

8. Kapitel

»Bist du etwa noch nicht den Parcours abgegangen?«, fragte mich Ariane.

»Nein, ich warte auf meinen Vater«, erwiderte ich nervös. Die Hindernisse waren gewaltig, die Oxer breit wie kleine Häuser, und die Festhalle war bis unters Dach ausverkauft. Massen von Zuschauern drängten sich auf den Tribünen, dem ersten und dem zweiten Rang. Sie hatten Fahnen und Spruchbänder dabei und machten einen ohrenbetäubenden Lärm. Das hatte ich auf einem Reitturnier noch nie erlebt!

»Ich würde mich an deiner Stelle beeilen. In einer Minute geht's los.« Ariane deutete auf den ersten Starter, der schon mit seinem Pferd in der Einreiteschneise stand, dann war sie verschwunden. Erstaunt erkannte ich den Reiter.

»Ach, du reitest auch mit?«, fragte ich Lajos, der auf Fritzi saß. Er trug eine Uniform, eine Reitgerte steckte im Schaft seines Stiefels.

»Ja, ich starte für Ungarn«, antwortete er. »Beeil dich, wenn du noch den Parcours abgehen willst, ich reite gleich rein.«

Ich konnte nicht länger auf Papa warten, stürmte in die Halle. Wo war nur der erste Sprung? Alle Hindernisse hatten auch dieselbe Farbe: gelb mit einer gezackten roten

Linie. So etwas hatte ich noch nie gesehen! Hilflos blickte ich mich um. Der Oxer direkt vor mir war Sprung Nummer 14, aber der Steilsprung dahinter hatte die Nummer 27. Dazwischen befand sich ein gelbes Auto, vor dem die Nummer 9 stand, und ein Hindernis bestand aus einer altmodischen gelben Telefonzelle, die quer im Sand lag.

»Wie soll ich mir bloß den Parcours merken?«, fragte ich Jürgen Bergmann, der einen Schlafanzug trug. »Wo ist denn der Start?«

»Ich habe dir doch den Parcoursplan aufs Handy geschickt«, sagte Bergmann ärgerlich. »Hast du ihn nicht auswendig gelernt?«

»Es fängt mit Sprung 11 an«, flüsterte plötzlich Tim neben mir. »Dann musst du vier dazuaddieren, also Sprung 15. Danach geteilt durch zwei. Aber das weißt du doch! Wir haben das hundert Mal in der Schule geübt!«

Ich kapierte gar nichts mehr. Was zum Teufel ergab denn fünfzehn geteilt durch zwei? Und wie ging es danach weiter? Lajos ritt an mir vorbei und salutierte wie ein Soldat.

»Lajos, wo ist Sprung drei?«, fragte ich, den Tränen nahe.

»Denk an Hermann Hesse!«, rief er mir zu, aber das half mir auch nicht weiter. Ich schwitzte und fror abwechselnd vor Nervosität und rannte aus der Halle hinaus. In der Abreitehalle war die Hölle los und ich kannte niemanden. Noch immer zerbrach ich mir den Kopf über diese Rechenaufgabe.

»Hey, du dummes Kind!«, rief der Aknefrosch. »Beeil dich! Du bist gleich dran!«

Er wartete mit Sirius am Zügel am Bierstand, neben ihm standen Liam und Melike, deren ganzes Gesicht voller Piercings war, und sagten englische Gedichte auf. Von Papa keine Spur!

»Welches ist der dritte Sprung? Bitte, Jens, sag es mir!«, flehte ich.

»Der Wassergraben«, erwiderte Jens und zwinkerte Liam und Melike zu. Sie alle bogen sich vor Lachen.

Der Wassergraben? Den hatte ich eben gar nicht gesehen! Ich schwang mich auf Sirius' Rücken und merkte, dass meine Füße den Boden berührten. Wie sollte ich mit dem Pony überhaupt diesen wahnsinnig schweren Parcours schaffen? Da kam endlich Papa!

»Elena, merk dir, du startest für Bayern München, wenn dich jemand fragt«, sagte er eindringlich. »Vergiss das nicht, sonst kriegst du eine schlechte Stilnote und dann ist alles umsonst gewesen!«

Papa verschwand, dafür tauchte Melike auf. Sie saß auf einem Geländemotorrad, hinter ihr auf dem Sozius hockten Tim und Kiki.

»Wir fahren vor dir her«, versprach mir Tim und zwinkerte Kiki zu, die mir die Zunge herausstreckte. Mit einem mulmigen Gefühl im Bauch trabte ich in die Halle. Die Hindernisse waren verschwunden, vor mir erstreckte sich ein schier endloser grüner Rasen, an dessen Ende sich der Parcours befand. Ich galoppierte auf das erste Hindernis zu, aber Sirius fiel in Trab, dann in den Schritt und schließlich senkte er sogar den Kopf, um zu fressen. Die Zügel glitten mir durch die schweißnassen Finger, das Lachen und Pfeifen der Zuschauer dröhnte mir in den Ohren. Am liebsten hätte ich mich in ein Mauseloch verkrochen, so sehr schämte ich mich!

»Du kommst zu spät«, sagte ein Mann mit kalter Stimme.

»Tim und Kiki sind mit Fritzi schon längst auf dem Weg nach Ungarn.«

Ich sah ihn an. Es war Tims Vater, und vor Schreck wachte ich auf.

Ein paar Sekunden lag ich stocksteif in meinem Bett, mein Herz klopfte heftig und ich begriff erst allmählich, dass ich den ganzen Mist nur geträumt hatte. Erleichtert strampelte ich die warme Daunendecke zur Seite und setzte mich auf. Offenbar war ich doch nervöser, als ich geglaubt hatte. Bis gestern hatte ich mir keine großen Gedanken darum gemacht, ja, ich hatte die Tatsache, dass ich zum ersten Mal in meinem Leben auf einem so großen Turnier reiten würde, regelrecht verdrängt. Ich stand auf, schlich nach unten und weckte Twix, der in seinem Körbchen im Flur schlief. Mama hatte mir zwar verboten, den Jack-Russell-Terrier mit ins Bett zu nehmen, weil sie es unhygienisch fand, womit sie sicherlich recht hatte, aber die Wärme des kleinen Hundekörpers dicht an mir war beruhigend, und so döste ich wieder ein.

Die Digitalanzeige meines Weckers zeigte 5 Uhr 30, als ich das nächste Mal aufwachte und glaubte, das Knattern von Tims Moped gehört zu haben. Wahrscheinlich hatte ich schon wieder geträumt. An Schlaf war allerdings nicht mehr zu denken und so beschloss ich, mich nicht länger im Bett hin und her zu wälzen, sondern aufzustehen. Ich knipste meine Nachttischlampe an, warf die Decke zurück und weckte damit Twix, der verschlafen ins Licht blinzelte und gähnte, dann aber sofort hellwach war. Er sprang aus dem Bett, wedelte mit dem Schwanz und sah mich unternehmungslustig an.

Rasch schlüpfte ich in Jeans und Pulli, band meine Haare

zu einem Pferdeschwanz und schlich die Treppe hinunter. Im Haus schliefen noch alle. Ich ergriff meine Jacke, zog die ausgelatschten Uggs an, die ich nur noch im Stall trug, und nahm den Stallschlüssel vom Schlüsselbrett.

Dichter Nebel lag über dem Hof. Fröstelnd überquerte ich den leeren Parkplatz. Ich liebte es, frühmorgens als Erste im Stall zu sein und war ziemlich erstaunt, als ich im Nebel einen schwachen Lichtschein durch das schmale Fenster über der Stalltür wahrnahm. Hatte gestern Abend jemand vergessen, im Stall das Licht auszumachen?

»Twix!«, rief ich leise, als ich die schwere Stalltür öffnete. Der Terrier erschien lautlos aus dem nebligen Dunkel, wie ein Wesen aus einer anderen Welt. Der würzige Geruch nach Pferden, Stroh und Ammoniak, der in der kalten Jahreszeit, wenn auch nachts alle Fenster und Türen geschlossen waren, besonders intensiv war, schlug mir entgegen. Robbie erhob sich aus seinem Korb und begrüßte mich schwanzwedelnd. Twix war schon an mir vorbeigehuscht und irgendwo im Stall verschwunden, ich hörte ihn weiter entfernt bellen, aber es war ein freudiges Bellen, mit dem er Leute begrüßte, die er kannte und mochte. Wer mochte außer mir heute so früh aufgestanden sein? Im Vorbeigehen drückte ich auf den Lichtschalter der Putzhalle, die im Zentrum des ganzen Stallkomplexes lag. Von hier aus ging es in den langen Stall, aber auch in den Schul-, den Mittel- und den Turnierstall. Die meisten Pferde lagen noch im Stroh und dösten, einige wieherten in Erwartung des Morgenfutters, andere erhoben sich grunzend oder schüttelten sich.

Mich durchzuckte ein freudiger Schreck, als ich Tim sah. Er hatte Juke Box auf der Stallgasse angebunden, stand auf einem Hocker und flocht die Mähne seines Fuchses ein. Das Radio lief leise.

»Hey!«, sagte ich leise. »Nicht erschrecken.«

»Hi, Elena.« Er grinste. »Twix hat mich ja schon vorgewarnt, dass du kommst.«

»Was machst du denn so früh hier?« Ich duckte mich unter dem Strick hindurch, mit dem er Juke Box angebunden hatte, und warf einen kurzen Blick in Fritzis Box. Der junge Hengst lag ausgestreckt im Stroh und schlief tief und fest. Mein seltsamer Traum war mir noch deutlich im Gedächtnis, fast hätte ich Tim danach gefragt, warum Kiki und er Fritzi nach Ungarn bringen wollten.

»Och, ich konnte nicht schlafen und da dachte ich, ich komme her«, sagte Tim. »Dein Vater hat mir einen Stallschlüssel gegeben.«

»Dann hab ich vorhin doch dein Moped gehört.«

»Du hast echt Ohren wie ein Luchs.«

»Ich hab auch nicht besonders gut geschlafen«, gab ich zu. »Hab nur Mist geträumt.«

»Ich auch«, erwiderte Tim, machte aber keine Anstalten, von seinem Hocker zu steigen, um mir einen Kuss zu geben. Es war über eine Woche her, seitdem mich Melike mit ihren Worten so verunsichert hatte. In der Zeit war Tim jeden Abend auf dem Amselhof gewesen, um seine Pferde zu trainieren und genau so lange hatte er mich nicht mehr umarmt oder geküsst. Jedes Mal war wie zufällig auch Kiki da gewesen. Ich beobachtete sie voller Misstrauen, aber sie tat oder sagte absolut nichts, was Melikes Verdacht, sie könne es hinter meinem Rücken auf Tim abgesehen haben, irgendwie bestätigt hätte. Abgesehen von ihrer äußerlichen Metamorphose benahm sie sich so wie immer, ritt White Face und Carino und suchte nicht etwa auffällig Tims Nähe.

Ich hatte Quintano bereits gestern eingeflochten und auch mein Sattelzeug geputzt, deshalb hatte ich jetzt eigentlich nichts mehr zu tun. Trotzdem holte ich den braunen Wallach aus seiner Box, band ihn davor an und begann ihn zu putzen.

»Ich bin schon etwas aufgeregt«, sagte Tim plötzlich. »Das Turnier ist wahnsinnig wichtig für mich. Wenn ich da jetzt gut reite, könnte es sein, dass der Bundestrainer mich in den Perspektivkader beruft. Aber dein Vater glaubt, Tanni und ich sind gut genug.«

»Wenn Papa das sagt, dann ist es auch so«, erwiderte ich. »Ihr werdet das locker hinkriegen.«

Wir sprachen nur oberflächliches Zeug, wie seit Wochen schon. Wie sehr vermisste ich unsere vertrauten Gespräche von früher! Was war nur passiert – und warum? Es war Tim, der sich verändert hatte. Lag es wirklich nur daran, dass er so viel Arbeit neben der Schule auf dem Sonnenhof hatte und dieses Turnier so immens wichtig für ihn war? Oder langweilte er sich vielleicht mit mir, seitdem ein Treffen mit mir nichts Verbotenes mehr war?

Seine Mutter holte ihn abends selten vor neun Uhr vom Amselhof ab und danach, so hatte er erst vorgestern behauptet, sei er einfach zu müde und zu kaputt, um noch zu telefonieren. So war ich noch gar nicht dazu gekommen, ihm zu erzählen, was Ariane, die seit einer Woche in der Schule scheißfreundlich zu mir war, über die Pläne ihres Vaters mit dem Sonnenhof gesagt hatte. Auch die Geschichte vom Aknefrosch und dem Gedicht hatte ich ihm nicht erzählt, genauso wenig wie von Melikes und Fabians

Trennung. Tim hatte im Augenblick genug andere Sorgen, als dass ich ihn mit so einem unwichtigen Kram zutexten wollte.

Ich zupfte Strohhalme aus Quintanos Schweif und überlegte, was ich mit Tim reden konnte oder ob ich einfach zu ihm hingehen und ihn küssen sollte. Aber was, wenn er mich zurückwies? Nein, lieber machte ich nichts und wartete ab.

»Mist, verdammt!«, fluchte Tim. »Ich krieg das einfach nicht hin.«

»Soll ich Juky und Tanni einflechten?«, bot ich ihm an. Ich war bei uns im Stall mit Abstand die schnellste Einflechterin, sogar noch schneller als Berit Teves, die Dressurreiterin.

»Würdest du das machen? Ich muss noch das ganze Sattelzeug putzen.«

»Klar, kein Thema.« Ich brachte Quintano in seine Box zurück, nahm Tim die Mähnengummis und den Kamm aus der Hand und kletterte auf den Hocker. Rasch öffnete ich die sechs knubbeligen Zöpfchen, die er mühselig hingewurschtelt hatte.

»So schlimm?« Tim grinste schief.

»Na ja. Für irgendein Wald- und Wiesenturnier wären sie gut genug, aber nicht für die Festhalle«, antwortete ich. »Vielleicht bist du im Fernsehen und da müssen deine Pferde einfach super aussehen.«

»Du bist ein Schatz.« Tim lächelte mich an. »Danke.«

Wie er mich so aus seinen unfassbar blauen Augen ansah, da wusste ich, dass ich es nicht ertragen könnte, ihn jemals mit einem anderen Mädchen zusammen zu sehen. Er stand ganz dicht neben mir, aber ich zögerte, den Kopf zu drehen und ihn zu küssen. Draußen sprang der Motor des alten Traktors an und in der nächsten Sekunde war die Chance vertan, denn das hintere Stalltor ging auf, und Stani kam herein. Die Pferde wieherten in ihren Boxen, auch Fritzi kam auf die Beine und schüttelte sich.

Tim verschwand in der Sattelkammer, um das Sattelzeug zu putzen, ich stieg auf den Hocker, feuchtete Jukys Mähne mit einem Schwamm ein und flocht sie geschickt in kleine gleichmäßige Zöpfchen, die ich anschließend umbog und mit einem weiteren Gummi umwickelte. Meine Gedanken wanderten zurück zu der schrecklichen Zeit im Sommer, als ich fest geglaubt hatte, Tim wolle etwas von Ariane. Das hatte sich als unsinnig erwiesen und war eine Verkettung von unglücklichen Missverständnissen gewesen, dennoch fühlte es sich jetzt wieder ein bisschen so an, als würde mir Tim entgleiten. Wieso nur konnte man sich nie ganz sicher fühlen? Ob sich das jemals ändern würde? Wie konnte Melike so sicher sein, Tim sei meine große Liebe – und ich vor allen Dingen seine, wenn ich doch nichts als Zweifel und Unsicherheit spürte?

Um sieben Uhr waren die drei Pferde, die mit nach Frankfurt kommen würden, bereit. Papa manövrierte den großen Lkw hinten an den Turnierstall, Christian und Tim öffneten die seitliche Verladerampe, streuten frische Späne auf den Boden und zogen mithilfe der elektrischen Seilwinde Tims Sattelschrank hoch. Papa und Heinrich bugsierten die Mülltonne, in der sich das Futter befand, auf den Lkw, ebenso ein paar Ballen Heu. Quintano würde heute Abend wieder mit auf den Amselhof fahren, aber Tanot de Chardin und Juke Box, die internationale Springen gingen, mussten nach der tierärztlichen Untersuchung bis zum Ende der Veranstaltung auf dem Turniergelände bleiben, das war so Vorschrift. Deshalb musste alles mitgenommen werden, was die beiden Pferde für vier Tage brauchten.

Ich hängte Tims und meine Turnierklamotten in den Schrank im Wohnabteil, danach verstaute ich das Sattelzeug, Gamaschen und die Decken für Quintano in der Sattelkammer, die sich hinter einer Klappe an der Seite des Lkw befand. Die Kopfnummern hatte ich schon am Vorabend richtig eingestellt und am Vorderzeug befestigt. Ich legte die Pferdepässe ins Fahrerhaus und sah zu, wie die drei Pferde im Schein des Außenstrahlers verladen wurden. Das alles war Routine und ging ohne jede Aufregung und Hektik vonstatten, denn die Pferde waren erfahrene Turnierhasen, die schon unzählige Male transportiert worden waren. Für Tim, Christian und mich war die Vorbereitung für ein Turnier auch nichts Außergewöhnliches, wir waren alle drei von Kindesbeinen an mit unseren Vätern auf Turniere gefahren und wussten, was zu beachten war. Wie von Papa geplant, rollte der große Lkw pünktlich um halb acht durch das Tor des Amselhofes in Richtung Steinau. Das Abenteuer konnte beginnen.

9. Kapitel

Ariane kam uns im Foyer der Festhalle entgegen.

»Bist du schon den Parcours abgegangen?«, fragte sie mich und ich dachte unwillkürlich an meinen verrückten Traum von letzter Nacht.

»Nein. Wir waren eben erst bei der Meldestelle«, erwiderte ich. Es war kurz nach neun, ich hatte als vierzehnte Starterin also noch jede Menge Zeit. Im Lkw hatte ich mich umgezogen und trug schon meine Turnierklamotten.

»Ist nicht so schwer«, sagte Ariane und ging neben mir her, als sei ich ihre beste Freundin. Wir betraten die Festhalle und gingen hinter den Tribünen zur Abreitehalle. Ein paar Reiter bewegten dort bereits ihre Pferde, aber es waren keine Teilnehmer meines Springens, sondern internationale Reiter, die gestern Abend bereits von weit her angereist waren.

Als ich neben Papa zum Einritt ging, wurden meine Knie weich. Obwohl donnerstags noch keine wirklich wichtigen Prüfungen auf dem Programm standen, war doch schon einiges los. Viele Frankfurter Schulen nutzten die Gelegenheit des kostenlosen Eintritts am Hessentag, deshalb strömten Massen von Jugendlichen auf die Tribünen und Ränge. Der Parcours sah zu meiner Erleichterung ganz normal aus und schien auf den ersten Blick nicht schwerer zu sein als das, was ich schon oft mit Quintano bewältigt hatte.

»Das ist ja ganz easy«, meinte ich.

»Täusch dich mal nicht«, warnte Papa mich. »Viele Pferde sind allein durch die Atmosphäre in der Halle abgelenkt, die bunte Bandenwerbung, die Beleuchtung, die hohen Tribünen. Wenn dann der Reiter auch noch nervös wird, dann ist es plötzlich nicht mehr so leicht, wie es aussieht. Aber für Quintano und dich sollte das kein Problem sein.«

Wir gingen den Parcours ab, wie es auch meine Konkurrenten mit ihren Vätern, Müttern oder Trainern machten. Ich kannte sie alle, denn wir hatten uns ja auf mehreren Turnieren für dieses Springen qualifizieren müssen. Richtig schlecht war niemand von uns und jeder hatte eine Chance darauf, unter die vier Besten zu kommen, die am Nachmittag noch mal mit ihrem eigenen, aber auch jeweils mit den Pferden der anderen einen Parcours bewältigen mussten.

Melike war mittlerweile ebenfalls eingetroffen, sie war mit Mama gefahren und noch aufgeregter als ich. Auf dem Weg zu den Stallungen, die in der benachbarten Messehalle untergebracht waren, erzählte ich ihr von meinem Traum, von Lajos in der Uniform, der auf Fritzi für Ungarn startete, und von Kiki und Tim auf dem Motorrad.

»Ich glaub, du hast dich geirrt«, sagte ich. »Ich hab Kiki jetzt die ganze Woche lang beobachtet und sie war ganz normal zu mir und auch zu Tim.«

»Es ist ja auch nur so ein Gefühl«, antwortete Melike. »Ich würde für sie nicht die Hand ins Feuer legen.«

Am Eingang zur Stallung begegnete uns Jürgen Bergmann

und neben ihm lief Niklas Schütze, der keine Reithosen, sondern Jeans trug.

»Wann bist du dran, Elena?«, erkundigte sich Bergmann.

»Als Vierzehnte«, sagte ich.

»Alles klar, dann bis gleich.« Er ging weiter, aber Niklas blieb stehen.

»Hallo, Elena«, sagte er und lächelte mich an. »Ich wusste gar nicht, dass du auch hier reitest.«

Ich hatte völlig vergessen, wie unglaublich gut er aussah. Das dunkle Haar trug er etwas kürzer als neulich beim Reiterball, seine goldbraunen Augen waren aber genauso aufmerksam und schön, wie ich sie in Erinnerung gehabt hatte. Und sein Lächeln verursachte ein eigenartiges Kribbeln in meinem Bauch.

»Äh … doch … jetzt das M«, stotterte ich. Meine Reitkappe rutschte mir aus den Händen. Ich bückte mich und wollte sie aufheben, dabei verhakte sich einer meiner Sporen in der Kordel meiner Jacke und riss sie mir beim Aufstehen von der Schulter, sodass Handy, Handschuhe und die Starterliste aus der Jackentasche auf den Boden fielen. Großer Gott! Niklas Schütze musste mich für einen total verpeilten Bauerntrampel halten. Melike kicherte und das machte es nicht besser. Niklas half mir beim Aufsammeln.

»Danke.« Meine Stimme klang piepsig. Ich traute mich kaum, Niklas anzusehen. »D…das ist ü…übrigens meine Freundin Melike.«

»Melike. Cooler Name. Ist das persisch?« Niklas gab ihr die Hand.

»Nein, türkisch.« Melike musterte ihn unverfroren von Kopf bis Fuß. »Du sprichst gar nicht mit schweizerischem Akzent.«

»Na ja, ich bin ja auch kein Schweizer«, erwiderte Niklas. »Eigentlich komme ich aus …«

»Darmstadt«, ergänzte Melike. »Ich weiß. Ich hab dich gegoogelt.«

Ich traute meinen Ohren nicht. Dies zu tun war eine Sache, es aber jemandem direkt ins Gesicht zu sagen, eine andere. Typisch Melike!

»Ach was? Wieso denn das?« Niklas hörte auf zu lächeln, für einen Moment wirkte er gar nicht mehr so selbstsicher. Er fuhr sich mit einer Hand durchs Haar und steckte dann seine Hände in die Taschen seiner Jeans.

»Ich bin halt immer gerne gut informiert«, gab Melike freimütig zu. »Bist du nur zu Besuch hier oder bleibst du jetzt wieder ganz in deiner alten Heimat?«

Aus den Augenwinkeln sah ich Tim und meinen Bruder kommen.

»Ich muss satteln«, sagte ich hastig und ließ Melike einfach mit Niklas Schütze stehen. Für heute hatte ich mich genug blamiert. Ich musste mich kurz orientieren, um mein Pferd zu finden. In der riesigen Messehalle waren lange Reihen provisorischer Boxen aufgebaut, die alle gleich aussahen. Endlich fand ich die richtige Stallgasse. Vor Quintanos Box holte ich erst einmal tief Luft. Was war nur mit mir los? Ich war doch sonst nicht so ungeschickt! Und warum beschäftigte mich das überhaupt so sehr? Es konnte mir eigentlich völlig egal sein, was Niklas Schütze von mir dachte!

Ich holte den braunen Wallach aus seiner Box, nahm ihm die Stalldecke ab und fuhr noch einmal mit einem weichen Lappen über sein Fell, das wie eine reife Kastanie glänzte. Der schwarze Schweif fiel locker bis zu den Sprunggelenken.

Gerade, als ich ihm den Sattel auflegte, kam Melike um die Ecke geschossen.

»So, jetzt weiß ich alles über den Typ«, verkündete sie und drückte mir jedes Detail aufs Ohr, das sie in den zehn Minuten über Niklas Schütze in Erfahrung gebracht hatte. Und das war – das musste ich zugeben – eine Menge.

»Du bist total unmöglich«, sagte ich kopfschüttelnd. »Wie kannst du bloß zugeben, dass du ihn gegoogelt hast? Was denkt der jetzt wohl von dir?«

»Na, eins weiß ich auf jeden Fall«, kicherte Melike. »Der ist längst nicht so cool, wie er tut. War ihm voll peinlich.«

»*Du* bist voll peinlich!«

Melike lachte unbekümmert und zuckte die Schultern. Ich legte Quintano die Gamaschen an, schnallte das Vorderzeug fest und trenste ihn auf. Papa kam mit Tim und Christian. Mein Bruder amüsierte sich darüber, dass Tim vorhin in der Festhalle Autogramme geben musste.

»Wenn du dieses Wochenende nicht gerade vom Pferd fällst, hast du hinterher sicherlich einen Riesen-Fanklub kreischender Mädchen am Hals«, flachste Christian. Tim winkte nur grinsend ab, aber ich musste schlucken. Bei allen Leuten verhielt Tim sich ganz so wie immer, nur zu mir war er komisch.

»Bist du so weit, Elena?«, fragte Papa.

Ich schlüpfte in mein Jackett, zog die Weste darüber und nickte.

»Viel Glück!«, rief Tim mir zu. Mehr nicht.

»Danke.« Ich schluckte meine Enttäuschung hinunter. Vielleicht würde es ja nach dem Festhallen-Turnier wieder besser, denn dann hatten wir erst mal Ferien und im Januar würde Tim auf dem Sonnenhof nicht mehr so viel Arbeit haben.

Papa hielt Quintano fest, ich saß auf und ritt neben ihm her ins Abreitezelt. Direkt vorne an der Bande lehnte Niklas. Er lächelte mir zu, als ich an ihm vorbei in die Bahn ritt.

Quintano war gut drauf, das spürte ich. Er tänzelte und bockte spielerisch, aber er war locker und voller Energie. Ich ließ ihn traben und die Anspannung, die mich seit gestern bis in den Traum verfolgt hatte, fiel von mir ab. Die ganze Zeit spürte ich, dass Niklas mich beobachtete. Eigentlich hätte Tim da stehen und mir zusehen müssen, schließlich war es auch für mich kein x-beliebiges Turnier, aber der hatte wohl wichtigere Dinge zu tun.

Ariane kam mit ihrem Con Amore in die Bahn und parierte direkt vor Niklas durch. Sie warf die Abschwitzdecke über die Bande.

»Kannst du bitte ein Auge auf die Decke haben, Nick?«, flötete sie genau in dem Moment, als ich an ihr vorbeiritt.

»Ja«, sagte Niklas nur knapp. Sein Blick traf meinen, er grinste und hob die Faust zum Zeichen dafür, dass er mir die Daumen drücken würde.

»Am Start ist die Nummer 485, Elena Weiland vom Reitverein Amselhof Steinau«, schallte die Stimme des Ansagers durch die Festhalle, als ich in den Parcours ritt. »Sie sitzt im Sattel von Quintano.«

Bisher hatte noch niemand eine bessere Wertnote als 7,0 bekommen, denn es kam genau so, wie Papa es vorausgesagt hatte. Viele meiner Mitstreiter ritten aus

Nervosität schlechter als sonst. Den beiden haushohen Favoriten, die während der ganzen Turniersaison fast in allen Qualifikationen weit vorne gelandet waren, hatten die Nerven bereits einen Strich durch die Rechnung gemacht. Ich ließ mein Pferd antraben, parierte in der Mitte der Bahn durch und grüßte die Richter, die über dem Einritt saßen. Mein Herzklopfen war verschwunden, ich war innerlich ganz ruhig und blendete alles rings um mich herum aus. Es gab nur noch mein Pferd und mich und die Hindernisse. Quintano war ganz auf mich und den Parcours konzentriert und sprang traumhaft gut! Uns gelang eine fehlerfreie Runde, die mit einer Wertnote von 8,7 belohnt wurde. Strahlend klopfte ich dem Wallach den Hals und ritt hinaus.

Ich gewann das Springen vor Ariane und zwei anderen Mädchen, die normalerweise nicht zu denen gehörten, die hohe Wertnoten in Stilspringen bekamen. Während der feierlichen Siegerehrung sah ich Niklas in einer der Logen bei Arianes Eltern sitzen. Der dunkelhaarige Mann und die Frau mit dem dunklen Pferdeschwanz mussten wohl seine Eltern sein, von denen Tim behauptet hatte, sie seien schlimmer als Herr und Frau Teichert. Niklas winkte mir zu und hob den Daumen. Ariane, die mit ihrem Pferd links von mir stand, bezog das auf sich.

»Ist er nicht einfach zum Fressen süß?«, gurrte sie und winkte zurück.

Was sollte ich darauf erwidern? Ob er zum Fressen süß war, konnte ich nicht beurteilen, aber Niklas war zweifellos ziemlich nett.

»Nicks Vater hat eine Riesenfirma, die auf der ganzen Welt Straßen und Wolkenkratzer baut«, schwärmte Ariane.

»Und die haben ein irres Haus mit lauter Angestellten. Die sind echt *wahnsinnig* reich.«

Mit so etwas ließ Ariane sich natürlich beeindrucken.

»Etwa reicher als ihr?«, fragte ich deshalb scheinheilig.

»Ach, ob einer zehn Millionen hat oder hundert.« Ariane lächelte herablassend. »Das macht ja keinen Unterschied.«

Mir lag eine bissige Erwiderung auf der Zunge, aber in dem Moment kamen der Richter und andere wichtige Leute, um uns zu gratulieren, danach ging es auf die Ehrenrunde.

Als wir abends mit dem Lkw nach Hause fuhren, platzte Papa fast vor Stolz. Ich hatte das Finale mit Pferdewechsel am späten Nachmittag souverän gewonnen, denn ich war mit den drei anderen Pferden am besten zurechtgekommen. Das war eigentlich kein Wunder, denn ich war daran gewöhnt, dauernd andere Pferde zu reiten und mich schnell auf sie einzustellen. Trotzdem konnte ich mich nicht wirklich freuen. Der Grund für meine deprimierte Stimmung hieß Tim. Nachdem er mit Juke Box am Mittag einen hervorragenden fünften Platz im S-Springen für hessische Springreiter belegt hatte, hatte ich ihn kaum noch zu Gesicht bekommen. Er hatte mit Niklas und dessen Eltern bei Teicherts, die sich in der allgemeinen Aufmerksamkeit sonnten, in der Loge und im VIP-Raum gesessen, dann war er ein paarmal interviewt worden und hatte an einer Pressekonferenz teilgenommen. Nicht ein einziges Mal hatte er mich gefragt, ob ich ihn begleiten wollte, deshalb war ich mit Melike durch die Halle und die Ausstellungsräume gestreift, um die Zeit irgendwie herumzubekommen.

Heute Abend würde Tim mit seiner Mutter, Jürgen Bergmann, den Teicherts und Familie Schütze essen gehen – ohne mich. Ich fühlte mich ausgeschlossen und furchtbar unglücklich.

10. Kapitel

Im internationalen Eröffnungsspringen am Freitagvormittag sorgte Tim für eine Sensation, denn er wurde mit Tanot de Chardin Vierter. Als bereits dritter Starter war ihm eine fehlerfreie Runde in einer sehr schnellen Zeit gelungen, die nur drei Reiter unterbieten konnten. Nach der Siegerehrung brach ein wahrer Sturm an Gratulationen über Tim herein. Kaum, dass er vom Pferd abgesessen war, wurde er von zig Leuten umringt, die mich zur Seite drängten, Tim auf die Schulter klopften und die Hand schüttelten. Ich schnappte den Zügel von Tanot, führte das Pferd zur Seite, lockerte den Sattelgurt und schob die Steigbügel hoch.

»Du warst super, Tanni«, sagte ich zu dem Braunen und kramte ein Zuckerstückchen aus der Jackentasche. »Dir auch herzlichen Glückwunsch!«

Tanot war der ganze Trubel vollkommen egal. Er zerkaute genüsslich den Zucker und rieb seinen Kopf an meiner Schulter. Weder Papa, noch Christian oder Jens kümmerten sich um das Pferd, deshalb führte ich Tanot hinüber zu den Stallungen. Natürlich hatte ich Melike, die heute in die Schule gehen musste, per WhatsApp auf dem Laufenden gehalten und ihr sogar ein Foto von der Siegerehrung geschickt, das hatte ich ihr versprechen müssen.

Sie würde später, sofort nach der Schule, mit Lajos und Mama herkommen. Bis dahin hatte ich sowieso nichts zu tun, deshalb störte es mich auch nicht, im Stall zu sein. Ich sattelte und trenste Tanot ab, hängte die prachtvolle blaue Schleife für den vierten Platz an seine Box und bürstete sorgfältig die Schweißränder aus seinem Fell. Anschließend bandagierte ich ihn ein, zog ihm seine Stalldecke an und führte ihn in die Box. Gerade als ich seinen und Juke Box' Wassereimer gefüllt und beiden Pferden ihre Mittagsration Futter in die Boxen gehängt hatte, kam Tim in Begleitung von Papa und Christian.

»Danke, Elena!« Tim strahlte. »Du bist echt ein Schatz, dass du dich um Tanni gekümmert hast.«

»Kein Problem«, erwiderte ich.

»Ach, Tim, hier ist dein Handy.« Mein Bruder griff in seine Jackentasche. »Das hat andauernd gepiepst und vibriert.«

»Danke.« Tim setzte die Kappe ab, tauschte sein Reitjackett mit seiner Jacke und checkte sein Handy. Wieso hatte er es Christian gegeben und nicht mir, seiner Freundin? Ich erinnerte mich an Melikes Verdacht. Befürchtete Tim etwa, ich könne eine Nachricht oder einen Anruf sehen, den er lieber vor mir verbergen wollte?

»Kommt, Kinder!«, sagte Papa. »Jetzt lasst uns erst mal etwas essen gehen. Ich habe einen Bärenhunger.«

Tim steckte sein Handy weg, dann schien er sich an mich zu erinnern.

Er hielt mir seine Hand hin und ich ergriff sie.

»Es tut mir echt leid, dass ich gerade so wenig Zeit für dich habe.« Er blickte mich bittend an. »Du verstehst das doch, oder?«

Ich zögerte einen Moment. Am liebsten hätte ich ihm gesagt, wie ich mich fühlte, hätte ihn gefragt, *was* ich denn verstehen sollte. Dass er sein Handy lieber meinem Bruder in Verwahrung gab statt mir, dass er keine Zeit mehr hatte, mit mir zu telefonieren, mich wenigstens mal kurz in den Arm zu nehmen oder zu küssen? Warum verschloss er sich vor mir und gab mir das Gefühl, ich spielte keine Rolle mehr in seinem Leben? Was war passiert?

Tim sah mich an und ich ihn und plötzlich kam es mir so vor, als sei er unendlich weit weg. Es war nicht der passende Augenblick für solche Fragen, deshalb stellte ich mich cool, lächelte nur und erwiderte: »Ja, klar.«

Ich wollte nicht zickig oder eifersüchtig wirken, vor allen Dingen wollte ich keins von den Mädchen sein, die an ihrem Freund kleben und ihn nerven, bis sie ihm lästig werden.

»Ich hab grad so viel um die Ohren«, sagte er und es klang wie eine Rechtfertigung, die ich nicht brauchte.

»Na los, kommt schon!«, rief Christian und wir folgten ihm und Papa. Tim hielt meine Hand in seiner, bis wir in die Festhalle kamen. Auf dem Weg zum VIP-Bereich wurde er im Gedränge immer wieder angesprochen, er blieb stehen, redete mit diesem und jenem – ohne mich vorzustellen. Ich kam mir so blöd und überflüssig vor wie das fünfte Rad am Wagen und ließ seine Hand los, als er ein paar Mädchen, die ihn kichernd anhimmelten, Autogramme geben musste. Gestern hatte Tim zwar noch zu Christian gesagt, er fände es voll peinlich, Autogramme zu geben, aber ich sah ihm an, dass er es genoss. Kaum waren die Mädchen weitergezogen, begegneten wir dem Bundestrainer, der Tim auf die Schulter klopfte und ihn dann zur Seite zog. Ich wartete. Zwei andere Männer steuerten direkt auf Tim zu, noch mehr Mädchen kamen mit Autogrammwünschen und schubsten mich regelrecht zur Seite.

»Du bist *so* toll geritten! Kannst du *Für Celina, meinen größten Fan* draufschreiben?« Ein Mädchen mit langen dunklen Haaren und einem Pfund Schminke im Gesicht hielt Tim ein Programmheft und einen Kuli vor die Nase.

»Klar.« Tim lächelte geschmeichelt.

»Aber wir wollten doch noch vor dem …«, begann ich.

»Gleich. Moment«, sagte Tim über die Schulter zu mir.

»Tim! Tim! Huhu!«, rief ein anderes Mädchen. »Schreib bitte: *Für Julia aus Rodgau alles Liebe*.«

»*Für Denise …*«

»*Für Jenny …*«

Sie umdrängten ihn wie einen Popstar. Und Tim, mein Tim, den so etwas angeblich nervte, grinste wie ein Honigkuchenpferd, schrieb Autogramme auf Eintrittskarten, Programmhefte und sogar auf den Handrücken eines Mädchens und vergaß mich darüber völlig. Da ging ich einfach weiter und er bemerkte es nicht einmal.

11. Kapitel

Der Preis der Stadt Frankfurt am Abend war eine der wichtigsten Springprüfungen des ganzen Turniers. In der Starterliste fanden sich unter anderem die Namen der besten dreißig Reiter der FEI-Weltrangliste, denn in dieser Prüfung konnten der Sieger und die Platzierten begehrte Weltranglistenpunkte sammeln. In der Abreitehalle sah ich Niklas Schütze das erste Mal auf einem Pferd sitzen. Er ritt einen Fuchs mit dem ungewöhnlichen Namen »Palais de Danse«, einen dreizehnjährigen französischen Wallach, wie ich der Starterliste entnahm, und er hatte sogar einen eigenen Pfleger, einen dunkelhaarigen jungen Mann, der ihm auf dem Abreiteplatz half und die Sprünge für ihn hoch- und herunterbaute.

»Der reitet wirklich voll gut«, stellte Melike, die neben mir an der Bande lehnte, anerkennend fest.

»Hey, Mädels!«, sagte Ariane und stellte sich zu uns. Sie war aufgestylt wie für eine Party, ihr Haar trug sie offen, sodass es ihr wie ein blonder Vorhang bis zum Po fiel.

»Puh!« Melike verzog angewidert das Gesicht und fächelte sich frische Luft zu. »Wie stinkst du denn?«

»Das ist Chanel No.5«, entgegnete Ariane geziert.

»Du hättest nicht gleich drin baden müssen.«

»Schaut mal, reitet Nick nicht traumhaft gut?«, schwärmte Ariane und ignorierte Melikes Kritik völlig. »Er kennt echt jeden hier! Wahnsinn!«

Tatsächlich schien Niklas mit einigen der berühmten Reiter auf recht vertrautem Fuß zu stehen, man merkte es an der selbstverständlichen Art, wie sie mit ihm sprachen.

»*Ganz* toll, Ariane«, sagte Melike sarkastisch.

»Na ja, er ist ja auf solch großen Turnieren quasi zu Hause«, fuhr Ariane unbeirrt fort. »Letzte Saison ist er sogar schon Nationenpreise für die Schweiz geritten. Und das voll erfolgreich. Mit Tim und ihm kriegt der Sonnenhof Niveau, das sagt der Bergmann auch.«

Tim war kurz vor Niklas, als elfter Starter, an der Reihe. Jens und Christian kümmerten sich um ihn, außerdem hatte er Papa als Trainer. Mich brauchte er nicht.

»Ach, ich glaube, ich gehe in die VIP-Loge, da kriegt man wenigstens was zu trinken«, quakte Ariane weiter. »Und man sieht von da aus den Parcours am allerbesten.«

»Lass uns die dumme Kuh abschütteln«, zischte Melike mir ins Ohr. »Komm, gehen wir auf die Tribüne.«

Wir fanden Plätze auf der Teilnehmertribüne gleich neben dem Einritt, Mama setzte sich neben uns. Tims Mutter saß bei Arianes Eltern in der Loge an der langen Seite der Reitbahn und darum beneidete ich sie nicht. Endlich war es so weit, Tim kam mit Tanot in den Parcours und Papa zu uns auf die Tribüne. Er war viel aufgeregter als Tim, der ziemlich cool wirkte.

»Ist halt was anderes, als wenn man selbst auf dem Pferd sitzt«, grinste Papa und rutschte nervös auf seinem Platz hin und her.

»Endlich weißt du, wie es mir immer ergeht«, erwiderte Mama und tätschelte seinen Arm. »Ganz ruhig, mein Lieber. Jetzt kannst du Tim sowieso nicht mehr helfen.«

Das Publikum in der Halle begrüßte Tim begeistert, der Hallensprecher hatte ihn als hessischen Reiter angekündigt und als jüngsten Teilnehmer in dieser schweren internationalen Springprüfung. Ich zitterte vor Anspannung, drückte Tim so fest die Daumen, dass sich meine Fingernägel in die Handballen bohrten. Tim zeigte sich gänzlich unbeeindruckt von der grandiosen Kulisse der vollen Zuschauerränge und der Fernsehkameras. Tanot de Chardin, der ja auch noch nie einen so anspruchsvollen Parcours gegangen war, sprang erstklassig und Tim steuerte ihn so gekonnt über die gewaltigen Hindernisse, als ob er ein L-Springen ritte. Papa hielt es kaum auf seinem Platz, er fieberte bei jedem Sprung mit, wie wir alle.

»Nur noch ein Sprung!«, quietschte Melike neben mir, ihre Finger krallten sich in meinen Arm.

»Ho, ho!«, machte Papa, denn Tim kam mit ziemlich hohem Tempo auf den letzten sehr hohen Steilsprung zu, der direkt vor der Teilnehmertribüne stand. Doch er ließ noch einmal kurz die Hand stehen, Tanot verkürzte seinen Galoppsprung und es passte ideal. Der erste fehlerfreie Ritt im Großen Preis der Stadt Frankfurt! Die Anspannung der Zuschauer löste sich in begeistertem Beifall und Pfiffen. Ich schnappte nach Luft und merkte, dass ich die ganze Zeit gar nicht mehr geatmet hatte. Papa und Christian waren schon nach unten gelaufen, sie nahmen Tim in Empfang, als der jetzt aus dem Parcours kam. Ich war auch aufgesprungen, winkte Tim und hoffte, dass er den Kopf heben und zu mir hochschauen würde, aber das tat er nicht.

»Komm! Lass uns zu ihm hingehen!« Melike zog an meinem Arm, aber ich setzte mich wieder hin.

»Geh nur«, sagte ich. »Ich bleib hier. Tim hat genug Leute um sich herum.«

»Was ist denn los mit dir?«, fragte meine Freundin erstaunt. »Ist was passiert?«

»Nein«, erwiderte ich und musste plötzlich gegen die Tränen kämpfen. Es war nichts passiert. Und es passierte auch nichts mehr. Nicht mehr zwischen Tim und mir. Im Augenblick des größten Triumphs waren ihm andere Menschen wichtiger als ich.

»Komm doch mit!« Melike ergriff meine Hand, aber ich zog sie zurück.

»Du kannst ruhig gehen. Ich halte dir den Platz frei.«

Melike sah mich zweifelnd an, aber dann lief sie nach unten in die Abreitehalle. Mama sagte nichts. Ich blieb das ganze Springen über neben ihr sitzen. Auch Niklas gelang ein Null-Fehler-Ritt und er qualifizierte sich wie Tim und neun andere Reiter für das Stechen um den Sieg.

»Dein Vater kriegt gleich einen Herzkasper«, grinste Melike, als sie zum Beginn des Stechens zurückkam und sich neben mich setzte. Wir sahen zu, wie Tim als erster Starter eine sehr konzentrierte, fehlerfreie Runde ritt, aber einen Fehler für das Überschreiten der erlaubten Zeit kassierte. Niklas riskierte mehr und hatte einmal Glück, denn Palais de Danse berührte ganz leicht die oberste Stange eines Steilsprungs, die bedenklich wackelte, dann aber in der Auflage liegen blieb. Alle Reiter, die nach ihm in den Parcours kamen, versuchten natürlich, seine Zeit zu unterbieten und handelten sich dabei Fehler ein. Erst der allerletzte Starter war noch eine Sekunde schneller als Niklas und gewann damit die Prüfung, aber es war keine Schande, von einem solchen Weltklassereiter besiegt zu werden. Tim war Sechster in diesem schweren Springen geworden, ein wirklich sensationeller Erfolg, mit dem niemand gerechnet hatte, am wenigsten sicherlich er selbst. Ich freute mich für ihn, gleichzeitig war ich traurig. Mama, Melike und ich verfolgten die Siegerehrung von der Tribüne aus, dann ging ich hinunter. Der Aknefrosch hatte Tim Tanot abgenommen. Papa war außer sich vor Freude. Alle drängten sich um Tim, beglückwünschten und feierten ihn, von mir nahm niemand Notiz.

»Kommt! Jetzt gehen wir erst mal ordentlich feiern!«, rief Papa und legte einen Arm um Mama, den anderen um Tims Schulter. Melike und Christian liefen hinter ihnen her.

»Geh nur mit«, sagte ich zu Jens, dem die Enttäuschung darüber, dass er wieder nur die Rolle des Pferdepflegers erwischt hatte, ins Gesicht geschrieben stand. »Ich mache Tanni fertig und komme dann auch hoch.«

»Echt?«, fragte der Aknefrosch ungläubig.

»Klar.« Ich ergriff Tannis Zügel.

»Bist echt ein nettes dummes Kind«, grinste Jens und verschwand wie ein Blitz. Ich führte Tanot hinüber in den Stall. Dort herrschte noch Geschäftigkeit, aber in dem Gang, in dem Tanot und Juke Box untergebracht waren, war es ruhig. Mir machte es nichts aus, hier im Stall bei den Pferden zu sein, denn ich hatte überhaupt keine Lust, im VIP-Bereich blöd herumzustehen und von Tim nicht beachtet zu werden. Ich nahm Tanot Sattel, Trense,

Vorderzeug und Gamaschen ab, hängte alles in den Sattelschrank und gab dem braunen Wallach ein paar Karotten. Er hatte heute wirklich eine großartige Leistung vollbracht, war zwei schwierige Parcours und ein Stechen fehlerfrei gegangen! Ich führte ihn zum Waschplatz, der vorne in der Halle eingerichtet war, spritzte ihm die Beine ab und band ihn danach vor der Box an. Beim Einbandagieren zuckte wieder dieses seltsame Kribbeln durch meine Finger, als ich Tanots rechtes Karpalgelenk berührte, so wie ein elektrischer Stromstoß. An den drei anderen Beinen fühlte ich hingegen nichts. Ich musste das Tim unbedingt sagen, denn mit Tanots Bein war irgendetwas nicht in Ordnung.

Mehr aus Zufall hatte ich schon vor einer Weile entdeckt, dass ich eine besondere Gabe besaß: Ich konnte mit meinen Händen Stellen erfühlen, an denen etwas nicht stimmte. Melike hatte Lajos davon erzählt und der hatte mich wiederum bei einigen seiner vierbeinigen Patienten auf die Probe gestellt. Tatsächlich hatte ich ihm jedes Mal zeigen können, wo das Pferd ein Problem hatte.

»Hey«, sagte plötzlich jemand neben mir. Ich blickte auf und erkannte Niklas.

»Hey«, erwiderte ich. »Herzlichen Glückwunsch! Du bist super geritten.«

»Danke.« Er lächelte bescheiden. »Ist ja nicht das erste so schwere Springen für Paddy und mich. Aber Tim war echt cool.«

Er streichelte Tanots Nase und klopfte ihm dann den Hals.

»Warum feierst du nicht mit den anderen?«, erkundigte sich Niklas.

»Ich bin lieber im Stall bei den Pferden.« Ich nahm Tanot die Abschwitzdecke ab und zog ihm seine Stalldecke über, dann führte ich ihn in seine Box. »Und wieso bist du hier und nicht oben in der VIP-Lounge?«

»Ich will nach so einem Springen erst mal in Ruhe über alles nachdenken«, antwortete er. »Das kann ich am besten, wenn ich mein Pferd fertig mache.«

»Ach, ich dachte, das erledigt dein Pfleger für dich«, sagte ich überrascht.

»Der macht schon genug.« Niklas lächelte. »Ich lege Wert drauf, mich vor und nach einem Springen selbst um mein Pferd zu kümmern.«

Das gefiel mir. Ich fragte mich, warum Tim Niklas als arrogant bezeichnet hatte. Das war er wirklich überhaupt nicht!

»Kommst du noch mit hoch?«, fragte Niklas mich nun. »Meine Eltern geben sicher eine Runde Schampus aus.«

Ich zögerte. Warum eigentlich nicht? Tim würde Augen machen, wenn ich mit Niklas auftauchte. Vorausgesetzt, er bemerkte mich überhaupt.

»Ich trinke keinen Alkohol«, redete ich mich heraus. »Außerdem muss ich noch Heu geben, Wasser nachfüllen, die Pferde füttern und Juke Box umdecken.«

»Ich helf dir dabei«, bot Niklas an.

»Okay.« Seine Beharrlichkeit entlockte mir ein Lächeln. Er zog los, um Wasser zu holen, ich gab den beiden Pferden Heu und Futter. Zu zweit deckten wir Juke Box um. Mein Herz klopfte aufgeregt, als ich schließlich neben Niklas durch die Festhalle, die sich ziemlich geleert hatte, Richtung VIP-Bereich ging. Wir hatten die Eingangstür fast erreicht, als Niklas stehen blieb.

»Elena, wäre es unverschämt, wenn ich dich bitte, mir deine Handynummer zu geben?«

»W… wieso?« Ich war überrumpelt. Was hatte das zu bedeuten? War es okay, wenn ich einem anderen Jungen meine Handynummer gab, oder gehörte sich das nicht? »Äh … nein … natürlich … äh, natürlich nicht …«

Niklas hob die Augenbrauen und sah mich verwirrt an.

»Ich meine, klar kannst du meine Handynummer haben«, brachte ich mühsam heraus.

»Ich werde dich auch nicht dauernd anrufen«, versicherte er mir und zog sein Smartphone heraus. Ich diktierte ihm meine Nummer, die er gleich einspeicherte.

Auf jedem großen Turnier gab es einen VIP-Bereich, zu dem nur Teilnehmer und deren Angehörige, Sponsoren, Ehrengäste und andere wichtige Leute Zutritt hatten. Es war schon spät, trotzdem war noch viel los. Hinten an der Sektbar standen sie alle zusammen, redeten, lachten und tranken Sekt: meine Eltern, Tims Mutter, Christian, Melike, Tim, die Teicherts, Jürgen Bergmann, Niklas' Eltern, ein paar andere Leute und Ariane, der die Gesichtszüge entgleisten, als sie Niklas und mich zusammen hereinkommen sah. Sie musste irgendetwas gesagt haben, denn alle blickten uns plötzlich an. Der Weg über den dunkelblauen Teppichboden wurde immer länger. Zwischen all den elegant gekleideten Menschen wurde mir bewusst, wie ich aussah und dass ich nach Pferd und Stall stinken musste. Ich hatte mir nicht mal die Hände gewaschen!

»Komm, lass uns was trinken«, sagte Niklas. In dieser Sekunde drehte sich auch Tim um, der mit irgendjemandem ins Gespräch vertieft gewesen war. Mein Herz machte einen Satz und meine Knie waren plötzlich so weich wie Gummi. Sein prüfender Blick flog zwischen Niklas und mir hin und her, und ich konnte beinahe sehen, wie er falsche Schlüsse zog.

»Ach, du bist ja auch noch da«, begrüßte er mich wenig freundlich. »Ich dachte, du wärst mit Lajos nach Hause gefahren.«

Kein Kuss. Keine Umarmung.

»Ich war im Stall«, sagte ich.

»Sie hat dein Pferd versorgt«, ergänzte Niklas, bevor ich Tim gratulieren konnte. »Ich hab sie überredet, noch mal mit hierherzukommen.«

»Danke«, sagte Tim und ich war mir nicht sicher, ob das mir oder Niklas galt. Schon war Ariane da und funkelte mich an, eine zornige Wolke aus blondem Haar, betäubendem Parfümgeruch und viel Schminke. Sie hakte sich besitzergreifend bei Niklas unter.

»Wo warst du denn so lange, Nick?«, blubberte sie los. »Deine Eltern haben den Schampus kalt stellen lassen.«

»Dann muss ich mich ja nicht beeilen«, erwiderte er, zwinkerte erst mir, dann Tim zu und ließ sich von Ariane wegziehen. »Kommt ihr mit?«

»Gleich«, knurrte Tim nur, aber das klang eher wie: »Ganz sicher nicht.« Er war angefressen, warum auch immer.

»Tim, ich muss dir was sagen«, begann ich rasch, bevor wieder jemand störte.

»Was denn?« Das klang nicht begeistert. »Hat das nicht noch bis später Zeit?«

»Nein, ich … eben im Stall, da habe ich …«

»… Niklas Schütze getroffen, ich weiß«, unterbrach Tim mich kühl.

»Ja, das auch, aber …« Ich hatte keine Gelegenheit mehr dazu, ihm von dem Problem zu erzählen, das ich an Tanots rechtem Vorderbein vermutete, denn Jürgen Bergmann kam und sagte, er wolle Tim jemandem vorstellen. Und schon stand ich alleine da mit Melike, die natürlich wissen wollte, weshalb ich zusammen mit Niklas aufgetaucht war.

»Wir haben uns alle schon gefragt, wo du so lange bleibst!«, sagte sie vorwurfsvoll.

»Ich hab Tanot fertig gemacht und die Pferde versorgt, weil der Aknefrosch lieber feiern gehen wollte«, antwortete ich wahrheitsgemäß. »Niklas stand plötzlich da und fragte, ob ich mit in den VIP-Bereich gehe, aber ich hab ihm gesagt, dass ich erst noch füttern, tränken und umdecken muss. Dabei hat er mir geholfen.«

»Aha.« Melike sah mich genauso seltsam an wie Tim eben. »Ich hab gesehen, wie Niklas dir gerade zugezwinkert hat. Und ich fürchte, Tim hat das auch gesehen.«

»Und wenn schon«, meinte ich achselzuckend. »Glaubst du mir etwa nicht?«

»Niklas Schütze hat dir also geholfen, Tims Pferde zu füttern.« Melike war das Misstrauen in Person. »Und warum?«

»Ich weiß nicht. Vielleicht, damit ich schneller fertig werde.«

»Also, entweder bist du total naiv oder du erzählst mir Märchen«, sagte Melike. »Dieser Niklas ist hinter dir her, das sieht doch wohl ein Blinder mit Krückstock! Kein Wunder, dass Tim ziemlich angepisst ist.«

Erst jetzt kapierte ich, was los war!

»Das stimmt doch alles gar nicht!«, versuchte ich Melike zu erklären. »Tim ist seit ein paar Wochen komisch zu mir. Abends ist er angeblich zu müde zum Telefonieren und umarmt oder geküsst hat er mich seit Ewigkeiten nicht mehr. Heute bin ich den ganzen Tag nur hinter ihm hergelaufen und er hat's nicht mal geschafft, mich irgendwem vorzustellen. Ich kam mir so bescheuert vor!«

»Und dann kommt Niklas und ist ein bisschen freundlich – und schwupps – ist dir Tim egal!«

»Nein, so war es nicht!« Ich war fassungslos. Meine beste Freundin glaubte mir nicht! Und Tim, mein Freund, der mich seit Wochen links liegen ließ, erwartete von mir Verständnis und war angefressen, weil ich mit Niklas sprach!

»Ist auch egal«, sagte Melike. »Du musst wissen, was du tust.«

»Genau«, erwiderte ich heftig. »Auf jeden Fall werde ich nicht mehr den Pferdepfleger spielen, um als Dank dafür noch verdächtigt zu werden! Das kannst du Tim ausrichten, mit dir redet er ja vielleicht noch. Mir reicht's für heute wirklich!«

Ich ließ sie einfach stehen und ging zu Mama, die schon die Jacke angezogen hatte.

»Fährst du jetzt nach Hause?«, fragte ich sie und kämpfte mit aller Macht gegen die Tränen.

»Ja, ich wollte jetzt gleich …«

»Dann warte ich unten an deinem Auto«, unterbrach ich sie, drehte mich auf dem Absatz um und floh aus dem VIP-Raum, bevor mich irgendjemand zurückhalten konnte. Wieso glaubte Melike mir nicht? Ich hatte mich noch nie mit ihr gestritten, bis heute. Mein Zorn verwandelte sich auf dem Weg zum Auto in tiefe Enttäuschung. Alles lief schief und ich wusste nicht, warum.

12. Kapitel

»Elena? Elena!« Mama kam die Treppe hoch und öffnete die Tür meines Zimmers. »Ach, du liegst ja noch im Bett! Willst du nicht mit Papa, Christian und mir nach Frankfurt fahren?«

»Nein«, murmelte ich und zog die Bettdecke hoch.

»Was ist los mit dir?« Das Bett senkte sich unter Mamas Gewicht und ich spürte ihre Hand auf meiner Schulter. »Ist irgendetwas passiert?«

»Nein«, sagte ich zur Wand. »Ich hab einfach keine Lust, den ganzen Tag in der Festhalle herumzuhängen. Außerdem muss ich Fritzi und Quintano reiten.«

»Hattest du Streit mit Tim oder Melike?«

»Nein.«

Mama meinte es gut, aber ich hatte null Lust, mit ihr darüber zu sprechen. Ich wollte weder ihr Verständnis, noch ihr Mitleid. Ich wollte nur in Ruhe gelassen werden. Sie schien das zu verstehen, denn sie stand auf.

»Na ja, du kannst ja später mit Lajos nachkommen, falls du es dir noch anders überlegen solltest. Aber reite bitte nicht das neue Pferd, wenn Papa nicht dabei ist, okay?«

»Okay.« Ich bohrte mein Gesicht in mein Kopfkissen,

denn Mama hätte sofort erkannt, dass ich die halbe Nacht geheult hatte, und dann wären wieder Fragen – oder noch schlimmer – Tröstungsversuche gekommen.

Natürlich wäre ich gerne mit in die Festhalle gefahren, um Tim zu sehen und mit ihm zu reden, auf der anderen Seite wollte ich einen Tag wie den gestrigen nicht noch einmal erleben. Ich wartete, bis unten die Haustür ins Schloss gefallen war, dann stand ich auf und suchte mein Handy, das ich zwischen meinen Klamotten fand.

»Mist«, fluchte ich, denn in der Nacht hatte wohl irgendwann der Akku seinen Geist aufgegeben. Auf der Suche nach dem Ladekabel kroch ich auf allen vieren durch mein Zimmer und fand es schließlich unter meinem Bett. Ich hängte es an den Strom und schleppte mich ins Badezimmer. Der Blick in den Spiegel bestätigte, was ich schon gespürt hatte: Ich sah entsetzlich aus! Meine Augen waren vom Heulen total angeschwollen. Ich duschte ausgiebig, danach ging es mir schon etwas besser. Als ich zurück in mein Zimmer kam, fand ich vier neue Nachrichten. Tim, Melike, Niklas und – Ariane!

»*Sorry für vorhin. Hab da wohl was missverstanden*«, hatte Tim mir um 0:28 geschrieben. »*Danke, dass du dich um Tanni gekümmert hast. Wann kommst du heute aufs Turnier?*«

»Gar nicht«, flüsterte ich und hatte sofort wieder die Tränen in den Augen.

Melike wollte auch wissen, wann ich heute in die Festhalle kommen würde, und sogar Ariane schrieb mir deshalb eine WhatsApp, durchsetzt mit zig Smileys und albernen Symbolen. Die letzte Nachricht stammte von Niklas, als ich sie öffnete, hatte ich Herzklopfen.

»Hi Elena! Noch mal danke für deine Nummer«, las ich. *»Sehen wir uns heute in der FH? LG, Nick.«*

Melikes Behauptung, Niklas sei hinter mir her, kam mir in den Sinn. Ich dachte an unser Gespräch im Stall gestern Abend, als er mir geholfen hatte die Pferde zu versorgen. Da war beim besten Willen nicht ein Blick, ein Wort oder eine Berührung gewesen, die ich ihm als Verliebtheit hätte auslegen können. Ich hatte mir mit Tim wahrhaftig genug verliebte SMS hin und hergeschrieben um zu wissen, wie eine aussah. Diese SMS von Niklas Schütze war freundlich und sachlich, nicht mehr und nicht weniger.

Im Stall und in der Halle war viel los. Nachdem mich der Dritte oder Vierte gefragt hatte, weshalb ich heute nicht in der Festhalle sei, beschloss ich, mit Fritzi ins Gelände zu reiten. Es war ein kalter trockener Tag, ideales Wetter für einen Ausritt. Ich holte ihn aus seiner Box, sattelte und trenste ihn auf und führte ihn nach draußen. Fritzi kapierte sofort, dass heute keine Dressurarbeit in der Halle angesagt war, und gebärdete sich wie ein übermütiges Fohlen. Er drehte sich im Kreis, hüpfte zur Seite und ich hatte alle Mühe, den Fuß in den Steigbügel zu bekommen.

»He«, sagte ich zu ihm, »wenn du mich nicht aufsitzen lässt, musst du in die Führmaschine gehen.«

Manchmal glaubte ich, Fritzi würde wirklich alles verstehen, wenn ich mit ihm redete. Er blickte mich an und schaffte es tatsächlich, für zehn Sekunden auf der Stelle stehen zu bleiben. Das genügte mir, um in den Sattel zu kommen. Im Trab ritt ich den sandigen Weg zum Waldrand, parierte dort noch einmal durch, um nachzugurten. Fritzi kaute eifrig am Gebiss und schüttelte ungeduldig den

Kopf. Er wusste genau, dass er gleich galoppieren durfte, so schnell er wollte. Bei Papa musste er immer gehorchen und arbeiten, ein Ritt ins Gelände mit mir bedeutete dagegen puren Spaß! Ich schlug den Weg zur »Autobahn« ein, wie Melike und ich den geschotterten Waldweg getauft hatten, der schnurgerade über ein paar Kilometer leicht bergauf quer durch den Wald führte. Hier konnte jedes noch so stürmische Pferd ordentlich Dampf ablassen.

»Und los!«, rief ich und der Hengst zischte davon wie von einem Katapult abgefeuert. Ich duckte mich tief über seinen Hals, gab ihm den Kopf frei und ließ ihn rennen. Seine Hufe trommelten dumpf auf dem mit trockenem Laub bedeckten Boden, der Wind sang in meinen Ohren und aller Kummer fiel von mir ab. Es gab für mich einfach keine bessere Medizin als ein schneller Galopp mit diesem wunderbaren Pferd! Wir preschten im Renntempo durch den Wald und hatten im Nu das Ende der Autobahn erreicht. Fritzi drosselte seine Geschwindigkeit von selbst und ließ sich willig von mir zum Trab durchparieren, bis wir um die Kurve herum waren und die schmale, asphaltierte Straße überquert hatten, die zum Forsthaus führte, in dem Lajos wohnte. In einem etwas gemäßigteren Tempo galoppierten wir weiter, verließen den Wald und waren im Feld. Hier oben pfiff ordentlich der Wind über die winterkahlen Felder und Wiesen und trieb mir die Tränen in die Augen. So weit war ich schon lange nicht mehr geritten. In der Ferne konnte ich die ersten Häuser und die Burgruine von Königshofen erkennen. Fritzi begann zu schnaufen, sein Hals war feucht von der Anstrengung. In einem Bogen ritt ich zurück Richtung Wald, damit wir den kalten Wind im Rücken hatten. In dem Moment hörte ich mein Handy klingeln. Ich zog den Handschuh aus und nestelte es aus der Tasche. Es war Tim!

»Hi, Elena«, sagte er. »Dein Mom hat mir eben gesagt, dass du heute nicht kommst. Warum nicht?«

»Ich hab keine Lust«, erwiderte ich. »Außerdem habe ich noch ein paar Pferde zu reiten.«

»Wo bist du? Ich verstehe dich so schlecht!«

»Ich bin mit Fritzi im Gelände. Hier pfeift der Wind ganz schön.«

»Hast du meine SMS bekommen?«

»Ja, ich hab sie heute Morgen gelesen. Danke.«

»Elena, was ist los?«, wollte Tim wissen. Im Hintergrund hörte ich undeutlich die Lautsprecheransagen des Hallensprechers. »Was wolltest du mir gestern sagen?«

»Ach, war nicht so wichtig«, antwortete ich.

»War es wegen diesem Niklas?«

»Quatsch!« Ich konnte es nicht fassen, dass er tatsächlich so etwas von mir glaubte! Aber ich wollte ihm auch jetzt, vor dem letzten wichtigen Springen, nichts von meiner Befürchtung sagen, mit Tanots Bein sei etwas nicht in Ordnung. »Du hast viel zu tun auf dem Turnier. Das hat bis später Zeit.«

»Wann kommst du her?«

»Ich weiß nicht. Ich muss noch Quintano und Skyfall reiten. Aber du hast ja meinen Vater, Christian und Jens. Da brauchst du mich nicht.«

»Doch! Ich brauche dich!«, entgegnete Tim zu meiner Überraschung. »Wenn ich weiß, dass du da bist, auf der Tribüne sitzt und mir die Daumen drückst, dann fühle ich mich … irgendwie besser. Bitte komm doch noch her! Das erste Springen fängt um Viertel nach zwei an!«

Wie sehr hatte ich mich nach solchen Worten gesehnt! Aber so einfach würde ich es Tim jetzt nicht machen. Direkt vor uns flatterte ein Fasan aus einem Gebüsch auf und Fritzi machte einen erschrockenen Satz.

»Upps!«, rief ich, denn mir wäre fast das Handy heruntergefallen. »Ich muss Schluss machen, Tim! Fritzi spinnt rum! Viel Glück auf jeden Fall!«

»Elena! Warte! Ich …«

Ich hatte das Gespräch schon weggedrückt, stellte das Handy lautlos und steckte es zurück in meine Jackentasche. Dann ließ ich Fritzi wieder angaloppieren. Tim schien echt ein bisschen eifersüchtig zu sein. Hatte er selbst bemerkt, dass er sich mir gegenüber komisch benommen hatte? Vielleicht war es gar nicht so dumm gewesen, gestern Abend mit Nick im VIP-Raum aufzutauchen.

Melike klang eingeschnappt. »Wir haben uns doch so auf die Festhalle gefreut!«, warf sie mir vor. »Und jetzt kommst du nicht. Das ist doch voll blöd.«

Es stimmte. Melike und ich hatten uns wochenlang auf das Turnier gefreut, aber da war auch alles noch anders gewesen.

»Das hat ja auch nichts mit dir zu tun«, versuchte ich ihr zu erklären. »Ich hab nur keine Lust mir anzugucken, wie Tim von tausend Mädels umdrängt wird, und ich stehe daneben wie bestellt und nicht abgeholt.«

»Aber du hast doch mich!«, beharrte Melike. »Mann, Elena, sei nicht so schrecklich stur! Bitte komm her!«

Ich seufzte. Sie wollte einfach nicht verstehen. Wir redeten noch kurz, Melike versicherte mir, sie verstünde mich, aber ich war nicht sicher, ob sie das wirklich tat. Ich hatte Quintano geritten und Skyfall longiert, jetzt hockte ich in der Sattelkammer, putzte Sattelzeug und tat mir selber leid. Alle waren auf dem Turnier und amüsierten sich. Alle, außer mir! Twix lag in seinem Körbchen vor der Elektroheizung und schnarchte friedlich vor sich hin und ich heulte ein bisschen. Plötzlich hob er den Kopf und sprang auf. Ich hörte Schritte, wischte mir mit dem Pulli schnell die Tränen ab und drehte mich um. Lajos tauchte in der Tür der Sattelkammer auf.

»Nanu«, sagte er erstaunt und ging in die Hocke, um Twix zu streicheln, »was machst du denn hier?«

»Ich putze Sattelzeug«, erwiderte ich kühl.

»Das sehe ich. Aber warum bist du nicht auf dem Turnier? Tim reitet doch jetzt, oder?«

»Dafür braucht er mich nicht.« Ich vermied es, Lajos anzusehen und seifte sorgfältig einen Steigbügelriemen ein. »Er hat ja Papa, Christian und Jens. Und den Bergmann.«

»Und du meinst, dich braucht er dann nicht, hm?«

»Genau.«

Lajos setzte sich auf einen Stuhl. Twix sprang auf seinen Schoß und ließ sich hinter den Ohren kraulen. Im Allgemeinen mochte mein Hund keine Männer, aber Lajos bildete eine Ausnahme.

»Was ist wirklich los?«, fragte er.

Ich zögerte. Lajos war der einzige Erwachsene, mit dem ich über so etwas reden konnte. Er verstand mich und hielt dicht, das wusste ich. Damals, als es noch niemand wissen durfte, hatte er als Einziger außer Melike über Tim und mich Bescheid gewusst, es aber nie meinen Eltern, mit denen er befreundet war, verraten.

»Ach, Tim ist seit ein paar Wochen total komisch. Er

ist so … so abweisend. Nicht mal zum Telefonieren hat er Zeit«, platzte es schließlich aus mir heraus. »Auf dem Turnier hat er mich kaum beachtet. Ich kam mir so was von … blöd vor!«

»Für ihn ist die ganze Situation auch nicht einfach«, gab Lajos zu bedenken. »Sein Vater sitzt im Gefängnis, auf dem Sonnenhof verändert sich vieles, die ganze Zeit musste er nach der Schule die Stallarbeit machen. Und die Tatsache, dass dein Vater ihn jetzt trainiert, setzt ihn zusätzlich unter Druck. Er will auf keinen Fall versagen und damit deinen Vater blamieren.«

»Das weiß ich ja alles!« Ich feuerte den Schwamm in den Eimer mit lauwarmer Seifenlauge. »Und ich *verstehe* das! Aber warum redet er nicht mit mir darüber?«

»Was soll er denn sagen? Was erwartest du?«

»Nichts! Ich meine … doch … ich …« Ich zuckte die Achseln. »Es war ja früher auch nicht leicht, so wie bei anderen. Aber wir haben trotzdem immer telefoniert oder gesimst, uns alles erzählt. Jetzt guckt er mich kaum noch an, redet mit allen – außer mit mir!«

Doch! Ich brauche dich! Wenn ich weiß, dass du da bist, dass du auf der Tribüne sitzt und mir die Daumen drückst, dann fühle ich mich irgendwie besser …

Das hatte er vorhin am Telefon zu mir gesagt. Tat ich ihm unrecht?

»Elena, du weißt doch, wie das auf solchen Turnieren ist«, sagte Lajos und setzte Twix auf den Boden, »du kennst das von deinem Vater. Das ist ein Job, kein Familienausflug. Tim hat gerade sehr viel um die Ohren. Jeder will etwas von ihm, denn es ist ja schon ziemlich ungewöhnlich, dass so ein junger Kerl wie er die internationalen Springen auf einem großen Turnier reitet und das auch noch sehr gut! Ich denke, es wäre ziemlich wichtig für ihn, dass du einfach da bist – selbst dann, wenn er keine Zeit hat, mit dir herumzulaufen. Das gehört zur Liebe dazu: Man hält zusammen, auch wenn's mal schwierig wird.«

Ich biss mir auf die Lippen. Mein Blick fiel auf die verstaubte Uhr an der Wand. Das erste Springen, in dem Tim mit Juke Box gestartet war, war schon vorbei, aber das wichtigere Springen, das er mit Tanot reiten würde, begann erst um 19:30 Uhr. Zum Teufel mit meiner Sturheit und meinem Stolz!

»Ich kann wohl schlecht mit dem Fahrrad nach Frankfurt fahren«, sagte ich niedergeschlagen.

»Würde etwas lang dauern.« Lajos grinste. Er stand auf und klopfte sich Twix' Haare von seiner Jacke und der Jeans. »Ich fahre zufällig aber gleich hin. Wenn du willst, nehme ich dich mit.«

»Echt?«

»Klar. Na los. Zieh dich um. Wir treffen uns in einer halben Stunde auf dem Parkplatz.«

13. Kapitel

Ich hatte mir die Haare gewaschen und geföhnt und bearbeitete sie nun Strähne für Strähne mit Mamas Glätteisen. Tim und ich hatten uns für heute um 12 Uhr im Einkaufszentrum verabredet. Wir wollten ein bisschen bummeln und Weihnachtsgeschenke kaufen und da musste ich natürlich perfekt aussehen. Die Schule war für dieses Jahr herum, am Freitag hatten die Weihnachtsferien begonnen.

Das Festhallenreitturnier war für Tim ein voller Erfolg gewesen. Zwar hatte er den Großen Preis am Sonntag nicht mehr reiten dürfen, weil er mit sechzehn noch zu jung dafür war, aber er war in jedem Springen, das er geritten hatte, platziert, auch in dem Weltranglistenspringen am Samstagabend, zu dem ich dann doch noch mit Lajos hingefahren war. Papa war stolz wie ein Schneekönig gewesen, als sich Tim nur knapp zwei weltberühmten Reitern mit ihren besten Pferden geschlagen geben musste. Wir hatten an dem Abend lange geredet und nachts sogar noch einmal telefoniert und endlich hatte Tim mir erzählt, was ihn die ganze Zeit beschäftigt hatte. Es war genauso, wie Lajos es gesagt hatte: Tim hatte extrem unter Druck gestanden, weil das Turnier so wichtig für ihn war und weil er Papa auf gar keinen Fall blamieren wollte. Seinem Vater hatte er nicht erzählt, dass er bei Papa trainierte, aber er hatte von ihm einen bösen Brief erhalten, weil seine kleine Schwester es ihm bei einem Besuch im Gefängnis gesteckt hatte. Dazu hatte Tim einen Horror davor, ab Januar Teicherts jeden Tag auf dem Sonnenhof erleben zu müssen. Es war also alles wieder einigermaßen im Lot zwischen Tim und mir, dafür hatte Melike am vergangenen Samstag, Fabians 18. Geburtstag, einen echten Albtraum erlebt. Er hatte seine lange geplante Geburtstagsparty abgesagt und stattdessen heulend vor dem Haus von Melikes Eltern gesessen. Es war so schlimm geworden, dass Melikes Vater keine andere Möglichkeit mehr gesehen hatte, als die Polizei zu rufen. Daraufhin hatte sich Fabian nicht mehr auf dem Amselhof sehen lassen.

Ich betrachtete kritisch mein Spiegelbild und war zufrieden mit meinem Aussehen. Die Klamotten hatte ich mir in meinem Zimmer schon bereitgelegt und schlüpfte in die knallenge Jeans und meine Lieblingskapuzenjacke von Hollister. Dann steckte ich zweihundert Euro in mein Portemonnaie, ging nach unten und legte das Glätteisen wieder ins Elternbad. Mama saß an ihrem Schreibtisch.

»Wie seh ich aus?«, fragte ich sie und drehte mich vor ihr, als sei ich eine Kandidatin bei *Germany's next Topmodel.*

»Sehr hübsch.« Mama setzte ihre Lesebrille ab und musterte meine neongrün und pink gestreiften Socken. »Wenn du jetzt noch dazu Schuhe anziehst …«

»Äh … ich wollte dich fragen, ob ich mir deine schwarzen Stiefel ausleihen könnte«, bat ich. »Die mit dem Absatz und den Schnallen.«

»Passen die dir denn überhaupt?«

»Ich hab sie neulich mal anprobiert«, gab ich zu. »Wenn ich sie ganz eng schnalle, passen sie wie angegossen.«

Mama grinste.

»Dann nimm sie dir.«

»Danke!« Ich schlang Mama die Arme um den Hals, drückte ihr einen Kuss auf die Wange und rannte los. »Ich bin am späten Nachmittag zurück!«

»Alles klar. Viel Spaß!«, rief Mama mir nach.

Ich zog die Stiefel an, dazu die weiße Jacke, Handschuhe, Schal und Mütze, warf mir den Rucksack über die Schulter und ging hinaus. Glücklicherweise regnete es nicht, sonst wäre meine sorgfältig gestylte Frisur auf dem Weg zur Bushaltestelle im Eimer gewesen.

Das Gehen mit den hohen Absätzen war ungewohnt und natürlich musste mir ausgerechnet der Aknefrosch über den Weg laufen, als ich mein Fahrrad aus der Garage holte.

»Du stakst rum wie ein Storch im Salat!«, spottete er. »Brich dir bloß nicht die Haxen!«

»Halt die Klappe!«, fauchte ich zurück, aber ich fragte mich insgeheim auch, ob die Stiefel wirklich eine so gute Idee waren. Immerhin wollten Tim und ich im Einkaufszentrum herumlaufen und nicht nur in einem Café sitzen.

Egal, dachte ich, wird schon gehen. Ich radelte die lange Auffahrt hinunter an der Reithalle vorbei und umkurvte die vielen Pfützen und Schlaglöcher, die die Lkws der Arbeiter und Handwerker hinterlassen hatten. Tatsächlich waren die Bauarbeiten an der neuen Reithalle und den Ställen so gut wie abgeschlossen, heute hatte man damit begonnen, den Spezialboden in die Halle einzubringen und in ein paar Tagen würde man in der neuen Reithalle reiten können. Ich trat kräftiger in die Pedale und erreichte das Rathaus gerade noch rechtzeitig, um den 11-Uhr-Bus nach Königshofen zu erwischen. Schnaufend ließ ich mich auf einen freien Sitz fallen und kramte mein Handy aus der Tasche. Ich hatte drei Anrufe von Tim bekommen, die ich nicht gehört hatte, und sogar noch eine SMS!

Liebe Elena, tut mir echt total leid, aber ich schaffe es heute nicht. Später mehr! Nicht böse sein!! Kuss. T.

Das war ja wohl ein Witz! Ich war nicht böse, ich war stinksauer, denn ich freute mich seit Tagen darauf, mit Tim ins Einkaufszentrum zu fahren. Dafür hatte ich Melike abgesagt, die heute mit ihrer Mutter nach Frankfurt zum Geschenke-Kaufen gefahren war!

Wütend tippte ich Tims Nummer ein, aber ich hörte nur die dämliche Computerstimme, die mir sagte, dass der Teilnehmer vorübergehend nicht erreichbar sei. Das konnte ja wohl nicht wahr sein! Ich war dermaßen enttäuscht, dass ich am liebsten vor Zorn geheult hätte. Wie konnte Tim mir bloß so kurzfristig und ohne eine Begründung einfach absagen, als sei ich irgendein x-beliebiger Kumpel? Was war nur los mit ihm, der sonst immer die Zuverlässigkeit in Person gewesen war?

In Königshofen stieg ich aus und überlegte, was ich tun sollte. Einfach den nächsten Bus zurück nach Steinau nehmen? Aber wann sollte ich dann noch die Weihnachtsgeschenke besorgen? In zwei Tagen war schon Heiligabend!

»Hey, Elena!«

Ich traute meinen Augen nicht, als plötzlich Niklas Schütze vor mir stand.

»Hi«, erwiderte ich. »Was machst du denn hier?«

»Meine Mutter ist auf dem Einwohnermeldeamt.« Er

wies mit dem Kopf in Richtung Rathaus. »Wir sind doch vor zwei Wochen nach Königshofen gezogen. Ich hätte zwar nicht unbedingt mitgemusst, aber meine Mom lässt mich gerne die Getränkekisten schleppen.«

»Ach?«, sagte ich dämlich. Etwas Schlaueres fiel mir nicht ein.

»Na ja, that's life.« Er grinste ein bisschen verlegen. »Und was machst du hier?«

»Eigentlich wollte ich Tim treffen«, erwiderte ich. »Wir wollten zusammen ins Einkaufszentrum fahren, Geschenke kaufen. Aber Tim ist was dazwischengekommen. Tja, deshalb werde ich wohl den nächsten Bus zurück nach Steinau nehmen.«

»*Ich* könnte doch mitkommen!«, schlug Niklas zu meiner Verblüffung vor. »Ich müsste auch noch ein paar Geschenke besorgen.«

»Hallo, Elena!« Frau Schütze kam näher. Sie lächelte mich freundlich an und reichte mir die Hand. »Ich hätte dich ohne Reitklamotten kaum erkannt! Hübsch siehst du aus!«

»Ha… Hallo, Frau Schütze«, stammelte ich und mir schossen alle negativen Attribute durch den Kopf, mit denen Tim Niklas' Mutter bedacht hatte: arrogant, überheblich, neureich, schlimmer als die Teichert. Ich stellte fest, dass nichts davon zutraf. Frau Schütze hatte ihr dunkles Haar zu einem schlichten Knoten frisiert, sie war überhaupt nicht geschminkt, trug eine Jeans, ziemlich abgelatschte braune Stiefel und dieselbe olivgrüne Daunenjacke von H&M wie Mama.

»Mom, meinst du, ich könnte mit Elena ins Einkaufszentrum fahren?«, fragte Niklas seine Mutter. »Ich brauch noch Weihnachtsgeschenke. Du müsstest mir allerdings ein paar Euro leihen.«

Ich starrte ihn an wie einen Marsmenschen, fast wäre mir die Kinnlade heruntergeklappt. Innerhalb von Sekundenbruchteilen veränderte sich das Bild, das ich mir bisher von Niklas Schütze gemacht hatte, zu hundert Prozent. Mochte er auf der einen Seite zwar der coole, weltgewandte Springreiterprofi sein, der schon Europameister geworden war, so war er auf der anderen Seite doch auch ein ganz normaler Junge, der bei seinen Eltern wohnte, Getränkekisten schleppte und seine Mutter brav um Erlaubnis fragte, ob er ins Einkaufszentrum fahren dürfe.

»Von mir aus.« Frau Schütze warf einen Blick auf ihre Uhr. »Ihr müsst aber nicht den Bus nehmen. Ich bringe euch schnell mit dem Auto hin.«

»Aber *ich* fahre!« Niklas hielt grinsend den Autoschlüssel hoch.

»Traust du dich mitzufahren, wenn Niklas am Steuer sitzt?«, fragte Frau Schütze mich und zwinkerte mir zu.

»Äh, wieso nicht?«

Ehe ich es mir anders überlegen konnte, saß ich auf dem Rücksitz eines schicken schwarzen SUV.

»Ich hab zwar schon den Führerschein, aber ich werde erst nächsten März achtzehn«, erklärte Niklas, während er gekonnt den großen Wagen aus der Parklücke manövrierte. »Und solange darf ich nur fahren, wenn meine Mutter dabei ist.«

»Ich werde dich als Chauffeur schmerzlich vermissen«, grinste Frau Schütze und drehte sich zu mir um. »Es ist nämlich ganz schön praktisch, einen Sohn zu haben, der einen immer und überallhin kutschieren will. Vor allen Dingen beim Einkaufen und Getränke holen.«

»Machen Sie das etwa selber?«, fragte ich neugierig. »Ariane hat gesagt, Sie hätten lauter Angestellte.«

Frau Schütze lachte amüsiert und Niklas schüttelte den Kopf.

»Die spinnt wohl ein bisschen«, sagte er. »Papa hat einen Fahrer, weil er viel unterwegs ist. Und Carlos kümmert sich um unsere Pferde und transportiert sie auf die Turniere. Aber das war's auch schon.«

Es war eine äußerst aufschlussreiche Fahrt, die leider viel zu schnell zu Ende ging. Niklas und ich stiegen am Busbahnhof im Einkaufszentrum aus, Frau Schütze setzte sich hinters Lenkrad, gab ihrem Sohn etwas Geld und wünschte uns viel Vergnügen beim Shoppen.

Und da standen wir nun.

14. Kapitel

»So«, sagte Niklas und blickte sich neugierig um. »Ich war hier noch nie. Wo fangen wir an?«

Ich nestelte meine Einkaufsliste aus meinem Rucksack, las die Geschäfte vor, in denen ich hoffte, etwas zu finden, und knickte beim Laufen gleich mal um.

»Die Stiefel gehören eigentlich meiner Mutter«, gestand ich Niklas. »Ich wollte besonders cool aussehen, aber jetzt bereue ich echt, dass ich sie angezogen habe.«

»Komm, dann kaufen wir erst mal gescheite Schuhe für dich«, schlug Niklas vor. »Sonst wird das heute kein Spaß.«

»Gute Idee«, stimmte ich zu und wir gingen in den nächsten Schuhladen und erstanden ein paar günstige Uggs.

Zuerst hatte ich befürchtet, es sei schwierig, einen ganzen Nachmittag mit Niklas zu verbringen, aber das Gegenteil war der Fall. Niklas war witzig und sehr aufmerksam, hielt mir immer höflich die Türen auf und erzählte mir, wie froh er sei, wieder in Deutschland zu leben, denn mit den Schweizern sei er nie so richtig warm geworden. Das Haus in Königshofen sei ganz in Ordnung, aber im Sommer würden seine Eltern, sein jüngerer Bruder Max und er dann in das Haus ziehen, das gerade gebaut wurde. Er hatte ein paar wirklich gute Ideen für Geschenke und schleppte ohne zu murren die Tüten.

Nach drei Stunden hatten wir für alle, die wir beschenken wollten, ein Geschenk. Nur für Tim hatte ich nichts Passendes gefunden und ich traute mich auch nicht, in Niklas' Beisein etwas für ihn zu kaufen.

»Komm, lass uns eine Pause machen«, sagte Niklas, als wir an einem Schnellrestaurant vorbeikamen. »Ich hab einen Riesenhunger.«

Das hatte ich auch, denn ich hatte heute Morgen vor lauter Aufregung das Frühstück vergessen. Wir luden uns zwei Tabletts mit Pommes, Burgern und Chicken-Nuggets voll und stopften alles in uns hinein. Niklas erzählte mir von seinen Pferden, seinem Bruder und seinen Eltern, die früher selbst geritten waren, seine Mutter war sogar eine sehr erfolgreiche Springreiterin in ihrer Heimat Italien gewesen.

»Deine Mutter ist Italienerin?«, staunte ich. »Das hört man gar nicht!«

»Sie lebt ja auch schon seit Ewigkeiten in Deutschland oder in der Schweiz. Aber wenn sie sich aufregt, fängt sie immer an, Italienisch zu sprechen.«

Niklas' Vater hatte das Bauunternehmen von seinem Vater übernommen und daraus einen Weltkonzern gemacht und Niklas wollte nach dem Abitur auch Ingenieur werden und in die Firma einsteigen.

»Aber du reitest so gut«, entgegnete ich. »Willst du das nicht als Beruf machen?«

»Vielleicht für eine Weile. Aber ob ich mein Leben lang damit zufrieden wäre, von Turnier zu Turnier zu reisen, glaube ich nicht.« Er lehnte sich zurück, strich sich über den Bauch und grinste. »So, über mich weißt du damit so gut wie alles, jetzt bist du dran. Erzähl mir von dir und deiner Familie.«

Das tat ich auch, und zwar völlig unbefangen. Ich hatte gemerkt, dass Niklas kein bisschen in mich verliebt war. Er konnte mich einfach gut leiden und ich mochte ihn auch, wie einen großen Bruder, quasi eine nettere Version von Christian. Ich erzählte ihm vom Amselhof, von Fritzi, schilderte ihm die schlimmen finanziellen Probleme der letzten Jahre, die mittlerweile glücklicherweise hinter uns lagen.

»Und Melike?«, erkundigte sich Niklas beiläufig. »Reitet sie auch?«

»Ja. Das Pferd ihrer Mutter.« Ich nickte. »Melike und ich kennen uns schon seit der Grundschule. Sie ist meine allerbeste Freundin.«

Mich interessierte zwar viel eher, was Niklas mit Ariane hatte, aber ich traute mich nicht, ihn danach zu fragen. Wir quatschten und quatschten und vergaßen darüber völlig die Zeit.

»Mist!«, rief ich plötzlich. »Es ist ja schon sechs!«

Ich hatte Mama gesagt, ich sei am späten Nachmittag zurück. Wir sprangen auf, drängten uns mit unseren ganzen Einkaufstüten durch die Menschenmassen und erwischten gerade noch den Bus nach Königshofen.

»Ob du's glaubst oder nicht, ich fahre in diesem Moment zum ersten Mal in meinem Leben mit einem Linienbus!«, behauptete Niklas und strahlte wie ein Kind unterm Weihnachtsbaum. »Ist ja spannend!«

Ich musste über seine Begeisterung lachen, denn ich konnte wahrhaftig nichts Spannendes am Busfahren finden. Eine Viertelstunde später waren wir in Königshofen.

»War echt ein toller Nachmittag«, sagte Niklas und küsste mich zum Abschied links und rechts und wieder links auf die Wangen, wie es in der Schweiz Sitte ist. »Danke, dass du mich mitgenommen hast.«

»Danke, dass du meine ganzen Tüten geschleppt hast«, grinste ich. »Mir hat's auch Spaß gemacht.«

Er verließ den Bus und winkte mir von draußen noch einmal zu.

Beschwingt und glücklich radelte ich später hinaus zum Amselhof. Ich hatte den ganzen Nachmittag überhaupt nicht mehr an Tim gedacht und es war wirklich lustig gewesen. Die Erste, die mir auf dem Hof über den Weg lief, war Mama und sie war ziemlich wütend.

»Ich wollte gerade losfahren und dich suchen!«, sagte sie. »Jetzt ist es Viertel nach sieben und ich habe mir Sorgen gemacht. Wo warst du seit heute Mittag? Warum gehst du nicht an dein Handy?«

Das Hochgefühl löste sich in Luft auf.

»Ich war im Zentrum und hab da ein paar Leute getroffen«, erwiderte ich. »Und dann hat es ziemlich gedauert, bis ich alle Geschenke zusammenhatte.«

»Geschenke, aha.« Mama stemmte die Hände in die Seiten. »Wo hast du die bitteschön versteckt?«

Ihr Blick wanderte an mir herunter. Zwischen ihren Augenbrauen bildete sich eine steile Falte. Das war ein schlechtes Zeichen.

»Und wo sind meine Stiefel?«

Mich durchzuckte ein Riesenschreck. Wo waren die ganzen Tüten geblieben? Im Bus hatte ich sie noch gehabt, Niklas hatte sie auf die Sitzbank vor uns gestellt. Verdammt!

Ich hatte sie wohl im Bus liegen lassen! Und in einer der Tüten waren auch Mamas Stiefel.

»Du lügst mich doch an, Elena«, sagte Mama. »Ich bin sehr enttäuscht von dir. Bring dein Fahrrad weg und geh auf dein Zimmer.«

»Ich muss die Tüten im Bus vergessen haben!«, beteuerte ich. »Wirklich, ich schwöre …«

»Hör auf zu schwören. Ich glaube dir kein Wort!«, unterbrach Mama mich kalt. »Tim hat hier angerufen, weil er dich nicht erreichen konnte. Mir hast du gesagt, du willst mit ihm ins Zentrum, und nur deshalb hatte ich es dir erlaubt, du bist nämlich erst vierzehn! Und dann gehst du stundenlang nicht an dein Handy! Wer weiß, wo du dich herumgetrieben hast.«

»Ich hab mich nicht *herumgetrieben!*«, schrie ich gekränkt, die Tränen des Zorns und der Enttäuschung schossen mir in die Augen. »Ich hatte so einen tollen Nachmittag und dann machst du mir alles kaputt!«

»Du hast mir meinen Nachmittag auch kaputt gemacht«, konterte Mama. »Ab jetzt, ins Haus und auf dein Zimmer. Das war das allerletzte Mal, dass du alleine ins Einkaufszentrum gefahren bist, das kann *ich* dir schwören.«

Schluchzend rannte ich die Treppe hoch in mein Zimmer und knallte die Tür hinter mir zu. Wie konnte Mama nur so gemein sein? Mein Handy gab einen Summton von sich. Niklas hatte mir eine WhatsApp geschickt, in der er sich für den schönen Nachmittag bedankte und wissen wollte, ob ich gut nach Hause gekommen sei.

Ich schon, schrieb ich zurück, *aber meine Geschenke nicht. Die hab ich wohl im Bus vergessen.* ☹ *Leider auch die Stiefel von meiner Mutter und die macht hier voll Stress! Ich fands aber auch cool heute. Danke und GlG, E.*

Erst jetzt sah ich die vielen SMS und Anrufe in Abwesenheit. Mama hatte ein paar Mal angerufen, ebenso Tim und Melike. Aber Tim konnte jetzt warten! Auf den war ich wirklich sauer.

Stattdessen wischte ich mir die Tränen aus dem Gesicht und rief Melike an.

»Na, lebst du noch?«, fragte meine Freundin spitz. »Wo warst du? Tim hat bei mir angerufen. Er hat gefragt, ob ich weiß, wo du bist. Ich dachte, ihr wolltet zusammen ins Zentrum fahren?«

»Ich saß schon im Bus nach Königshofen, als er mir gesimst hat, dass er doch nicht kann«, erwiderte ich. »Da bin ich alleine gefahren. Und du wirst nicht glauben, was mir passiert ist!«

Ich erzählte Melike von meiner zufälligen Begegnung mit Niklas und seiner Mutter und unserem Nachmittag im Einkaufszentrum.

»Ariane kratzt dir die Augen aus, wenn sie das erfährt«, stellte Melike nüchtern fest. »Und Tim bricht es das Herz.«

»Quatsch! Da war nichts. Wir waren nur einkaufen und dann noch was essen.«

»Ja klar.« Melikes Stimme klang spöttisch. »Das macht Niklas Schütze nur so, einfach, weil er so gerne einkaufen geht. Da wäre er aber der erste Kerl.«

»Stell dir mal vor: Er ist in seinem Leben noch nie mit einem Bus gefahren.« Ich wälzte mich auf den Rücken und kicherte bei der Erinnerung an Niklas' Begeisterung. »Und er ist Auto gefahren! Er hat nämlich schon den Führerschein, wird aber nächstes Jahr erst 18. Seine Mutter ist Italienerin und sie ist voll cool.«

»Elena«, unterbrach Melike meinen Wortschwall. »Hast du dich in den Typ verknallt?«

»Nein!« Ich richtete mich auf. »Überhaupt nicht! Niklas ist irgendwie … wie Christian, nur netter.«

Die Zeit mit Niklas war so unbeschwert und lustig gewesen, ganz anders als mit Tim. Und doch hatte er eine ganz ähnliche Art wie Tim, so selbstbewusst und erwachsen. Ich hatte nicht unbedingt viel Erfahrung, was Jungs betraf, aber ich hätte schwören können, dass Niklas viel mehr Interesse an Melike hatte als an mir. Aber bevor ich ihr das sagen konnte, redete sie schon weiter.

»Du *hast* dich in ihn verknallt«, seufzte sie. »Das gibt ein Fiasko. Und er wird dir das Herz brechen. Niklas Schütze ist nämlich ein Weiberheld, wie er im Buche steht.«

»Wie kannst du so was sagen? Du kennst ihn doch gar nicht!«, widersprach ich. »Und wenn schon! Er ist ja nicht mein Freund.«

»Guck mal auf seine Facebook-Seite, mit wie viel Weibern er befreundet ist.« Melike hörte sich fast so an, als sei sie meine Mutter. »Hast du Tim schon angerufen?«

»Nein. Und das mache ich heute auch nicht mehr«, antwortete ich trotzig. »Er soll ruhig ein bisschen schmoren. Ich bin total sauer auf ihn, ehrlich! Sagt mir eine halbe Stunde vorher ab und schaltet danach sein Handy aus!«

»Er musste mit seiner Mutter zu seinem Alten in den Knast. Das hat er vorher nicht gewusst.«

»Oh!« Das verschlug mir kurzfristig die Sprache.

»Ich find's nicht gut, das mit Niklas Schütze«, sagte Melike so ernst wie selten zuvor. »Du und Tim, ihr gehört zusammen, Elena. Ruf Tim an. Bitte!«

Als das Gespräch beendet war, lag ich auf meinem Bett und dachte nach. Was war denn das jetzt gewesen? Melike hatte mir ein richtig schlechtes Gewissen gemacht. Wessen beste Freundin war sie eigentlich – meine oder die von Tim?

Überhaupt Tim! Hätte er mir nicht einfach schreiben können, dass er zu seinem Vater in den Knast musste? Dann wäre alles okay gewesen. Wieso fühlte *ich* mich jetzt plötz lich schuldig? *Er* war es, der einen Fehler gemacht hatte, nicht ich! Immer diese blöden Missverständnisse, nur weil Tim sich nicht richtig ausdrücken konnte oder wollte!

Ich starrte mein Handy eine ganze Weile an, dann schrieb ich Tim eine SMS. *Melike hat mir gesagt, dass du zu deinem Vater musstest. Hättest du mir ruhig schreiben können. Gehe jetzt schlafen. LG, E.*

Ich überlegte, las den knappen Text zwei Mal durch. Ich hatte weder *Lieber Tim* geschrieben, noch ein Kuss-Symbol darunter gesetzt, wie ich es sonst zu tun pflegte. Ich drückte auf »Senden« und legte das Handy auf meinen Schreibtisch, bevor ich ins Bad ging. Er sollte ruhig merken, dass ich sauer auf ihn war.

15. Kapitel

Es gibt Tage, an denen entweder alles klappt oder einfach alles schiefgeht. Leider weiß man das vorher nicht, sonst könnte man an einem schlechten Tag einfach im Bett bleiben und die Decke über den Kopf ziehen.

Am nächsten Morgen behandelte Mama mich noch immer wie eine Straftäterin. Sie sprach kaum ein Wort mit mir und Christian sagte morgens sowieso keinen Ton, bis er mindestens drei Tassen Kaffee intus hatte, deshalb war unsere Frühstücksrunde ziemlich schweigsam.

Um Viertel nach acht klingelte es. Mama stand auf und ging zur Tür, wenig später kam sie mit einem Haufen Tüten in den Händen zurück. In diesem Augenblick hielt ich den Tag noch für einen Glückstag, aber ich sollte mich kolossal irren.

»Das sind ja meine Geschenke!«, rief ich erfreut und sprang auf. »Wo kommen die denn her?«

»Das würde ich allerdings auch gerne wissen«, sagte Mama kühl. »Ein Mann hat sie für dich abgegeben. Er sah nicht gerade wie der Weihnachtsmann aus.«

Sie reichte mir einen Briefumschlag und blickte durch das Küchenfenster hinter dem Mann her, der nun auf dem Parkplatz in einen großen schwarzen Mercedes stieg. Auf dem Umschlag stand nur mein Name, darunter Amselhof, Steinau. Christian beugte sich neugierig zu mir hinüber.

»Mach schon auf«, drängte er.

Ich öffnete den Umschlag und zog eine Karte heraus, auf die oben rechts Niklas' Name gedruckt war.

Hi Elena, stand da. *Ich hab gestern beim Busdepot in Königshofen angerufen und sie haben tatsächlich deine Tüten gefunden! Meine Mom und ich sind noch hingefahren und haben alles geholt. Ich schicke dir die Sachen mit einem Fahrer, damit du sie rechtzeitig zu Weihnachten hast. ☺ GlG, Nick.*

»Das gibt's ja nicht!«, sagte ich entgeistert.

»Von wem ist das?«, wollte Mama wissen und ich reichte ihr die Karte.

»Wie kommt Niklas Schütze dazu, mit seiner Mutter zum Busdepot zu fahren, um deine Einkaufstüten zu holen?«, fragte sie scharf.

Christian starrte mich an.

»Ich habe ihn gestern zufällig getroffen. Wir sind dann zusammen mit dem Bus vom Zentrum nach Königshofen gefahren«, gestand ich die halbe Wahrheit. »Gestern Abend hat er mir noch gesimst, ob ich gut nach Hause gekommen wäre und ich hab zurückgeschrieben, dass ich wohl meine Tüten im Bus vergessen hätte. Das war alles.«

Mama blickte mich ausgesprochen misstrauisch an, gab mir die Karte zurück und ging in ihr Büro, weil das Telefon klingelte.

»Das ist ja wohl das Allerletzte.« Christian musterte mich angewidert. »Dein Freund muss zu seinem Alten ins Gefängnis und du verabredest dich gleich mal mit einem anderen Kerl.«

»Ich habe mich nicht mit Niklas verabredet! Ich habe ihn zufällig getroffen«, verteidigte ich mich. »Tim hatte mir geschrieben, dass er nicht kann, aber da saß ich schon im Bus.«

»*Niklas!*«, flötete Christian übertrieben und verdrehte die Augen. »Das ist Tim gegenüber so was von unfair.«

Plötzlich wurde ich wütend. Offenbar hatte Tim jedem erzählt, wo er gestern gewesen war – nur mir nicht!

»Du wirst ihn sicher gleich anrufen und ihm alles brühwarm unter die Nase reiben!«, fauchte ich meinen Bruder an.

»Nein, stell dir vor, das mache ich nicht«, erwiderte Christian. »Aber du solltest es tun, bevor er es von anderen erfährt. Vielleicht sogar von deinem *Niklas* persönlich.«

»Du hast mir gar nichts zu sagen!«, entgegnete ich. »Ich brauch deine Klugscheißer-Ratschläge nicht!«

»Komisch.« Christian schüttelte den Kopf. »Erst hast du alles drangesetzt, um mit Tim zusammen zu sein und jetzt, wo alles super läuft, machst du so was!«

»Was hab ich denn getan?«, schrie ich und ärgerte mich über mich selbst, weil ich schon wieder Tränen in den Augen hatte. »Es war doch überhaupt nichts!«

»Wer's glaubt, wird selig.« Mein Bruder grinste verächtlich und mir juckte es in den Fingern. Am liebsten hätte ich ihm seinen Kaffee ins Gesicht geschüttet.

»Hört sofort auf mit der Streiterei!« Mama erschien in der Küche.

Ich schnappte die Karte und die Tüten und rannte hoch auf mein Zimmer. Twix hasste es, wenn laut geschrien wurde. Er hatte mit eingezogenem Schwanz in seinem

Körbchen gesessen und schoss nun hinter mir her die Treppe hinauf.

Zum Teufel mit meiner Familie, mit Melike und mit Tim!

Weinend leerte ich den Inhalt der Tüten auf mein Bett. Es war wirklich alles da – sogar Mamas Stiefel – so ein Glück! Twix sprang an mir hoch und versuchte, meine Hände abzulecken.

»Ist schon gut, Twix«, flüsterte ich und kraulte meinem Hund das weiche Fell. »Du kannst nichts dafür.«

Ich räumte die Geschenke in meinen Schrank, dabei fiel mir ein hübsch verpacktes Päckchen in die Hände, an das ich mich nicht erinnern konnte. Neugierig las ich die Karte, die darauf klebte.

Etwas Süßes für eine Süße … Ich hoffe, ich habe mich richtig an deinen Geschmack erinnert. Lass es dir schmecken! Frohe Weihnachten! Nick.

Mit zitternden Fingern riss ich das Geschenkpapier auf und musste lächeln, obwohl mir nicht danach zumute war. Es war eine ganze Box belgischer Pralinen! Tatsächlich hatte ich Niklas gestern, als wir in dem Schokoladengeschäft gewesen waren, erzählt, dass ich diese Sorte am allerliebsten mochte. Das war wirklich unglaublich aufmerksam!

Am liebsten hätte ich jetzt Melike angerufen, um ihr die ganze Geschichte zu erzählen, aber ich traute mich nicht. Melike war sauer auf mich und würde mich sicher gleich wieder fragen, ob ich Tim angerufen hätte. Ich setzte mich auf den Teppichboden, nahm meinen Hund in den Arm und grübelte darüber nach, was ich nun tun sollte. Da klingelte mein Telefon. Es waren weder Tim noch Melike, sondern Papa, und das, was er sagte, traf mich so unerwartet wie ein Schlag in den Magen.

»Elena, komm bitte in den Stall rüber. Herr Nötzli ist da, mit Kundschaft für Quintano.«

Ich hatte immer gewusst, dass dieser Tag kommen würde. Herr Nötzli war Pferdehändler, er lebte davon, Pferde zu kaufen und teurer zu verkaufen. Er hatte mir Quintano nicht geschenkt, sondern zum Reiten gegeben, und zwar nicht deshalb, weil er mich gut leiden konnte, sondern nur aus einem einzigen Grund: damit er ihn besser verkaufen konnte. Ein Pferd, das unter einem vierzehnjährigen Mädchen eine gute Leistung zeigte, war mehr wert als eines, das mit einem so erfahrenen Reiter wie Papa gut springt. Im Laufe der Zeit hatte ich diese Tatsache jedoch erfolgreich verdrängt, ich hatte Quintano wie ein eigenes Pferd betrachtet und behandelt, obwohl ich von Anfang an gewusst hatte, dass unsere gemeinsamen Tage gezählt waren.

»Ja, ich komme«, erwiderte ich tonlos.

Brenda Murray war etwa Ende zwanzig, zierlich und kaum größer als ich. Sie gehörte zu den besten Reiterinnen Amerikas und war für ihr Land bereits hoch erfolgreich in Nationenpreisen, bei Weltmeisterschaften und Olympischen Spielen gestartet. Ich hatte sie mit ihren Erfolgspferden Quite Magic und Temporize schon häufig im Fernsehen reiten sehen. Als ich sie in der alten Reithalle die ersten kleinen Sprünge mit Quintano machen sah, wurde mein Herz ganz schwer. Mir war sofort klar, dass sie ihn kaufen würde. Sie harmonierten perfekt miteinander, denn Brenda hatte eine feine und doch bestimmte

Art zu reiten, die Quintano brauchte. Stumm sah ich von der Bande aus zu, wie sie erst einen kleinen, dann einen sehr schweren Parcours mit dem Pferd, das mich über meine ersten M-Springen getragen hatte, absolvierte.

Herr Nötzli sah äußerst zufrieden aus, als Brenda von Quintano absaß. Ich warf dem braunen Wallach eine Abschwitzdecke über, kratzte ihm am Hallenausgang die Hufe aus und führte ihn hinüber in den Stall.

Herr Nötzli, Brenda und ihr Mann, der sich mir als Chris vorgestellt hatte, folgten mir und sahen zu, wie ich Quintano absattelte, ihm die Beine abspritzte und ihn unter das Solarium stellte.

»You did a great job with him«, lobte Brenda mich und streichelte Quintanos Nase. »Wie alt bist du?«

»Vierzehn«, erwiderte ich.

»Wow!« Sie lächelte. »Ich bin beeindruckt! Chris und ich haben dich in der Festhalle gesehen. Du bist sehr talentiert und reitest wirklich exzellent.«

»Danke.«

Quintano hatte Glück, dass er zu Brenda kam, denn sie würde ihn gut behandeln und ordentlich reiten. Sie fragte mich noch etwas über Quintano aus, dann verabschiedeten sie und ihr Mann sich von mir.

Bevor sie Herrn Nötzli und ihrem Mann nach draußen folgte, lud Brenda mich jedoch noch nach Amerika ein.

»Wir haben eine Farm in der Nähe von New York«, sagte sie und reichte mir ihre Visitenkarte. »Wenn du Lust hast, kommst du uns und Quintano besuchen. Vielleicht für ein paar Wochen im Sommer?«

»Oh, danke.« Mir gelang ein Lächeln, obwohl ich gleichzeitig mit den Tränen kämpfte. »Ich wünsche Ihnen alles

Gute mit Quintano. Seien Sie nett zu ihm, er ist ein ganz tolles Pferd.«

»Das werde ich ganz sicher sein. Ich hoffe sehr, dass er der Nachfolger von meinem guten alten Temporize sein wird.« Brenda lächelte auch, dann nahm sie mich zu meiner Überraschung in den Arm und drückte mich. »Meine Pferde sind meine Freunde. Nicht traurig sein, Elena.«

Ich war es trotzdem, auch wenn es mir ein kleiner Trost war, dass Quintano in gute Hände kommen würde. Papa und Jens kamen die Stallgasse entlang und ich verkniff mir die Tränen.

»Jens bringt Quintano in die Box«, sagte Papa. »Sattele bitte Skyfall und komm mit ihm in die Halle.«

»Okay«, sagte ich und nickte.

»Elena?«

»Ja?«

»Ich bin stolz auf dich. Du hast mit Quintano wirklich sehr gute Arbeit geleistet.« Papa drückte meine Schulter. »Ich weiß, wie es sich anfühlt, wenn man ein Pferd, das man sehr mag, hergeben muss.«

Ich erinnerte mich daran, wie er damals die ganze Nacht im Stall vor Lagunas' Box gesessen hatte, als er ihn verkaufen musste.

Er hatte Lagunas selbst ausgebildet und fünfzig S-Springen mit ihm gewonnen. Niemals hätte Papa dieses Pferd, das etwas ganz Besonderes für ihn gewesen war, verkauft, wenn es nicht nötig gewesen wäre. Aber so hatte Lagunas den Amselhof gerettet und dafür gesorgt, dass Papa und Mama einen großen Teil der Schulden abbezahlen konnten.

Skyfall tänzelte und wieherte schrill, als ich ihn in die Reitbahn führte, wahrscheinlich fürchtete er, das letzte Pferd auf der ganzen Welt zu sein. Papa warf mich in den Sattel und ich bekam gerade noch rechtzeitig die Füße in die Steigbügel, als der Schimmel zur Seite sprang. Das tat er immer und es würde eine große Aufgabe sein, ihm dieses Verhalten abzugewöhnen.

»Ich habe mir gerade eure neue Reithalle angesehen. Da könnt ihr ja wirklich einen internationalen Concours veranstalten, Michael«, sagte Herr Nötzli und betrat die Reitbahn. Papa und er besprachen irgendetwas, während ich Skyfall traben und galoppieren ließ. Der Schimmel war aufgeregt und übermütig, scheute und buckelte, aber ich ließ mich nicht von ihm beeindrucken. Quintano war am Anfang genauso gewesen und Fritzi konnte es heute noch sein. Nach einer Viertelstunde hatte Skyfall sich beruhigt, ich machte ein paar niedrige Sprünge zum Aufwärmen und ritt danach ein paarmal den Parcours in verschiedenen Höhen.

Herr Nötzli schien zufrieden zu sein, mit dem, was er gesehen hatte. Er wünschte mir frohe Weihnachten und verließ mit Papa die Reithalle. Im Radio wurde vor Regen mit Sturmböen und überfrierender Nässe gewarnt, deshalb hatte er es eilig, auf die Autobahn zu kommen, denn er wollte heute noch in die Schweiz zurückfahren.

Der Regen trommelte auf das Hallendach und ich ließ Skyfall noch eine Weile Schritt gehen, bevor ich ihn in den Stall führte, absattelte und unter das Solarium stellte. Durch das Stallfenster blickte ich hinaus in den Hof und sah Melike mit Dicky, dem Pferd ihrer Mutter, aus der Longierhalle kommen. Wieso war sie nicht mal kurz in den Stall oder in die Reithalle gekommen, um mir wenigstens »Hallo« zu sagen? Ich ging durch den Mittelstall in die Putzhalle und blieb wie angewurzelt stehen. Melike hatte Dicky angebunden und Kiki hockte vor dem Pferd und nahm ihm die Gamaschen ab. Was war das denn? In den letzten Tagen hatte Melike sich bei mir fürchterlich über Kiki aufgeregt und jetzt unterhielten sie sich und lachten miteinander, als sei alles in bester Ordnung! Sie waren so in ihre Unterhaltung vertieft, dass sie mich nicht bemerkten. Ich wandte mich ab und ging langsam zurück in den Turnierstall. Ob die beiden wohl über mich redeten?

Vor Enttäuschung wurde mir ganz flau im Magen. In drei Tagen war Weihnachten. Meine Mutter war stinksauer auf mich, meine beste Freundin redete lieber mit der Schwester ihres Exfreundes als mit mir, mein Bruder war ein Idiot und von meinem Freund hatte ich seit zwei Tagen nichts mehr gehört.

Skyfall schüttelte sich unter dem Solarium und machte den Hals lang, als ich an ihm vorbeiging. Gedankenverloren kraulte ich seine weiche Nase und zog mein Handy aus der Tasche meiner Reitweste. Keine Nachricht von Melike, dafür aber ein entgangener Anruf von Tim, als habe er meine Gedanken gelesen. Ich holte tief Luft und tippte auf seine Nummer für einen Rückruf.

»Hi«, meldete er sich nach dem dritten Klingeln.

»Hi«, erwiderte ich. »Stör ich gerade?«

»Nein.« Pause. »Wie geht's?«

»Brenda Murray hat gerade Quintano probiert und gekauft.« Ich ging zur Sattelkammer hinüber und blieb in der offenen Tür stehen, damit ich sehen konnte, wenn jemand in den Stall kam. »Nach Weihnachten wird er abgeholt.«

»Oh, das tut mir leid.« Er hörte sich nicht wirklich mitfühlend an, eher gleichgültig. Dabei wusste er genau, wie sehr ich an Quintano hing.

»Tim?«

»Ja?«

»Sehen wir uns noch mal vor Weihnachten?« Meine Stimme klang dünn und ich ärgerte mich, weil ich mich schuldig fühlte. Dabei war doch Tim derjenige, der mir etwas verschwiegen hatte!

»Ich weiß nicht, ob ich hier wegkomme«, redete Tim sich heraus.

Und plötzlich war sie da, eine düstere Vorahnung, ein schwarzes, ungutes Gefühl. Irgendetwas war nicht in Ordnung. Tim klang wie ein Fremder.

Ein paar Sekunden herrschte zwischen uns unbehagliches Schweigen.

»Warum hast du mir gestern nicht gesagt, dass du zu deinem Vater musst?«, platzte es schließlich aus mir heraus.

»Weil ich es nicht wusste«, erwiderte Tim. »Meine Mutter hat nur gesagt, ich solle ins Auto steigen und mein Handy ausschalten. Im Knast sind keine Handys erlaubt.«

»Und warum wussten Christian und Melike, dass du deinen Vater besuchst – und ich nicht?«

»Ich habe ab vier Uhr versucht, dich anzurufen, um es dir zu erzählen«, sagte Tim. »Als ich dich nicht erreichen konnte, habe ich bei Melike, bei deiner Mutter und bei Christian angerufen.«

»Wirklich?« Mein Zorn auf ihn verflog, ich fühlte mich

schwach und unglücklich und hätte alles dafür gegeben, jetzt bei ihm sein zu können. »Wenn du nicht wegkannst, könnte ich doch bei dir vorbeikommen.«

»Elena«, begann Tim nach einer kurzen Pause. »Ich wollte eigentlich nicht mit dir am Telefon darüber reden, aber vielleicht ist's besser so.«

»Über was denn reden?«, fragte ich.

»Ich habe gehört, dass du dich gestern mit Niklas getroffen hast.«

Die düstere Vorahnung wurde zur Gewissheit. Eine eiskalte Hand umklammerte mein Herz, meine Knie wurden so weich, dass ich mich auf den verstaubten Stuhl setzen musste.

»Ich weiß, ich hatte in den letzten Wochen nur wenig Zeit für dich«, sprach Tim weiter, »aber ich dachte, du würdest das verstehen. Die Schule, der Stall, dann das Festhallenturnier und die Besuche bei meinem Vater …«

»Tim, nein, nein«, flüsterte ich beschwörend. »Ich habe Niklas ganz zufällig getroffen, als ich mit dem Bus ins Einkaufszentrum gefahren bin. Da ist nichts, ich schwöre es dir!«

»Warum lügst du mich an? Jemand hat gesehen, wie du und Niklas aus dem Auto seiner Mutter gestiegen seid. Ihr seid nicht mit dem Bus gefahren.«

»Doch! Ich meine … nein! Ich bin mit dem Bus …«

»Elena, lass es. Bitte.« Tims Stimme klang traurig. »Mach nicht noch mehr kaputt.«

»Aber es ist nicht wahr!«, rief ich verzweifelt. »Bitte hör mir doch zu!«

»Wir hatten so eine schöne Zeit«, fuhr Tim fort. »Es war echt die schönste Zeit meines Lebens mit dir. Aber … ich merke immer deutlicher, dass sich alles verändert hat. Und ich kann's auch verstehen. Was kann ich dir schon bieten außer Problemen? Ich dachte, es würde gehen, aber … es ist vorbei.«

»Willst du mit mir Schluss machen?« Ich presste die Augen zusammen, aber eine Träne quoll zwischen meinen Lidern hervor und rann mir über das Gesicht. War das etwa wieder einer dieser blöden Albträume?

»Ich glaube, es ist besser so«, entgegnete er. »Es tut mir leid.«

Was sollte ich jetzt tun? Heulen, schreien, ihn anbetteln mir zu verzeihen? Aber *was* sollte er mir überhaupt verzeihen?

»Tim, ich hab mich nicht verändert, sondern du!« Mir gelang es mit aller Kraft, die ich aufbieten konnte, ganz normal, ja, fast kalt zu sprechen. »Du redest seit Wochen kaum noch mit mir, hast mir keinen Kuss mehr gegeben. Ich hab gedacht, ich muss Geduld haben. Ich dachte, es wird wieder besser, deshalb hab ich dich in Ruhe gelassen. Ich weiß ja, was du alles am Hals hast. Mit Niklas ist nichts, das schwöre ich dir. Aber … aber … wenn du anderen Leuten mehr glaubst als mir, dann musst du das halt tun. Ich … ich muss jetzt Fritzi reiten. Mach's gut. Frohe Weihnachten.«

Ich drückte das Gespräch weg, bevor er noch etwas sagen konnte. Meine Hände zitterten, ich bebte am ganzen Körper, als ob ich Schüttelfrost hätte. Tim hatte mit mir Schluss gemacht. Ich hatte keinen Freund mehr. Alles, was zwischen uns gewesen war, war Geschichte, Erinnerung. Es gab kein »wir« mehr. Es war vorbei.

16. Kapitel

Fritzi legte die Ohren an und versuchte sich umzudrehen. Ihn störte der eisige Regen, er wollte zurück in seine warme, trockene Box zu den anderen Pferden, aber ich zwang ihn in Richtung Wald. Der Hengst scheute und stieg, denn der Wind heulte in den Kronen der mächtigen kahlen Bäume und ließ die Äste bedrohlich knarren. Es war lebensmüde, bei diesem Sturm in den Wald zu reiten, aber das war mir egal. Ich wollte nur weg, weit weg von Melike, von meiner Mutter und vor allen Dingen weg von diesem schwarzen Loch in meinem Innern, das mich wie ein Strudel in sich hineinzusaugen drohte.

Ich grub Fritzi die Sporen in den Bauch, er machte einen Satz nach vorne, stemmte sich aufs Gebiss und fiel in einen widerspenstigen, harten Galopp, der mich unsanft durchschüttelte. Der Wind brüllte und toste wie ein wildes Tier, zerrte an Zweigen und Ästen und fegte das letzte braune Laub von den Bäumen. Unter normalen Umständen hätte ich meinem Pferd so etwas nie zugemutet, aber ich war taub und blind vor Schmerz, Enttäuschung und Kummer und so jagte ich Fritzi immer tiefer in den Wald. Mit einem Knall brach ein Ast von einer uralten Eiche ab und krachte genau vor uns auf den Weg. Fritzi geriet in Panik und warf sich zur Seite. Wie von Furien gehetzt galoppierte der Hengst quer durch das Unterholz, das krachend unter seinen Hufen zerbrach, vorbei an der rot-weißen Schranke und den Warnschildern direkt hinein ins Moor. Zweige peitschten mir ins Gesicht, der Regen hatte mich längst bis auf die Haut durchnässt. Ich hatte die Kontrolle über Fritzi verloren, er war außer sich vor Angst und ich brauchte alle Kraft, um mich auf seinem Rücken zu halten. Doch ich spürte keinen Schmerz und keine Angst, nur eine wilde, heiße Freude an diesem selbstmörderischen Tempo und der unglaublichen Trittsicherheit meines Pferdes. Fritzis Hufe fanden mühelos Halt, obwohl die Wege aufgeweicht waren vom heftigen Regen. Wir ließen den Wald hinter uns, er raste über eine Wiese, bog in einen Feldweg ein und donnerte einen Hügel hinauf. Oben auf dem Hügelkamm traf uns der Sturm mit voller Wucht. Mir verschlug es für ein paar Sekunden den Atem, der Regen mischte sich mit Eis, stach mir ins Gesicht und in meine Hände, die ich um die glitschigen Zügel und in Fritzis nasse Mähne gekrallt hatte. Doch anstatt mein Pferd zu besänftigen, schrie ich »Lauf, Fritzi, lauf!« und duckte mich über seinen Hals. Und er lief, und galoppierte mit dem Sturmwind um die Wette. Ganz plötzlich schlug er einen Haken nach links, ich verlor die Steigbügel und das Gleichgewicht und flog in hohem Bogen von seinem Rücken. Der Boden kam in rasender Geschwindigkeit näher, ich landete im Dreck und blieb einfach liegen, weil ich keine Kraft mehr hatte aufzustehen. Für ein paar Sekunden war es vollkommen still um mich herum, dann hörte ich meinen Atem, meinen rasenden Herzschlag und das sich entfernende Geräusch von Fritzis Hufen. Ich war völlig allein. Keuchend lag ich da und starrte in den Regen.

Wie kam ich hierher? Was war bloß in mich gefahren?

Erst jetzt kam ich zu mir, erinnerte mich, dass ich Skyfall unter dem Solarium, meine Jacke und meine Kappe in der Sattelkammer vergessen hatte. Und dann kehrte schlagartig die Erinnerung an das Telefonat mit Tim zurück.

Ich glaube, es ist besser so, hatte er gesagt und damit alles beendet, was jemals zwischen uns gewesen war, alle Träume, alle Hoffnungen.

Mühsam richtete ich mich auf und blickte mich um. Wo war ich?

Papa würde mich umbringen, wenn er erfuhr, welcher Gefahr ich Fritzi, seiner großen Zukunftshoffnung, ausgesetzt hatte, weil ich ihn wie eine Irre durch den Wald gehetzt hatte. Schluchzend kam ich auf die Beine, aber ein heftiger Schmerz durchzuckte mich und ich sackte zurück in den eisigen Matsch des Feldweges. Irgendetwas war mit meinem Knie nicht in Ordnung. Wie sollte ich nach Hause kommen? Ich hatte kein Handy dabei und wusste nicht, wo ich war. Und – wo war Fritzi? Hoffentlich passierte ihm nichts! Oh Gott, was hatte ich nur angerichtet? Ich schloss die Augen, rollte mich zusammen und weinte vor Verzweiflung und Angst.

Etwas stieß mich unsanft in die Seite. Heißer Atem pustete in mein nasses Haar. Ich blinzelte und erkannte die Umrisse eines Pferdes gegen den dunkelgrauen Himmel.

»Fritzi!«, flüsterte ich erleichtert. Der Hengst war tatsächlich zu mir zurückgekommen, so wie er es früher auch getan hatte, wenn ich bei meinen ersten Reitversuchen auf ihm von seinem blanken Rücken gefallen war! Trotz seiner Panik hatte er gemerkt, dass ich nicht mehr auf ihm saß und war umgekehrt! Ich ergriff die Zügel und kam auf die Füße.

»Entschuldige bitte, Fritzi, dass ich dir das angetan habe.« Ich schlang meine Arme um den Hals meines Pferdes. Fritzi schnaufte auch, sein Fell dampfte im kalten Regen. Er musste zurück in den Stall, sonst würde er sich erkälten! Glücklicherweise war es mein rechtes und nicht mein linkes Knie, das ich mir bei dem Sturz verletzt hatte, so gelang es mir, den linken Fuß in den Steigbügel zu stellen. Aber der Steigbügel war nass und die Sohle meines Stiefels voller Matsch. Wieder und wieder rutschte ich ab, meine letzte Kraft drohte mich zu verlassen. Endlich gelang es mir, in den Sattel zu kommen. Jetzt spürte ich die eisige Kälte, ich zitterte am ganzen Körper und war froh, als wir wenig später den Wald erreicht hatten. Ich erkannte den Waldparkplatz am steinernen Kreuz und erschrak, wie weit wir vom Amselhof entfernt waren. Hier hatten Melike und ich uns im letzten Sommer mit Tim getroffen, um unseren Rachefeldzug bei SchülerVZ gegen Ariane zu besprechen. Das schien hundert Jahre her zu sein. Damals war der Wald grün und freundlich gewesen, mit Tim war alles in Ordnung und Melike war meine beste Freundin. »Vorbei!«, flüsterte eine Stimme in meinem Kopf, »alles ist vorbei, vorbei, vorbei!«

Hinter der Wegbiegung tauchte das Forsthaus auf, die Fenster leuchteten wie helle Vierecke in der hereinbrechenden Dämmerung. Fritzi trottete von selbst bis an die Veranda. Ich war so häufig mit ihm hier gewesen, dass er das Forsthaus und dessen Stall gut kannte. Die Haustür ging auf und Lajos erschien im Türrahmen.

»Elena!«, rief er und eilte die Treppe hinunter. Keine Sekunde zu spät, denn mich verließ die Kraft und ich rutschte seitlich aus dem Sattel. Er fing mich auf.

»Um Gottes willen!«, hörte ich Lajos' Stimme. »Was ist passiert? Du bist ja voller Blut!«

»Mein Knie«, murmelte ich und schloss die Augen. »Ich bin gestürzt.«

Als ich sie wieder öffnete, lag ich auf der Couch in Lajos' Wohnzimmer, eingewickelt in eine dicke Decke. Im Ofen prasselte ein Feuer, es war sehr warm, aber ich fror entsetzlich. Lajos saß vor mir und sah mich besorgt an.

»Was ist mit Fritzi?«, flüsterte ich.

»Der steht im Stall und frisst. Ihm geht's gut, mach dir keine Sorgen.« Seine Hand auf meiner Stirn fühlte sich eiskalt an. »Deine Eltern sind gleich hier, Elena.«

Ich schauderte. Papa würde stinkwütend sein. Weil ich Skyfall vergessen, Fritzi fast zu Schanden gehetzt hatte, und weil ich ohne jemandem Bescheid zu sagen bei diesem Wetter ins Gelände geritten war. Es war zu anstrengend, die Augen offen zu halten, deshalb ließ ich sie wieder zufallen.

17. Kapitel

Ich verbrachte Weihnachten im Krankenhaus. Mein rechtes Knie war übel geprellt, die Verletzungen in meinem Gesicht nur Kratzer, aber mein Wahnsinnsritt durch den Eisregen ohne Jacke hatte mir eine Lungenentzündung beschert. In den ersten Tagen hatte ich so hohes Fieber, dass ich oft nicht wusste, ob ich wach war oder träumte. Wenn ich die Augen öffnete, saßen immer Mama oder Papa oder manchmal beide zusammen mit besorgten Gesichtern an meinem Bett. Sie hatten mir keine Vorwürfe gemacht und ich hatte kein Wort darüber verloren, weshalb ich mit Fritzi hinaus in den Sturm geritten war. Sollten sie ruhig denken, er sei mit mir durchgegangen!

Mama hatte mir mein Handy mitgebracht, aber es lag ausgeschaltet in der Schublade, die Weihnachtsgeschenke hatte ich nicht ausgepackt. Opa, Oma und Christian kamen, aber ich tat so, als ob ich schliefe. Ich wollte niemanden sehen und mit niemandem sprechen, ja, am liebsten wollte ich niemals mehr das Krankenhaus verlassen.

Erst am dritten Tag verschwand das Fieber, der Husten und die Schmerzen beim Atmen ließen nach. Morgens bei der Visite wurde der Tropf aus meinem Arm entfernt und ich schaffte es sogar, ein halbes Brötchen zu essen. Ich war aber noch immer zu schwach, um aufzustehen oder gar alleine ins Bad oder aufs Klo zu gehen.

»Was für ein Tag ist heute?«, fragte ich Mama, als sie kam. Ich fühlte mich elend schlapp, meine Haut war klebrig und meine Haare strähnig.

»Mittwoch. In vier Tagen ist Silvester.« Sie strich mir übers Haar. »Dann bist du wieder zu Hause.«

»Wie geht es Fritzi?«, wollte ich wissen.

»Dem geht's gut. Papa reitet ihn jeden Tag.« Mama sah mich mit dem Blick an, den ich insgeheim ihren Röntgenblick nannte. Früher hatte ich fest geglaubt, sie könne in meinen Kopf gucken und meine Gedanken lesen. »Was ist denn eigentlich passiert?«

»Ich kann mich nicht mehr erinnern«, log ich und Mama gab sich fürs Erste mit dieser Antwort zufrieden. Sie scheuchte mich aus dem Bett ins Bad. Aus dem Spiegel starrte mir eine bleiche, ausgemergelte Trauergestalt entgegen, deren Gesicht von verschorften Kratzern und Blutergüssen übersät war. Mama half mir beim Duschen, Haare waschen und föhnen. Mit einem frischen T-Shirt und einer sauberen Schlafanzughose fühlte ich mich schon besser, aber der Ausflug ins Badezimmer hatte mich völlig erschöpft. Es klopfte an der Tür.

»Ich will niemanden sehen«, sagte ich und drehte mich zur Wand.

»Na, mich hoffentlich schon«, hörte ich Lajos' Stimme. »Ich hab dir sogar extra Blumen gekauft.«

Ohne wirkliche Begeisterung drehte ich mich um. Lajos war tatsächlich eine Ausnahme.

»Hallo, Lajos.« Ich lächelte matt. »Ja, dich schon.«

»Dann lass ich euch beide mal alleine.« Mama beugte

sich über mich, gab mir einen Kuss auf die Stirn und ergriff ihre Jacke. »Ich komme heute Abend wieder, okay? Der Lehrgang läuft und ich muss ein bisschen mithelfen.«

»Kein Problem. Mir geht's hier gut«, versicherte ich ihr und sie winkte mir und ging hinaus. Lajos hatte unterdessen eine Vase aufgetrieben, füllte sie im Badezimmer mit Wasser und stellte einen kleinen bunten Blumenstrauß hinein. Wir tauschten ein paar Belanglosigkeiten aus, er erkundigte sich nach dem Essen und ob Krankenschwestern und Ärzte nett seien.

»Ich sehe ziemlich scheiße aus, oder?«, fragte ich ihn.

»Ja, ziemlich«, bestätigte er und setzte sich auf den Stuhl neben mein Bett. Seine Aufrichtigkeit im Guten wie im Schlechten war manchmal schmerzhaft, aber etwas, auf das man sich verlassen konnte. »Allerdings könntest du bedeutend schlechter aussehen, nämlich dann, wenn du dir das Genick gebrochen hättest.«

»Ich weiß.« Ich blickte an die Decke und seufzte.

»Warum bist du eigentlich bei diesem Sauwetter ins Gelände geritten? Und das auch noch ohne Jacke und Kappe?«

Ich wand mich innerlich. Es war mir unangenehm, darüber zu sprechen, doch Lajos' Ehrlichkeit verlangte im Gegenzug auch eine ehrliche Antwort. Mittlerweile schämte ich mich dafür, etwas so Schwachsinniges getan und damit Fritzis und meine Gesundheit aufs Spiel gesetzt zu haben.

»Herr Nötzli hat Quintano verkauft. Melike kann mich nicht mehr leiden und dann ... dann hat auch Tim noch mit mir Schluss gemacht«, antwortete ich leise und mir kamen sofort die Tränen. »Am Telefon. Ich wollte einfach nur noch weg …«

»Verstehe«, sagte Lajos und ich wusste, dass er das tat.

Ich erzählte ihm, was passiert war, angefangen davon, dass Tim seit Wochen schon so anders gewesen war und wie er mir so kurzfristig per SMS abgesagt und ich dann zufällig Niklas getroffen hatte.

»Tim war am Telefon so ungerecht«, schloss ich. »Er hat mir überhaupt keine Chance gegeben, ihm etwas zu erklären. Es war ja gar nicht so, wie er das glaubt.«

Lajos runzelte die Stirn und schlug ein Bein über das andere.

»Hast du dich mal in seine Lage versetzt?«, fragte er.

»Nein. Was würde das auch nützen?«

»Versuch es mal. Stell dir vor, *dein* Vater säße im Gefängnis und jeder wüsste, dass er ein Pferdedieb ist. Stell dir vor, auf dem Amselhof würden Leute das Kommando übernehmen, die du nicht leiden kannst. Und dann erzählt dir noch jemand, er habe deinen Freund mit einem anderen Mädchen gesehen. Was glaubst du, wie es dir dann geht?«

Er hatte sich vorgebeugt, die Ellbogen auf die Knie gestützt und blickte mich aus seinen dunklen Augen ernst an.

Ich musste zugeben, dass es aus diesem Blickwinkel tatsächlich alles ganz anders aussah.

»Aber wieso redet er denn nicht einfach mit mir über das alles?«, erwiderte ich trotzig. »Warum schreibt er nicht, dass er zu seinem Vater ins Gefängnis fahren muss? Warum lässt er mich nicht erklären, was wirklich gewesen ist? Und wieso hört er mehr auf andere Leute als auf mich?«

»Tja, Jungs sind meistens keine großen Redner und Erklärer. Da kommt es dann schon mal schnell zu Missverständnissen. Und Tim gehört nicht zu denen, die dauernd ihr Handy aufladen und immer draufgucken.«

»Du hältst zu ihm?«, fragte ich Lajos, den ich als meinen Verbündeten ansah, ungläubig.

»Nein, das tue ich nicht. Ich versuche, neutral und objektiv zu sein. Würde Tim jetzt hier vor mir liegen, würde ich ihm etwas ganz Ähnliches sagen.«

Ich dachte einen Moment nach.

»Ich versteh auch nicht, warum Melike so komisch ist«, sagte ich dann. »Sie ist doch meine beste Freundin und jetzt lässt sie mich im Stich!«

»Auch was Melike betrifft, kann ich dir nur vorschlagen, dich in ihre Situation hineinzuversetzen«, entgegnete Lajos. »Vielleicht hat sie Angst, dich, ihre beste Freundin, zu verlieren, wenn zwischen dir und Tim Schluss ist und womöglich ein fremder Junge, den sie nicht kennt, eine wichtige Rolle für dich spielt.«

»Aber das tut er doch gar nicht!«, widersprach ich so heftig, dass ich husten musste.

Lajos schenkte mir von dem lauwarmen Krankenhaus-Mineralwasser ein, stellte die Flasche wieder auf den Tisch und reichte mir das Glas.

»Das solltest du ihr erklären«, riet er mir. »Es könnte nämlich durchaus sein, dass sie das befürchtet.«

Lajos richtete sich auf und kramte in den Taschen seiner Jacke.

»Ach, Melike hat mir übrigens etwas für dich mitgegeben.« Er tat so, als sei es ihm gerade erst wieder eingefallen und reichte mir ein Päckchen. »Ich soll dir auch ausrichten, dass sie dir das eigentliche Geschenk später selbst geben will.«

Wir redeten noch etwas, aber das Sprechen war so anstrengend für mich, dass Lajos sich bald verabschiedete und ging. Ich wartete, bis sich die Tür hinter ihm geschlossen hatte, dann riss ich das Geschenkpapier auf. In meinen Händen hielt ich einen knuddeligen braunen Stoffteddy, der ein Herz um den Hals trug, und auf dem Herz stand »*Forever friends*«. Mir schossen die Tränen in die Augen und ich heulte ein bisschen, aber diesmal ausnahmsweise nicht vor Kummer, sondern vor purer Freude und Erleichterung. Ich angelte mein Handy aus der Schublade des Nachttisches neben meinem Bett und schaltete es ein. Es dauerte eine Weile, bis ich die Nachricht an Melike schreiben konnte, denn Dutzende von SMS und WhatsApps poppten mit allen möglichen Klingeltönen auf.

Melike wartete nicht, bis ich wieder zu Hause war, sondern erschien schon am Nachmittag im Krankenhaus.

»Ich hab meine Mutter gezwungen, mich herzufahren«, grinste sie, warf ihre Jacke über den Stuhl und legte sich zu mir in mein Bett. »Was machst du nur für Sachen!«

»Quintano ist an dem Tag verkauft worden. Und du warst so komisch. Ich hab dich und Kiki gesehen und dann hat Tim am Telefon mit mir Schluss gemacht. Das war alles zu viel.« Ich heulte wieder mal und Melike kuschelte sich an mich.

»Tim hat's mir erzählt«, sagte sie. »Oh Mann, Elena! Das mit Tim tut mir echt voll leid! Aber du bist meine aller-allerbeste Freundin! Kein Mann wird jemals einen Keil zwischen uns treiben.«

Ich musste lachen und gleichzeitig weinen, und Melike heulte sofort mit. Sie erzählte mir, dass auch sie ziemlich neben der Spur gewesen war. Diese Stalkingattacke von Fabian hatte sie total fertiggemacht, dann hatte auch noch Frau Denninger bei ihr angerufen und hatte ihr Vorwürfe gemacht.

»Das musst du dir mal reinziehen: Der lässt doch echt seine *Mutter* bei mir anrufen!« Melike wischte sich die Tränen vom Gesicht. »Ich war echt so durch. Dazu hat Tim angerufen und wollte wissen, ob ich wüsste, was mit dir los ist und wo du wärst. Ich wollte dir das alles erzählen, aber du hast abends am Telefon nur von Niklas geredet! Irgendwie hatte ich das Gefühl, alles bricht auseinander. Tim und du – das war für mich immer das leuchtende Beispiel dafür, wie es perfekt ist. Ich konnte einfach nicht glauben, dass du lieber mit Niklas Schütze einkaufen gehst als mit Tim.«

»So war's doch gar nicht«, krächzte ich. »Ich hab Niklas wirklich rein zufällig getroffen. Aber Tim hat mir am Telefon nicht mal zugehört. Irgendwer muss ihm was gesteckt haben. Wahrscheinlich war's mein Bruder, der gemeine Mistkerl.«

»Nee, das muss über Ariane gekommen sein«, wusste Melike. »Irgendwer hat Niklas und dich zusammen im Einkaufszentrum gesehen und hat das Ariane brühwarm erzählt. Und die hat's dann natürlich sofort an Tim weitergetratscht.«

Ich stieß einen tiefen Seufzer aus. Wenn Christian wirklich daran schuld gewesen wäre, dass Tim mit mir Schluss gemacht hätte, so hätte ich wohl niemals mehr ein Wort mit ihm gewechselt.

»Ach, ist jetzt auch egal«, murmelte ich. »Wenn er der blöden Kuh mehr glaubt als mir. Hauptsache, du bleibst meine beste Freundin.«

»Für immer und ewig«, versicherte Melike. »So, und jetzt erzähl mal. Wie ist dieser Niklas so?«

Da musste ich lachen. Das war wieder mal typisch Melike!

»Er ist wirklich voll okay«, sagte ich und erzählte Melike all die Einzelheiten von unserem Nachmittag im Einkaufszentrum, von den verlorenen Geschenken und wie Nick sie für mich wiedergeholt hatte.

»Und er hat mir ein Päckchen Pralinen dazugelegt. Echt voll goldig.«

Ich war ganz außer Atem vom vielen Sprechen.

Melike hatte sich auf den Bauch gerollt, ihr Kinn in eine Hand gestützt und aufmerksam zugehört.

»Bist du in ihn verliebt?«, wollte sie wissen.

»Nein.« Ich schüttelte den Kopf. »Ich hab auch schon darüber nachgedacht. Ich mag Niklas leiden, weil er echt witzig und nett ist. Aber es ist nicht wie bei … Tim.«

Als ich seinen Namen aussprach, überfiel mich wieder der Kummer. Erst allmählich begriff ich, was es bedeutete, ohne Tim zu sein. Die abendlichen Telefonate mit ihm würden mir sehr fehlen, die Vertrautheit, die zwischen uns geherrscht hatte, aber auch die Erinnerungen an das, was wir gemeinsam erlebt hatten. Jeder Gedanke an ihn schmerzte wie ein Messerstich und mehr als je zuvor fühlte ich mich unwirklich und irgendwie halb, so als ob an meinem Körper etwas fehlen würde.

»Hey!« Melike umarmte mich und hielt mich ganz fest. »Mir fällt schon was ein. Du weißt doch, mir fällt immer was ein.«

18. Kapitel

Das neue Jahr begann mit einer trockenen knackigen Kälte, der Schnee ließ auf sich warten und so schritten die Außenarbeiten rings um die neue Reithalle zügig voran. Ich war zwei Tage vor Silvester aus dem Krankenhaus entlassen worden und jedermann behandelte mich wie ein rohes Ei. Omas Gaststätte war für sechs Wochen geschlossen, weil sie renoviert wurde, und so hatte sie Zeit, mir alle meine Lieblingsspeisen zu kochen. Sie brachte mir das Essen ans Bett und wartete wie ein Schießhund, bis ich wenigstens die Hälfte geschafft hatte. Melike besuchte mich jeden Tag und versorgte mich mit Klatsch und Tratsch aus dem Stall, ein paarmal kam sogar Kiki mit. Christian hatte mir seinen geliebten Fernseher samt DVD-Player geliehen. Seine geplante Silvesterparty hatte er abgesagt, stattdessen wurde bei Denningers gefeiert und mein Bruder kam mit der großen Neuigkeit nach Hause, Fabian habe den ganzen Abend mit Ariane herumgeknutscht. Ich fragte ihn nicht, ob Tim auch da gewesen sei. Es kränkte mich sehr, dass Tim mir nicht einmal eine lumpige SMS zu Weihnachten oder zum neuen Jahr geschrieben hatte.

Wer mir allerdings ein paar Mal geschrieben und mich sogar angerufen hatte, war Niklas. Ich hatte mich bei ihm für die Geschenk-Rettungsaktion und die Pralinen bedankt und mich entschuldigt, dass ich mich nicht viel eher gemeldet hatte. Seine Anrufe, denen ich es verdankte, nicht völlig in meinem Liebeskummer zu ertrinken, wurden zu einer regelmäßigen Einrichtung.

»Also, wenn ich dich noch einmal dabei erwische, dass du dieses bekloppte Lied hörst, dann nehme ich dir dein Handy weg«, sagte Melike bei einem ihrer Besuche, als ich wieder einmal lustlos auf meinem Bett lag, über Kopfhörer »Geboren um zu leben« von Unheilig in einer Endlosschleife hörte und heulte.

»Es ist aber schön«, schniefte ich. »Und es ist so wahr.«

»Willst du etwa für den Rest deines Lebens wie ein Trauerkloß herumsitzen?«, fragte Melike.

»Ich würde am liebsten zu Brenda nach Amerika fliegen und für immer da bleiben«, entgegnete ich dramatisch. »Ich hab einen Horror davor, Tim in der Schule über den Weg zu laufen. Das pack ich einfach nicht.«

»Natürlich tust du das!« Melike schüttelte den Kopf. »Komm, steh auf! Twix frisst seit einer Woche nicht mehr, weil er dich so vermisst.«

»Mir egal«, murmelte ich bockig.

»Lass uns rüber in den Stall gehen. Dein Vater springt Fritzi gleich in der neuen Reithalle. Der Aknefrosch baut schon den Parcours auf.«

»Interessiert mich nicht«, log ich. In Wirklichkeit vermisste ich meinen Hund, dem meine Mutter den Zutritt zu meinem Zimmer verweigerte. Ich hatte Sehnsucht nach Fritzi, und die neue Reithalle hatte ich noch gar nicht in fertigem Zustand gesehen. Aber ich fürchtete mich davor, von allen Leuten angesprochen zu werden. Ich hasste es, krank und schwach zu sein und bemitleidet zu werden. Das sagte ich Melike.

»Ach was, keiner bemitleidet dich«, wischte sie meine Bedenken weg. »Die freuen sich höchstens.«

Sie nervte mich so lange, bis ich wirklich aufstand und mich anzog. Meine Beine waren ganz weich, aber Melike hakte sich energisch unter und zog mich mit. Twix schoss bei meinem Anblick aus seinem Körbchen, er rastete völlig aus und bellte und jaulte so wild, dass Mama erschrocken aus ihrem Arbeitszimmer kam.

»Ich dachte schon, es wäre was passiert«, sagte sie und lächelte. »Schön, dass du aufgestanden bist, Schätzchen.«

»Ich wollte mit Melike mal rüber in den Stall gehen«, erwiderte ich.

»Ja, klar, macht das. Zieh dich nur ordentlich an, es ist kalt draußen.«

Ich bemerkte, wie sie Melike zuzwinkerte.

»Du hast mich ausgetrickst«, warf ich meiner Freundin vor.

»Nicht wirklich.« Melike hielt mir grinsend meine Daunenjacke entgegen. »Ich hab deiner Mutter versprochen, dass ich es schaffe, dich aus dem Haus zu kriegen.«

»Noch bin ich nicht draußen.« Ich musste auch grinsen.

»Aber in ein paar Sekunden.«

Die Bewegung und die frische Luft wirkten Wunder. Mein Appetit kehrte zurück und damit die Kraft. In der ersten Woche nach den Ferien durfte ich noch zu Hause bleiben, doch der Tag, an dem ich wieder zur Schule gehen musste, kam leider unweigerlich. Gegen die Schule selbst hatte ich nichts, aber ich fürchtete mich vor einem Wiedersehen mit Tim nach mehr als vier Wochen.

Die Erste, der ich aber über den Weg lief, nachdem Mama mich am Schultor abgesetzt hatte, war jedoch ausgerechnet Ariane. Sie benahm sich superfreundlich und tat besorgt, weil ich so krank gewesen war.

»Elena, du bist ja so dünn geworden!«, rief sie, aber ihr Mitgefühl war nur gespielt. »Ist wegen Tim, nicht wahr? Das tat mir *so* leid, als ich es gehört habe.«

Ganz sicher tat es das nicht, du falsche Schlange, dachte ich bei mir. »Das verdanke ich wohl eher der Lungenentzündung«, sagte ich stattdessen und hoffte, dass mich irgendwer von Ariane erlösen würde, aber ich hatte Pech. Bis zu unserem Klassenzimmer musste ich mir ihr Gequatsche anhören.

»Mein Dad hat einen neuen Boden für unsere Halle bestellt«, erzählte sie. »Natürlich nur den allerbesten. Reiten wie im Wattenmeer. Und Dad hat ruck, zuck neues Stallpersonal besorgt, nicht so zahnlose Polen wie bei euch, sondern gescheite Leute, die sich mit Pferden auskennen. Dann soll noch ein Aqua-Trainer gebaut werden und bevor die Turniersaison richtig losgeht, kommt der neue Lkw für Tims und meine Pferde.«

Sie schlug sich die Hand vor den Mund. »Oh, du hast doch hoffentlich nichts dagegen, wenn ich seinen Namen erwähne?«

Bevor ich etwas erwidern konnte, plapperte sie schon weiter.

»Es läuft auf jeden Fall super auf dem Sonnenhof. Was wir schon alles verbessert haben seit Anfang Januar, das glaubst du nicht! Der Bergmann gibt fantastischen Unterricht. Endlich ist das so ein richtiger Turnier-Springstall und die paar Freizeitreiter stören kaum. Ja, der Sonnenhof wird ein Leistungszentrum. Mit Videoanalysen vom Training, all so was. Macht schon voll Spaß, mit lauter guten Reitern zusammen zu trainieren. Tim ist auch total begeistert.«

Ich wagte zu bezweifeln, dass er das war, hielt aber lieber die Klappe. Ursprünglich hatte es auf dem Sonnenhof keine Einsteller gegeben, denn Tims Vater war Pferdehändler und Springreiter. Um Papa eins auszuwischen, hatte Richard Jungblut dann damit begonnen, Boxen zu vermieten und Tim hatte den Trubel im Stall nie leiden können – am allerwenigsten Ariane, die sich wie eine Klette an ihn gehängt hatte.

»Der Dr. Huthmacher kommt einmal die Woche extra aus der Schweiz, um alle unsere Pferde durchzuchecken, wie das halt in richtigen Turnierställen so üblich ist, damit wir jedes Pferd optimal trainieren und füttern können. Ach, und die zweite Halle soll jetzt auch gebaut werden, die Baupläne und den Bauantrag gibt's ja schon.«

Im vergangenen Sommer war ein etwas zwielichtiger reicher Armenier namens Khoren Gasparian in unserer Gegend aufgetaucht und hatte Tims Vater ein Angebot unterbreitet: Er wollte viel Geld in den Sonnenhof stecken, dafür sollten Richard Jungblut und Tim zukünftig für Armenien auf Turnieren starten und mit ein paar anderen Reitern eine armenische Springreitermannschaft für die nächsten Olympischen Spiele aufbauen. Zuvor war er auch auf dem Amselhof gewesen, aber Papa hatte keine Lust gehabt, sich von einem Fremden etwas sagen zu lassen. Gasparian hatte einen riesigen Lkw angeschafft und zig Pferde, was Christian damals vor Neid zur Weißglut getrieben hatte. Außer Plänen war aber aus dem Bau einer zweiten Reithalle nichts geworden, denn vorher war Richard Jungblut von der Polizei wegen Pferdediebstahls und Bildung einer kriminellen Vereinigung verhaftet worden. Tim war damals von dem dicken Gasparian und seinem dauerlächelnden Assistenten schrecklich genervt gewesen und hatte es nicht sonderlich bedauert, als sie mitsamt Lkw und Pferden vom Sonnenhof verschwunden waren.

»Unsere zweite Reithalle ist fertig«, bemerkte ich, als Ariane kurz Luft holen musste. »Das ist für uns und die Einsteller echt eine Riesenerleichterung, und Opa kann seinen Schulbetrieb noch etwas ausbauen.«

»Schulbetrieb! Das geht ja gar nicht!« Ariane verzog das Gesicht und schüttelte verächtlich den Kopf. »Überall stolpern diese Leute rum, die sich nicht mal ein eigenes Pferd leisten können!«

Ihre Überheblichkeit verschlug mir die Sprache. Hatte sie vergessen, dass sie selbst vor ein paar Jahren auch mit dem Reiten auf Schulpferden, nämlich bei uns auf dem Amselhof, begonnen hatte?

In der Pause erzählte ich Melike, was Ariane von sich gegeben hatte.

»Ach, die quatscht doch nur nach, was ihr Vater sagt.« Melike winkte ab.

»Diese Angeberei ist echt nicht zu ertragen«, sagte ich. »Was ihr *Dad* alles kaufen und anschaffen und bauen will. Pah! Damals hatte er kein Geld, um meinem Vater das Beritt- und Boxengeld zu bezahlen!«

»Hey!«, zischte Melike plötzlich und rammte mir unsanft

ihren Ellbogen in die Seite. »Da kommt Tim! Denk dran, was ich dir gesagt habe.«

Ich schluckte und nickte, aber meine Handflächen wurden ganz feucht und mein Magen rebellierte. Ohne meinen Kopf zu drehen, blickte ich zur Seite und sah meinen Bruder und Tim, die durch das Gewimmel der Schüler langsam, aber sicher in unsere Richtung schlenderten.

»Also, wiederhole, was ich dir gesagt habe«, flüsterte Melike eindringlich.

»Cool, aber freundlich sein und höflich lächeln, bloß nicht heulen«, leierte ich ihre Anweisungen herunter, die sie mir in den letzten Tagen wieder und wieder eingeschärft hatte. »Oh, ich schaff's nicht! Ich hau ab.«

»Nein, du bleibst hier!« Sie ergriff mein Handgelenk und hinderte mich an einer Flucht. »Dann hast du's hinter dir. Achtung, jetzt sind sie gleich …« Sie richtete sich auf und lächelte. »Hey, Tim.«

»Hallo, Melike. Hi, Elena.« Tims Stimme jagte mir einen Schauer über den Rücken. Ich zwang ein Lächeln auf mein Gesicht und drehte mich zu ihm um. Ich hatte Tim so lange nicht gesehen und so sehr vermisst, aber sein Gesicht mit dem süßen Grübchen und der feinen Narbe an der Oberlippe erschien mir auf einmal irgendwie fremd.

»Hey, Tim«, sagte ich freundlich-cool, wie ich es mit Melike geübt hatte, obwohl meine Beine weich wie Pudding waren. »Wie geht's?«

Es fiel mir schwer, in seine blauen Augen zu blicken, aber ich schaffte es. Da war kein Lächeln auf seinem Gesicht. Sah er traurig aus, oder bildete ich mir das nur ein?

»Gut, danke«, antwortete er steif. »Und wie geht's dir? Hab gehört, du warst ziemlich krank.«

»Ja. Ist aber alles wieder im grünen Bereich.« Ich tat so, als sei es völlig unwichtig.

»Schön.«

Der Gong ertönte. Die Pause war zu Ende. Christian und Melike schlenderten davon.

»Passiert jetzt ja voll was bei euch auf dem Sonnenhof.« Etwas Besseres fiel mir nicht ein.

»Bis jetzt ist außer viel Gequatsche nichts passiert«, erwiderte Tim nüchtern. »Über die Teicherts muss ich dir ja nichts erzählen. Wenigstens muss ich nicht mehr im Stall arbeiten, dafür haben sie jetzt ›qualifiziertes‹ Personal.«

Keine zahnlosen Polen, dachte ich, sprach es aber nicht laut aus. Ich konnte es plötzlich nicht mehr ertragen, so neben ihm herzulaufen, ohne ihn berühren oder küssen zu dürfen.

»Du, ich muss hoch in den Physiksaal«, sagte ich deshalb. »Mach's gut.«

»Okay. Du auch.« Tim lächelte, aber es war nur ein schwacher Abglanz seines üblichen Lächelns. »Wir sehen uns.«

»Ganz sicher.« Ich spielte meine Rolle perfekt, mir gelang es sogar, ihm kurz zuzuzwinkern, bevor ich mich umdrehte und zwischen die anderen Schüler drängte. Es zerriss mein Herz und die Verstellung überstieg meine Kräfte. Ob das jemals wieder anders werden würde?

»Ihr werdet nicht glauben, wer heute Vormittag hier gewesen ist und nach Boxen gefragt hat«, verkündete Mama, als wir am Abendbrottisch saßen. »Sabine Baumgarten, Viola Kaiser, Engelbert Maiwald und Corinna Faist!«

»Oh, nee! Kommen die etwa wieder her?«, wollte Christian wissen. »Nach der linken Tour damals?«

»Wir können es uns nicht leisten, Kunden abzulehnen«, sagte Papa. »Auf dem Sonnenhof sind sie wohl nicht mehr erwünscht, aber jetzt, wo wir die neue Halle haben, stören sie nicht und bringen jeden Monat schönes Geld ein.«

»Ich wette, Engelbert und Corinna haben gleich gemeckert, weil wir die Boxenpreise erhöht haben.« Mein Bruder stopfte schon die dritte Stulle in sich hinein, dick belegt mit Käse, Mayonnaise und gekochtem Schinken. Mir drehte sich bei dem Anblick beinahe der Magen um.

»Nein, sie sind ganz und gar damit einverstanden«, entgegnete Mama. »Sie sehen ja auch, dass sich auf dem Amselhof einiges getan hat, seitdem sie ausgezogen sind.«

Es war normal, dass Kunden kamen und gingen und irgendwann wiederkamen. Von Tim wusste ich, dass Engelbert und Corinna schnell bereut hatten, mit ihren Pferden auf den Sonnenhof umgezogen zu sein. Sie hatten sich nie wohlgefühlt, die gemütlichen Abende in der »Pferdetränke« vermisst, das großartige Ausreitgelände, das am Sonnenhof völlig fehlte, die geselligen Ausritte mit anschließendem gemütlichen Beisammensein mit Opa, die Springstunden und Vereinsturniere, aber am meisten wohl die Nähe zu Steinau, denn dort wohnten sie beide. Allerdings erinnerte ich mich noch sehr gut an ein Gespräch zwischen Engelbert und Corinna, das Melike und ich damals zufällig während des Springlehrgangs im Stall belauscht hatten. Die beiden hatten so boshaft über uns und die finanzielle Misere auf dem Amselhof gelästert, dass ich vor Zorn in Tränen ausgebrochen war. Jetzt waren sie tatsächlich so dreist, wieder hier anzufragen.

»Laura ist doch damals gegangen, weil sie bei uns keinen richtigen Dressurtrainer hatte«, erinnerte auch Christian sich. »Na, dann tauchen Ludwigs und Habermanns sicher auch bald wieder hier auf. Dafür will Fabian sein Pferd auf den Sonnenhof stellen. Tut mir schon etwas leid.«

Laura und Lisa-Sophie Kaiser waren Arianes Busenfreundinnen, sie waren damals am gleichen Tag wie Engelbert und Corinna auf den Sonnenhof gezogen, zu Richard Jungblut, Papas Erzfeind. Auch an diesen Tag konnte ich mich so lebhaft erinnern, als sei es erst gestern gewesen. Sie hatten einen Moment abgewartet, in dem Papa und Mama nicht auf dem Hof waren, hatten heimlich ihren ganzen Kram gepackt und die Pferde aufgeladen. Mich hatten sie angelogen und behauptet, sie würden zu einem Lehrgang fahren.

»Na ja, der Sonnenhof wird jetzt ja auch ein *Leistungszentrum*«, sagte ich. »Was sollen die da noch? Arianes Vater will die zweite Reithalle und einen Aqua-Trainer bauen und einen neuen Lkw kaufen. Und zahnlose Polen arbeiten da auch nicht mehr im Stall, so wie bei uns, sondern *qualifiziertes* Personal.«

»Also, Elena, wie kannst du denn so was sagen?«, regte Mama sich auf. »Heinrich und Stani sind doch keine zahnlosen Polen!«

»Ich habe nur Ariane zitiert«, antwortete ich. »Genau das hat sie mir nämlich heute Morgen aufs Ohr gedrückt.«

»Sollen sie nur machen.« Papa lehnte sich gelassen zurück. »Hauptsache, wir haben den Stall voll. Und ich nehme lieber Kunden, die ich schon kenne.«

»Das wird ein herber Schlag für Prinzessin Ariane«,

kicherte Christian. »Ihr Hofstaat kündigt geschlossen seine Gefolgschaft auf.«

»Dafür hat sie jetzt Fabian als treuen Ritter«, sagte ich.

Es klingelte an der Tür. Twix begann zu kläffen. Papa blickte durchs Fenster und stand auf.

»Ah, Nötzli ist da. Ich denke, er will zu dir, Elena.«

»Zu mir?«, fragte ich erstaunt.

Tatsächlich ging der Pferdehändler mit mir, nachdem er uns begrüßt und kurz mit Papa gesprochen hatte, in Mamas Büro und schloss die Tür hinter sich. Er reichte mir einen Umschlag.

»Was ist das?«, fragte ich verwirrt.

»Dein Anteil am Verkauf von Quintano«, erwiderte er lächelnd. »So, wie wir es damals vereinbart haben.«

Ich starrte erst ihn, dann den Briefumschlag an.

»Na, mach schon auf.«

Ich öffnete den Umschlag und traute meinen Augen nicht, als ich einen Stapel 500-Euro-Scheine in der Hand hielt.

»W...w...was ist denn das?«, stotterte ich.

»Das müssten vierzehntausend Euro sein. Zehn Prozent Verkaufsprovision.«

Ich erinnerte mich an den Nachmittag in der Reithalle, als Herr Nötzli mich überredet hatte, ihm Quintano vorzureiten. Papa und Christian waren auf dem Turnier in Heidelberg gewesen und ich hatte die Gelegenheit genutzt, mit Fritzi in der Halle zu springen. Danach hatte ich auf Bitten von Herrn Nötzli Quintano geritten und er hatte mich gefragt, ob ich das Pferd für ihn reiten wollte. Dafür, dass er alle Kosten übernommen und mir monatlich 200 Euro Berittgeld gezahlt hatte, hatten wir zehn Prozent statt der üblichen zwanzig Prozent Beteiligung am Verkaufspreis vereinbart und unsere Abmachung mit einem Handschlag besiegelt. Ich war nicht gut im Kopfrechnen, aber Herr Nötzli musste von Brenda wirklich viel Geld bekommen haben, wenn das hier zehn Prozent davon waren.

»Du hast einen ausgezeichneten Job mit dem Pferd gemacht«, sagte Herr Nötzli. »Dein Vater sagt, du kommst mit Skyfall gut zurecht und sollst in diesem Jahr auch deinen Hengst mehr selbst reiten. Aber ich habe da noch einen Achtjährigen, der gut zu dir passen würde. Wenn du magst, gelten dieselben Vereinbarungen zwischen uns wie bei Quintano. Was denkst du?«

»Ich … ich … ich …«, stammelte ich und der Pferdehändler lachte.

»Überleg es dir in Ruhe und ruf mich einfach an«, schlug er vor.

»Nein, nein, das … das ist schon okay.« Ich gewann meine Fassung allmählich wieder zurück. »Das mache ich gerne.«

»Also, dann sind wir im Geschäft.« Er hielt mir lächelnd die Hand hin und ich schlug ein.

Herr Nötzli ging mit Papa hinüber in den Stall, ich lief in die Küche und gab Mama den Briefumschlag.

»Was ist das?«, fragte sie verwundert.

»Zehn Prozent vom Verkauf von Quintano.«

»Oh, zeig mal!« Christian grapschte nach dem Umschlag, aber Mama versetzte ihm einen Klaps auf die Finger.

»Das ist dein Geld, Elena, das hast du verdient«, sagte sie.

»Aber … aber … ihr habt doch immer alles bezahlt und das ist … so viel«, antwortete ich.

»Nötzli hat Unterhalt, Tierarzt und Schmied für Quintano bezahlt.« Mama lächelte. »Du hast ihn geritten und dafür gesorgt, dass er für so viel Geld verkauft werden konnte. Deshalb gehört das Geld dir. Das war die Abmachung zwischen Nötzli und dir.«

»Wenn's dir zu viel ist, kannst du mir gerne was davon abgeben«, bot Christian an. »Ich kann's gut gebrauchen.«

»Nichts da!«, sagte Mama. »Das Geld bringen wir morgen zur Bank und legen es an. Wenn du willst, verwahre ich es für dich.«

Ich ging hoch in mein Zimmer und dachte daran, Tim anzurufen und ihm diese unglaubliche Geschichte zu erzählen, aber dann fiel mir ein, dass es Tim ja nichts mehr anging und ihn wahrscheinlich auch gar nicht interessierte.

19. Kapitel

Es wurde besser. Nicht wirklich gut, aber ich lernte, den Schmerz auszuhalten und manchmal gab es Momente, in denen ich nicht an Tim dachte. Zwar machten mir die Gerüchte, die um Tim und Svea Lundström, die schwedische Bereiterin von Jürgen Bergmann, die angeblich seine neue Freundin war, kursierten, schwer zu schaffen, aber es schien beinahe so, als ob der blöde Spruch »Zeit heilt alle Wunden« stimmte.

Ich erholte mich gut von den Folgen der Lungenentzündung und konnte es kaum noch erwarten, endlich wieder zu reiten. An einem schönen sonnigen Tag beschlossen Melike und ich, ins Gelände zu gehen. Einen Ritt auf Fritzi oder gar Skyfall traute ich mir noch nicht zu, deshalb sattelte ich Sirius, mein altes New-Forest-Pony, das von Opa gelegentlich im Schulbetrieb eingesetzt wurde und ansonsten ein faules Rentnerleben genoss. Die Sonne wärmte noch nicht, doch es war windstill und einfach herrlich, auf dem Rücken eines Pferdes zu sitzen und die frische Luft zu genießen.

Am Mittag war eine Einladung zu einem Kadersichtungslehrgang Ende Januar für mich per E-Mail gekommen. Diese Lehrgänge waren für alle Angehörigen der

Kader verpflichtend, doch als ich gelesen hatte, dass der Lehrgang auf dem Sonnenhof stattfinden sollte, war das Thema für mich erledigt. Keine zehn Pferde würden mich auf den Sonnenhof bringen! Offiziell war die Lungenentzündung eine perfekte Entschuldigung, den wahren Grund für meine Absage würde so niemand erfahren. Weitaus erfreulicher war eine Mail, die ich aus Amerika bekommen hatte. Brenda hatte mir Fotos von Quintano in seiner neuen Heimat geschickt und ihre Einladung wiederholt. Im Sommer würde ich fünfzehn sein, alt genug, um für ein paar Wochen nach Amerika zu fliegen und dort bei einer der besten Reiterinnen der Welt zu trainieren.

Christian kam uns mit Ronalda am Zügel entgegen, als wir zurück auf den Hof ritten.

»Jetzt gibt's eine Premiere!«, verkündete er. »Papa hat mir erlaubt, in der neuen Halle zu reiten.«

»Oh, ich will auch!«, rief Melike.

Obwohl die Reithalle bereits seit Weihnachten fertig war, hatte man noch nicht darin reiten können, denn der teure Spezialboden hatte wegen der Kälte nicht so präpariert werden können, wie das nötig war. Nun war es so weit und natürlich wollte auch ich ausprobieren, wie es war, in dieser gigantischen Halle zu reiten. Unsere alte Halle hatte ein Reitmaß von 20 x 60 Meter, das war schon recht groß, aber die neue Halle hatte mit 40 x 80 Metern beinahe doppelte Ausmaße. Durch die großen Fenster war es sehr hell und der Boden federte traumhaft, sodass sogar Sirius, der sich im Schulbetrieb eine eher gemütliche Gangart angewöhnt hatte, richtig lebhaft wurde.

»Wow, das ist super!«, rief Melike. »Dagegen ist die alte Reithalle echt mickrig!«

Ich war nach ein paar Runden Trab und Galopp außer Atem und parierte zum Schritt durch. Plötzlich rief jemand von der geöffneten Bandentür aus »Hallo!«.

Es dauerte ein paar Sekunden, bis ich Niklas erkannte. Er trug eine Reithose, Chapsletten und eine Daunenjacke.

»Hey!«, rief ich erfreut und ritt zu ihm hin. »Was machst du denn hier?«

Von unseren Telefonaten war er mir schon sehr vertraut, aber ich hatte ihn seit dem Nachmittag im Einkaufszentrum nicht mehr gesehen. Auch Melike und Christian kamen angeritten und begrüßten Niklas.

»Ich hatte gerade nichts zu tun und war neugierig«, gab Niklas zu und grinste. »Auf dem Sonnenhof reden sie nämlich von nichts anderem als vom Amselhof und da dachte ich, ich besuche euch einfach mal.«

»Tatsächlich?«, fragte Christian, der sich wohl aus Solidarität zu seinem Kumpel Tim zurückhaltend gab.

»Ich glaube, Arianes Vater ärgert sich schwarz über eure neue Reithalle«, meinte Niklas offenherzig. »Ich muss sagen: zu Recht. Die ist wirklich klasse.«

Mit diesen Worten eroberte er meinen Bruder im Sturm. Komplimente mochte Christian sowieso gerne, aber noch mehr gefiel ihm zu hören, dass sich die Teicherts ärgerten. Auch er hatte die feige Art und Weise, wie Herr Teichert damals seine Pferde von Richard Jungblut und Tim auf dem Amselhof hatte abholen lassen und damit versucht hatte, Papa um noch ausstehende Stallmiete und Berittgeld zu betrügen, nie vergessen.

»Wenn du einen Moment Zeit hast, können wir dir gleich mal den Hof zeigen«, bot er Niklas an und der nickte erfreut. Zeit habe er genug, sagte er. Dann sah er mich an und musterte Sirius. »Ist das Fritzi?«

»Oh nein!« Ich musste lachen und zauste meinem Schimmelpony die Mähne. »Das ist Sirius. Mit ihm bin ich früher E- und A-Springen geritten, jetzt ist er aber mehr oder weniger in Rente.«

Niklas sah uns beim Reiten zu, dann kam er mit uns in den Stall. Ich zeigte ihm natürlich Fritzi, über den er schon viel Gutes gehört hatte, und erzählte ihm von der Einladung nach Amerika. Niklas war selbst schon oft in den USA gewesen und hatte auch dort Turniere geritten.

Wir zeigten ihm die ganze Reitanlage, angefangen von den alten Ställen und der Reithalle bis zu den noch ziemlich leeren neuen Stallungen, der Longierhalle und der Führmaschine. Niklas war begeistert, auch von den riesigen Koppeln, den Paddocks, den Spring- und Dressurplätzen und dem nahen Wald.

»Wow, ihr habt echt Platz hier!«, staunte er. »Und das Gelände muss klasse sein.«

»Von hier aus kannst du stundenlang reiten, ohne an eine Straße zu kommen.« Christian klang so, als sei das ganz allein sein Verdienst.

»Du musst den Amselhof erst mal im Frühling und im Sommer sehen, wenn hier alles blüht und die Bäume grün sind«, fügte Melike hinzu. »Das ist wie Urlaub.«

»Jetzt verstehe ich, worauf Ariane neidisch ist«, sagte Niklas, als wir den Rundgang beendet hatten und in der Putzhalle standen. »Hier ist es echt viel schöner als auf dem Sonnenhof. Der sieht so aus, als sei er aus dem Boden gestampft worden.«

»Ist er ja auch«, bestätigte Christian. »Tims Vater hat das

Grundstück in dem Industriegebiet von seinem Schwiegervater gekriegt und hat dann eine Reitanlage und das Haus drauf gebaut. Schön ist anders.«

In diesem Moment kam Kiki mit White Face am Führstrick herein.

»Darf man schon in der neuen Halle reiten?«, fragte sie Christian.

»Ja, seit heute«, erwiderte der.

»Ach! Hey, Kiki«, begrüßte Niklas sie.

Kikis Augen wurden groß.

»Hallo, Nick«, antwortete sie und blieb bei uns stehen. »Was hat dich denn hierher verschlagen?«

»Ich hatte nichts vor und wollte mir mal den Amselhof anschauen, über den so viel geredet wird«, erwiderte er. Ich bemerkte Kikis Blick, der neugierig zwischen mir und Niklas hin und her flog.

»Na, dann viel Spaß«, sagte sie und ging weiter.

»Woher kennst du Kiki?«, erkundigte sich Melike, als Kiki mit ihrem Pferd im langen Stall verschwunden war.

»Vom Sonnenhof«, antwortete Niklas. »Ist sie nicht die Schwester von Arianes neuem Freund?«

»Ja, stimmt«, bestätigte Christian.

»Da schau an.« Melike hob die Augenbrauen und warf mir einen Blick zu. »Hast du das gewusst?«

»Irgendwann hat sie mir mal erzählt, dass sie auf dem Sonnenhof war«, erinnerte ich mich dunkel.

»Sag mal, hast du Lust zu reiten?«, fragte Christian Niklas. »Ich muss noch zwei Pferde raustun, weil unser Bereiter heute seinen freien Tag hat und mein Vater unterwegs ist.«

»Klar«, antwortete Niklas sofort. Melike half ihm Cotopaxi zu satteln, Christian ritt Qantas und ich fühlte mich fit genug, um Skyfall zu reiten. Wir waren nur zu dritt in der Halle, und es machte richtig Spaß.

Niklas konnte wirklich sehr gut reiten. Er kam ohne Probleme mit dem ziemlich schwierigen Cotopaxi zurecht.

Da betrat Papa die Halle.

»Oh, hallo, Herr Weiland!« Niklas hielt Cotopaxi neben Papa an, als er ihn erkannte, und stieg extra vom Pferd ab, um ihm die Hand zu geben.

»Ich wollte nur mal den Amselhof anschauen, und da hat Christian mich gleich als Bereiter engagiert.«

»Mein Sohn hat eben immer wieder Glück«, grinste Papa belustigt.

Er sah uns noch eine Weile zu, gab Christian und Niklas etwas Unterricht und ließ beide über ein Kreuz springen. Mir war nach einer Viertelstunde die Puste ausgegangen.

»Ich glaub, ich habe Niklas total falsch eingeschätzt«, gab Melike zu, als wir im Stall waren. »Er ist wirklich voll nett. Und gut erzogen dazu. Ist extra vom Pferd gestiegen, um deinem Vater die Hand zu geben.«

»Sag ich ja.« Ich schloss die Boxentür hinter Skyfall, der sich mit seiner Nase an seinem Vorderbein juckte.

»Ich war voreingenommen gegen ihn«, gab Melike zu. »Weil Tim behauptet hat, er sei tierisch arrogant.«

»Das hat er mir damals auch erzählt«, bestätigte ich. »Ich frage mich manchmal, warum er das getan hat.«

»Vielleicht hatte er Angst, du könntest Niklas gut finden und er wäre abgemeldet.«

»So ein Unsinn!«

»Ja, aber … das könnte doch sein.«

Ich zuckte die Schultern. Es war letztendlich egal, was Tim dachte oder nicht. Wahrscheinlich glaubte er noch immer, da wäre was zwischen Niklas und mir, aber selbst wenn, so würde es nichts daran ändern, dass zwischen uns Schluss war. Und Tim hatte ja angeblich eine neue Freundin. Svea Lundström war schon neunzehn. Sie stammte aus Schweden, war echt hübsch und eine erfolgreiche Springreiterin. Gegen sie hatte ich sowieso keine Chance.

Später saßen wir zusammen bei uns in der Küche. Mama hatte Spaghetti mit Hackfleischsoße gekocht und Niklas hatte seine Mutter angerufen und ihr gesagt, wo er war. Christian und Melike fragten ihm schamlos Löcher in den Bauch.

»Meine Eltern sind früher selbst beide geritten«, sagte Niklas. »Mein Vater als Amateur, aber meine Mom ist für Italien Nationenpreise geritten und hat zig Große Preise gewonnen. Deshalb unterstützen sie meine Reiterei auch echt großzügig. Mein Bruder hat mit Pferden nichts am Hut, der spielt lieber Fußball.«

Er erzählte, dass er und seine Eltern auf der Suche nach guten jüngeren Pferden seien, denn sein hoffnungsvollstes Nachwuchspferd, eine belgische Stute namens Unique de Reve, war seit Monaten immer wieder lahm und die Tierärzte fanden die Ursache nicht.

»Dann lass doch Elena mal schauen«, meinte Melike vorlaut. Ich versetzte ihr unter dem Tisch einen warnenden Tritt gegen das Schienbein, aber sie redete unbeirrt weiter, erzählte Niklas von meiner ungewöhnlichen Gabe.

»Melike übertreibt«, sagte ich leicht beschämt. »Aber vielleicht solltest du wirklich mal Lajos nach deinem Pferd schauen lassen. Dr. Lajos Kertéczy. Er hat seine Praxis ja hier bei uns auf dem Hof.«

»Echt? *Der* Dr. Kertéczy?« Niklas bekam große Augen. »Das wusste ich ja gar nicht!«

»Klar.« Christian sprach mit vollem Mund und nickte in Richtung Fenster. »Da draußen läuft er gerade über den Parkplatz. Bring deinen Esel einfach mal her, dann wird er das schon hinkriegen.«

Als Niklas abends mit seinem Moped vom Hof fuhr, stellte ich fest, dass ich die ganze Zeit über nicht ein einziges Mal an Tim gedacht hatte. Allerdings hatte sich mein Verdacht erhärtet: Niklas' Interesse galt nicht mir, sondern Melike. Die Art, wie er Melike immer wieder angeschaut hatte, wenn er glaubte, sie würde es nicht bemerken, hatte mir deutlich gezeigt, wie fasziniert er von meiner Freundin war.

Mich freute das. Ich mochte Niklas wirklich gut leiden, aber ich war kein bisschen verliebt in ihn.

Später schickte Niklas mir noch eine WhatsApp. Er bedankte sich für den schönen Nachmittag und schrieb, er habe seinen Eltern vom Amselhof und den optimalen Trainingsbedingungen vorgeschwärmt. In den nächsten Tagen würden sie gerne mal mit ihm zu uns kommen und Unique de Reve zu Lajos bringen. Es war der letzte Satz seiner Nachricht, der gemischte Gefühle in mir weckte: *Auf den Sonnenhof und den Bergmann hab ich keinen Bock, am liebsten würd ich meine Pferde zu euch stellen.*

Papa und Mama würden sich sicherlich freuen, denn Schützes besaßen sechs Pferde und mit Papa hätte Niklas einen guten Trainer. Ob allerdings Tim dann noch auf den Amselhof zum Training kommen würde, wagte ich zu bezweifeln.

Ich nahm das Foto von Tim, das schon ganz abgegriffen war und Eselsohren hatte. Es war im letzten Sommer auf einem Turnier aufgenommen worden und ich mochte es sehr, weil er darauf so süß lächelte. Ich betrachtete das Bild eine ganze Weile, dann stieß ich einen Seufzer aus. Das Leben ging weiter, auch ohne Tim.

»Wohlan denn, Herz, nimm Abschied und gesunde«, murmelte ich und verbannte das Foto in die unterste Schreibtischschublade.

20. Kapitel

Schützes machten Nägel mit Köpfen. Gleich am nächsten Tag telefonierte Niklas' Mutter mit Lajos und brachte am späten Nachmittag die Stute auf den Amselhof. Sie redete noch lange mit Papa und Mama und sie einigten sich, dass Niklas' Pferde zu uns umziehen sollten, denn die Reitanlage von Bergmann war alles andere als optimal, die Boxen waren klein und dunkel und der Sonnenhof hatte sich nicht als passende Alternative erwiesen.

Papa war gerade zum Abendbrot ins Haus gekommen, als sein Handy klingelte. Es war Engelbert Maiwald und er steckte in der Klemme, denn Hans-Dieter Teichert hatte ihn und die anderen, die heute schriftlich ihre Boxen auf dem Sonnenhof gekündigt hatten, sofort rausgeworfen.

»Wie viele seid ihr?« Papa hatte sein Handy zwischen Ohr und Schulter geklemmt und schlüpfte wieder in die Schuhe, die er gerade erst ausgezogen hatte. »Kein Problem. Wir machen euch die Boxen fertig.«

»Was ist passiert?« Mama stellte eine Schüssel mit Kartoffelsalat auf den Tisch.

»Exodus auf dem Sonnenhof«, erwiderte Papa und ergriff seine Jacke. »Hans-Dieter hat allen, die ihre Boxen zum Monatsende gekündigt haben, mitgeteilt, dass sie heute noch den Hof verlassen müssen. Ich muss Stani und Heinrich Bescheid sagen, damit sie sechs Boxen herrichten.«

»Na klasse, dann haben wir ab morgen ja wieder alle Idioten am Hals«, maulte Christian und lud sich einen Riesenberg Kartoffelsalat auf seinen Teller. »Hoffentlich lässt du sie nicht in den neuen Stall.«

»Keine Sorge«, sagte Papa. »Die kriegen ihre alten Boxen im langen Stall wieder. Das wollten sie so.«

Melike war heute nicht im Stall gewesen, weil sie mit ein paar Klassenkameradinnen an einem Referat gearbeitet hatte. Ich musste ihr alle Neuigkeiten natürlich sofort mitteilen. Melike erzählte mir daraufhin, dass Ariane und Fabian heute nach der Schule direkt vor dem Schultor demonstrativ herumgeknutscht hatten.

»Den bin ich endgültig los«, sagte sie und klang erleichtert. »Aber irgendwie tut er mir fast leid, weil er in die Fänge von Ariane geraten ist.«

»Selbst schuld.« Ich hatte kein Mitleid. »Er kennt sie lange genug. Vielleicht will er dich damit auch nur eifersüchtig machen.«

»Pah! Ich bin heilfroh!«, antwortete Melike. »Die Ariane ist so Psycho, da kann er jetzt sein Helfersyndrom voll ausleben.«

Zweifellos waren Fabian und Ariane rein optisch ein schönes Paar, er groß, gut aussehend und dunkelhaarig, sie blond und sehr hübsch. Vor allen Dingen aber würde Fabian immer in Arianes Schatten stehen, denn er würde als Reiter nie eine Konkurrenz für sie sein.

»Wundert mich eigentlich, dass Denningers noch nicht ihre Boxen auf dem Amselhof gekündigt haben«, bemerkte Melike. »Kiki hatte ja letzten Sommer schon ein Auge auf

Tim geworfen. Erinnerst du dich an den Tag, als Tim zum ersten Mal offiziell auf den Amselhof kam?«

»Klar«, erwiderte ich. Wie könnte ich das jemals vergessen? Es war eine der glücklichsten Erinnerungen meines Lebens, dieser Tag, als Tim und Christian das Kriegsbeil begraben hatten und Freunde wurden. Wir waren zusammen mit Melike, Fabian und Kiki ins Waldschwimmbad gefahren und es war der Beginn einer wirklich schönen Zeit gewesen, die nun für immer vorbei war.

»Ich hätte gewettet, dass Kiki die Gelegenheit nutzt und sich jetzt an Tim ranmacht«, fuhr Melike fort. »Sie hängt ja wohl öfter auf dem Sonnenhof rum, als sie uns erzählt – wenn man Niklas glauben kann und das tue ich, denn er hat keinen Grund uns anzulügen.«

»Das würde Kiki niemals tun«, widersprach ich Melike halbherzig. »Sie ist meine Freundin und weiß doch, dass ich immer noch an Tim hänge.«

»Also, ich würde für sie nicht die Hand ins Feuer legen«, erwiderte Melike. »Ich traue ihr nicht mehr über den Weg.«

Mit Arianes falscher Freundlichkeit war es vorbei, sie zeigte mir am nächsten Morgen in der Schule wieder ihr wahres Gesicht, als ich ihr im Flur begegnete.

»Tim hat schon vor Wochen gesagt, dass dieser schleimige Niklas ganz sicher nicht auf den Sonnenhof kommt, sondern in den Bauernstall geht«, ätzte sie. »Wegen dir, klar. Auf jeden Fall haben wir jetzt 'ne echt coole Zeit. Fabian und Svea haben Autos. Abends unternehmen wir was Gescheites, gehen ins Kino und in die angesagten Clubs.«

Jedes ihrer Worte tat mir weh – und das wusste sie genau. Immer hatte ich den Mund gehalten und über alle

Boshaftigkeiten und Gemeinheiten weggesehen, doch jetzt war das Maß voll. Ich war lange genug freundlich gewesen.

»Nur schade, dass du mit fünfzehn in keinen angesagten Club reinkommst«, konterte ich. »Wir machen sowieso lieber Kinderkram. Und du glaubst nicht wie nett es ist, mit ein paar richtig guten Reitern zusammen zu trainieren.«

Etwas Ähnliches hatte sie erst neulich zu mir gesagt. Ich sah, wie sie die Lippen zusammenkniff. Sie wurde unter ihrer Schminke ganz blass, drehte sich auf dem Absatz um und marschierte ins Klassenzimmer. Ich wusste, wie sehr es sie kränkte, dass ihre angeblich besten Freundinnen unseren Amselhof dem Sonnenhof vorzogen. Da sie aber an Laura und Lisa-Sophie nicht herankam, versuchte sie auf altbewährte Weise ihren aufgestauten Zorn an mir abzulassen.

In der Fünf-Minuten-Pause saß sie auf ihrem Tisch und schwärmte Tessa und Ricky von Fabian vor. Sie erzählte, wie toll er küssen könne, was er für einen genialen Body habe und dass er ihr einfach *jeden* Wunsch von den Augen ablese. Die beiden blöden Hühner machten gehorsam »Ah!« und »Oh!« und kicherten albern.

»Er ist so *wahnsinnig* witzig«, quakte Ariane, und ich fragte mich, ob sie über denselben Fabian Denninger sprach, den ich kannte. Der war nämlich ein humorloser Langweiler, wie er im Buche stand. »Am besten kann er Melike nachmachen, die frigide Kuh. Ich lache mich jedes Mal halb tot, wenn er mir erzählt, was die für eine Klugscheißerin ist.«

Ariane sprach extra laut, damit ich jedes Wort mitbekam, aber dadurch kriegte es die ganze Klasse mit.

»Habt ihr euch so wenig zu sagen, dass ihr über die Ex von deinem Freund lästern müsst? Wie armselig ist das denn?«, mischte sich schließlich Franzi, unsere Klassensprecherin, genervt ein. Sie kannte Melike aus der Schülervertretung, in der sie beide aktiv waren.

»Was weißt du schon«, erwiderte Ariane herablassend.

»Ich weiß nur, dass mir deine Hetzreden tierisch auf den Geist gehen«, sagte Franzi kühl. »Wenigstens haben du und dein Freund das gleiche Hobby. Das ist ja schon mal was.«

»Ja, wir reiten beide«, erwiderte Ariane hochnäsig. »Davon kannst du in der Sozialbutze, in der ihr haust, ja nur träumen.«

»Ich meinte eher den Alkohol«, gab Franzi ungerührt zurück. »Weiß ja schon die ganze Schule, dass die Sanis dich erst neulich wieder aus irgendeinem Klo raustragen mussten.«

Ariane lief rot an. »Mich können sie wenigstens tragen«, entgegnete sie und lachte spöttisch. »Dich Elefant müssten sie mit ’nem Traktor aus dem Klo ziehen.«

Die ganze Klasse hörte mittlerweile zu, aber niemand lachte.

»Pfui, Ariane!«, rief sogar einer der Jungs aus der letzten Reihe. Franzi war nicht wirklich dick, aber ziemlich kräftig. Im Gegensatz zu Ariane war sie hingegen sehr beliebt beim Rest der Klasse.

»Ich bin lieber ein fetter Elefant als so ein hohlköpfiges, angemaltes Röntgenbild in Markenklamotten, das niemand leiden kann«, schoss Franzi, die nicht auf den Mund gefallen war, zurück. Die ganze Klasse lachte los und auch ich konnte mir ein Grinsen nicht verkneifen. Ariane merkte, dass sie Franzi nicht gewachsen war, deshalb stürzte sie sich wieder einmal auf mich.

»Dir wird das Grinsen schon noch vergehen«, zischte sie.

»Was hab *ich* denn bitteschön damit zu tun?«, wollte ich wissen.

»Du bist so was von abgemeldet bei Tim!«, höhnte sie. »Gerade gestern hat er wieder mal ein paar Schoten über dich und deine Bauernfamilie losgelassen – wir haben Tränen gelacht! Warte mal, wie hat er dich noch gleich genannt … hm …?«

Sie runzelte die Stirn und legte den Zeigefinger an die Lippen, als müsse sie angestrengt nachdenken. Unser Mathelehrer betrat den Klassenraum und ging zum Pult.

»Ah ja, genau!« Sie lachte gehässig. »Eine dürre Bohnenstange mit Spaghettihaaren hat er dich genannt. Und er hat uns vorgemacht, wie du schwimmst – wie eine Ente!«

Darauf fiel mir keine Erwiderung ein, aber ihre Worte trafen mich mitten ins Herz und blieben dort stecken wie Pfeile mit Widerhaken. Ich konnte tatsächlich nur schlecht schwimmen und Tim hatte mich deswegen immer geneckt und mich ›sein Entchen‹ genannt. Konnte es sein, dass er ausgerechnet Ariane diese Geschichte erzählt hatte?

Der Rest des Vormittags war für mich erledigt, ich konnte mich auf nichts mehr konzentrieren. Ich wollte einfach nicht glauben, dass Tim wirklich schlecht über mich und meine Familie geredet hatte. Warum sollte er das tun? Christian war sein Kumpel und Papa trainierte ihn.

Genau das fragte auch Melike, als ich sie in der zweiten großen Pause traf und ihr alles erzählte.

»Hör doch nicht auf die blöde Ariane«, beschwor sie

mich. »Die hat einen Riesenhals und lässt ihren Frust an dir ab. Mach dir nichts draus!«

»Aber die Geschichte mit der Ente!«, beharrte ich. »Die kannten doch nur Tim und ich!«

»Mann, Elena, denk doch mal nach!« Melike packte mich an den Schultern und schüttelte mich. »Ich kenn sie auch. Genauso wie Christian, Kiki und – wer noch, he?«

»Fabian?«

»Hundert Punkte!« Melike nickte grimmig. »Tim hat ihr nie im Leben etwas erzählt, das war Fabian, diese Kröte.«

Das konnte stimmen. Ich verspürte so etwas wie Erleichterung. Aber die sollte leider nicht lange andauern. Genau in dem Augenblick, als ich nach der 6. Stunde durch das Schultor ging, stieg Tim zu Ariane und Fabian in dessen Auto.

»Hey!« Kiki tauchte etwas atemlos neben mir auf, sie musste gerannt sein, um mich einzuholen.

»Hey«, erwiderte ich. »Warum fährst du nicht mit ihnen?«

»Die fahren zum Sonnenhof. Was soll ich da?«, entgegnete Kiki. »Komm, beeilen wir uns. Sonst ist der Bus weg!«

Ich hatte nicht die geringste Lust, mit ihr im Bus zu sitzen, aber Melike hatte bis 15 Uhr Unterricht und ich konnte Kiki wohl kaum einfach sagen, sie solle mich in Ruhe lassen. Sie laberte mich ununterbrochen voll, aber ich hörte ihr nur mit einem Ohr zu, denn ich dachte an das, was Melike gesagt hatte. Nein, das konnte nicht stimmen! Wäre Kiki wirklich hinter Tim her, so wäre sie jetzt mit ihm und ihrem Bruder gefahren, nicht mit dem Bus.

»Was ist denn los mit dir? Ist irgendetwas passiert?« Erst als wir im Bus saßen, fiel Kiki auf, dass ich nichts sagte.

»Ach … Ariane hat vorhin so was erzählt.«

»Was denn?«

»Na ja … Tim würde blödes Zeug über mich und meine Familie quatschen.«

»Hm.« Kiki antwortete nicht sofort. Aber was sie dann sagte, war beinahe noch schlimmer als eine Bestätigung von Arianes Boshaftigkeiten. »Ich bin ja nicht oft auf dem Sonnenhof, aber ich hab noch nie gehört, dass er was über euch erzählt hätte. Er ist ja abends eh fast nie da, weil er meistens nach Frankfurt fährt. Zu Svea.«

»Das hab ich auch schon gehört«, erwiderte ich und tat so, als sei es mir egal.

»Macht dir das überhaupt nichts aus?«, forschte Kiki und blickte mich neugierig von der Seite an. »Also, ich fände es voll übel, wenn mein Freund so schnell eine andere hat.«

»Ach, was soll's«, log ich. »Tim und ich hatten eine schöne Zeit. Das Leben geht weiter.«

»Ich würde das nicht so locker nehmen. Ich glaube, ich würde vor Eifersucht durchdrehen. Wobei … Nick und du, ihr passt auch gut zusammen. Als Tim das von euch gehört hat, war er eine Zeit lang richtig fertig.«

»Was gehört?«, wollte ich wissen.

»Dass ihr zusammen im Einkaufszentrum gewesen seid.«

»Woher weißt du das denn?«

»Na ja.« Kiki zögerte. »Nicks Mutter hat es Arianes Mutter erzählt und die wiederum Ariane. Und Ariane hat es jedem erzählt, ganz sicher auch Tim.«

Na klasse. Volltreffer. Wieder mal ein fettes Missverständnis! Verdankte ich es also Ariane, dass Tim mit mir Schluss gemacht hatte?

»Jetzt, wo Nick auch noch seine Pferde zu euch stellt,

ist's ja so gut wie offiziell«, redete Kiki weiter. »Tim sagt nichts, aber man merkt's ihm an. Ist ja auch hart, einfach so ausgewechselt zu werden.«

Ich verstand nur Bahnhof.

»Wobei ich dich verstehen kann. Nick ist echt süß. Und seine Eltern haben Wahnsinnskohle.«

»Aber … aber zwischen mir und Niklas ist doch gar nichts!«, entgegnete ich irritiert. »Wir sind bloß Freunde!«

»Jaaaa«, sagte Kiki gedehnt. »Natürlich.«

Sie glaubte mir nicht.

21. Kapitel

Ganz allmählich dämmerten mir die Zusammenhänge. Wer, wann, wem, was erzählt hatte, war mir noch nicht so richtig klar, aber der Auslöser dafür, dass Tim mit mir Schluss gemacht hatte, war ganz offensichtlich nichts als dummes Gerede.

Kurz nach dem Mittagessen rollte der große Lkw mit Niklas' Pferden auf den Hof, am Steuer saß Carlos, Niklas' Pfleger. Natürlich waren Christian und ich neugierig auf die fünf Pferde, die die Boxen im neuen Stall bezogen. Die erfolgreichsten Pferde, die Niklas auch in der Festhalle geritten hatte, waren Palais de Danse und No Doubt, ein elfjähriger Dunkelfuchswallach. Acapulco und Cosmic Girl waren beide neunjährig und schon mit Erfolg in S-Springen gegangen, Carnando war sieben, genau wie Unique de Reve, und sollte in der kommenden Saison zum ersten Mal in der schweren Klasse gehen. Wir halfen Niklas und Carlos, Sattelzeug, Decken und allen möglichen anderen Kram vom Lkw in die Sattelkammer zu schleppen. Als alles ausgeräumt war, ging ich in den Turnierstall und sattelte Fritzi. Er hatte in den letzten Wochen viel mit Papa arbeiten müssen, deshalb wollte ich ihm eine lockere Runde im Gelände gönnen.

Außerdem wollte ich feststellen, ob Fritzi durch unseren Wahnsinnsritt womöglich ein Trauma erlitten hatte.

»Kann ich mitkommen?«, rief Niklas aus der Stalltür, als ich hinter dem Stall aufsaß.

»Klar.« Ich ritt ein paar Runden Schritt auf dem Springplatz, der jetzt im Winter, so ganz ohne Hindernisse, noch größer aussah, als er ohnehin schon war. Zehn Minuten später kam Niklas auf No Doubt angeritten. Fritzi ging so wie immer und wäre am liebsten galoppiert, als wir die Autobahn erreichten. Er tänzelte herum und ging vorne und hinten hoch, aber ich erlaubte es ihm nicht, loszustürmen.

»Galoppstrecke, hm?«, grinste Niklas.

»Genau. Ein paar Kilometer geradeaus und bergauf«, erwiderte ich. »Melike und ich nennen den Weg ›die Autobahn‹.«

Ich zeigte Niklas alle möglichen Reitwege und ritt mit ihm auch am Forsthaus vorbei.

Schließlich erreichten wir die Wiese, auf der Tim Fritzi und mich trainiert hatte. Ich deutete auf den alten Baumstamm und erzählte Niklas die Geschichte vom »Projekt Fritzi«, wie Tim es genannt hatte, und auch den Grund dafür, der uns dazu gezwungen hatte, uns immer nur heimlich zu treffen.

»Wow!«, staunte Niklas. »Das klingt echt spannend!«

Ich blickte versonnen über die Wiese, die scheinbar eine Wiese wie jede andere war. Für mich aber würde sie immer eine ganz besondere Bedeutung haben.

»Warum seid Tim und du eigentlich nicht mehr zusammen?«, fragte Niklas plötzlich. Ich stieß einen tiefen Seufzer aus.

»Seit heute Mittag weiß ich es«, entgegnete ich. »Ich glaube, es hat etwas mit dir zu tun.«

»Mit mir?« Niklas war verblüfft. »Wieso das denn?«

»Es fing auf dem Festhallenturnier an, als wir zusammen im VIP-Raum aufgetaucht sind.« Ich zuckte die Achseln und lenkte Fritzi nach links, zurück in den Wald. »Irgendwer muss Tim damals gesteckt haben, dass wir zusammen im Zentrum waren. Angeblich soll deine Mutter das Arianes Mutter erzählt haben, die es dann Ariane gesagt hat und Ariane hatte natürlich nichts Besseres zu tun, als es sofort Tim unter die Nase zu reiben.«

»Das ist doch Quatsch!«, empörte sich Niklas. »Meine Mutter hat so was nie und nimmer erzählt, schon gar nicht dieser beknackten Frau Teichert! Wann hätte sie das auch tun sollen? Ich glaube, das einzige Mal, dass Mom die Teichert gesehen hat, war in der Festhalle.«

»Wer kann es Ariane denn dann erzählt haben?«, rätselte ich.

»Aber so ein Verdacht kann doch nicht der Grund sein, Schluss zu machen«, sagte Niklas.

»Es gab in der letzten Zeit leider immer wieder Missverständnisse«, gestand ich ihm. »Ich bin echt traurig, dass es mit uns aus ist, aber ich glaube einfach nicht, dass das für immer ist.«

»Du liebst ihn noch immer«, stellte Nick fest.

»Ja«, erwiderte ich und lächelte. Gleichzeitig wunderte ich mich darüber, wie leicht es mir fiel, mit einem anderen Jungen über dieses Thema zu sprechen.

»Und du«, behauptete ich, »bist in Melike verliebt.«

»Wie kommst du denn darauf?«, fragte Niklas.

»Ich seh doch, wie du sie anschaust. Und du fragst immer

nach ihr, so auf Umwegen zwar, aber ich bin ja nicht blöd.« Ich grinste, und dann grinste Niklas auch.

»Nee, du bist echt nicht blöd.« Er wurde wieder ernst. »Mir ist so was wie mit Melike noch nie passiert. Kommt zu mir hin und sagt, dass sie mich gegoogelt hat. Das war so …«

»Unmöglich«, ergänzte ich.

»Cool«, verbesserte Niklas.

»Auf jeden Fall typisch Melike. Sie ist meine beste Freundin.«

»Ich weiß.« Niklas schüttelte nachdenklich den Kopf.

Eine Weile ritten wir schweigend durch den menschenleeren Wald, der Hufschlag unserer Pferde war das einzige Geräusch.

»Kannst du mir nicht sagen, wie ich es anstellen soll?«, fragte Niklas plötzlich und parierte sein Pferd durch. »Ich hab bei ihr irgendwie immer das Gefühl, dass sie mich nicht ernst nimmt.«

»Sie glaubt, du bist ein Weiberheld«, verriet ich ihm.

»Großer Gott! *Ich*? Wieso denn das?«, rief er entgeistert.

»Na ja.« Ich warf ihm einen Seitenblick zu. »Du bist ja nicht gerade hässlich. Auf dem Reiterball waren dauernd Mädchen um dich rum und du bist bei Facebook mit ewig vielen Mädels befreundet.«

»Aber die kenne ich doch gar nicht alle richtig! Ich meine, das ist doch so bei Facebook!«

»Ich sag dir ja nur, was Melike denkt«, erwiderte ich. »Pass auf: Ich helf dir mit Melike. Und du sagst mir, ob ich diesen Kaderlehrgang am Wochenende auf dem Sonnenhof reiten soll oder nicht.«

Niklas schien froh zu sein, dass ich das Thema wechselte.

»Wieso willst du da nicht reiten? Etwa wegen Tim?«

»Ja. Ich hab Angst davor, ihm zu begegnen.«

Niklas runzelte die Stirn. »Unsinn! Klar reitest du den Lehrgang«, sagte er. »Wenn du ihn siehst, sagst du ›Hi, Tim‹, lächelst ihm immer mal kurz freundlich, aber oberflächlich zu und verhältst dich ansonsten ganz normal. Und dann fahren wir wieder zurück auf den Amselhof.«

»Okay. Nur … wie lächelt man freundlich, aber oberflächlich?«, wollte ich wissen.

»So«, sagte Niklas und machte es mir vor. Das sah so lustig aus, dass ich lachen musste.

»Meinst du so?«, fragte ich und setzte ein blasiertes Lächeln auf.

»Nein, schau mal … so!«

Wir übten das freundliche, aber oberflächliche Lächeln, bis der Amselhof wieder in Sicht war, und lachten uns dabei halb tot.

»Es wäre echt super, wenn du irgendeinen Plan wegen Melike hättest«, sagte Niklas, als wir hinter den Stallungen durchparierten. »Aber bitte ganz … diskret!«

»Klar. Kannst dich auf mich verlassen!«, versprach ich ihm.

Niklas' Mutter kam aus dem Stall und hob grüßend die Hand.

»Und? Wie ist das Gelände?«, erkundigte sie sich bei ihrem Sohn.

»Super!«, erwiderte Niklas und saß von seinem Pferd ab.

Nein, ich konnte mir beim besten Willen nicht vorstellen, dass Frau Schütze mit Arianes Mutter über Niklas und mich gesprochen hatte. Aber von wem hatte Ariane dann die Geschichte aus dem Einkaufszentrum erfahren?

22. Kapitel

Lancelot traf eine Woche vor dem Lehrgang am späten Abend auf dem Amselhof ein. Herr Nötzli hatte seinen Fahrer für den Mittag angekündigt, aber an dem Tag schneite es wie verrückt und es wurde später und später. Es war halb elf, als der große Lkw endlich durchs Tor und direkt hinten an den Turnierstall fuhr. Ich zog mir eine Daunenjacke über den Schlafanzug und wollte hinter Papa herlaufen, aber Mama hielt mich zurück.

»Du hattest vor ein paar Wochen noch eine Lungenentzündung«, erinnerte sie mich.

»Aber Papa hat mir erlaubt, dass ich mit dabei sein kann, wenn das Pferd vor elf Uhr kommt!«, protestierte ich. Den ganzen Nachmittag hatte ich ungeduldig gewartet, immer wieder Ausschau nach dem Schweizer Lkw gehalten und war allen auf die Nerven gegangen.

»Du benimmst dich so kindisch, als wäre hier noch nie ein Pferd angekommen«, hatte Christian mich verspottet. Natürlich kamen und gingen dauernd irgendwelche Pferde, denn das gehörte zu Papas Geschäft, aber dieses Pferd sollte mein Berittpferd sein und war deshalb für mich etwas Besonderes.

»Zieh dich warm an, dann darfst du von mir aus rübergehen. Aber höchstens eine Viertelstunde«, mahnte Mama. Ich rannte hoch, schlüpfte in eine Jogginghose und einen dicken Pulli, setzte mir eine Mütze auf und wickelte einen Schal um den Hals.

Heinrich hatte tagsüber mehrmals mit dem Traktor den Schnee geschoben, doch es schneite so heftig, dass der schmale Weg zum Stall fast wieder zugeweht war. Ich kam gerade rechtzeitig, um mitzuerleben, wie das Pferd im Schein des Außenstrahlers oben an der Rampe des Lkw zögerte.

»Na komm schon, du bekloppptes Vieh! Ich muss wieder auf die Autobahn.« Der Fahrer zog am Führstrick, doch das Pferd weigerte sich, einen Huf auf die steile Rampe zu setzen.

In der Dunkelheit und dem starken Schneefall erkannte ich nur ein dunkelbraunes Pferd mit weit aufgerissenen Augen.

»Es hat Angst«, stellte ich fest. »Darf ich es nehmen?«

»Nein! Geh zur Seite, Elena!«, sagte Papa mit scharfer Stimme. »Jens, du gehst hoch.«

»Lieber nicht«, warnte der Fahrer. »Das ist ein ganz hinterhältiges Biest. Mich hat es heute Morgen fast getreten.«

Die drei Männer versuchten ein paar Minuten lang vergeblich, das Pferd abzuladen und der Fahrer von Herrn Nötzli schimpfte in einer Tour vor sich hin. Mir tat das Pferd schrecklich leid. Es fürchtete sich davor, in der Dunkelheit die Verladerampe hinunterzugehen.

»Warum fahrt ihr nicht mit dem Lkw in die Halle?«, schlug ich vor. »Da ist mehr Licht und es kann sehen, wo es hintritt.«

»So machen wir es wohl.« Papa nickte nach kurzer Überlegung. Der Fahrer ließ einen Schwall von Flüchen los und band das Pferd wieder an. Zu dritt klappten sie die Rampe hoch, dann kletterte der Mann ins Führerhaus und ließ den Motor an. Jens hatte unterdessen das große Tor der neuen Halle geöffnet und das Licht eingeschaltet. Der Lkw rollte rückwärts hinein, mit einem Zischen entwich die Luft aus den Druckluftbremsen und das Fahrzeug kam zum Stehen. Diesmal ließ sich der Dunkelbraune ohne Probleme abladen.

»Gute Idee, dummes Kind«, sagte der Aknefrosch und nahm dem Fahrer den Führstrick aus der Hand. Ich folgte ihm und dem Pferd hinüber in den Turnierstall, wo es die Box von Quintano bekommen sollte. Jens drückte mir den Strick in die Hand und entfernte die Transportgamaschen und die Decke.

»Was ist denn das für eine hässliche, zerrupfte Micky Maus?«, sagte er kritisch. Tatsächlich war das Pferd ziemlich klein und dünn, dazu war es nicht besonders gut gepflegt. Sein Fell war dicht, die Mähne hing lang auf beiden Seiten des Halses herunter.

»Ganz ruhig. Hör nicht auf den blöden Aknefrosch«, murmelte ich und streichelte die Nase des Pferdes. Es war nervös, warf immer wieder den Kopf hoch und wieherte. »Hier ist dein neues Zuhause. Du musst keine Angst haben.«

Ich führte das Pferd in die Box, streifte ihm das Halfter vom Kopf und reichte es Jens, der Halfter, Decke und Transportgamaschen dem Fahrer zurückbrachte. Der Dunkelbraune machte zuerst Pipi, dann beschnupperte er durch die seitlichen Gitterstäbe seine neuen Nachbarn. Ronalda legte die Ohren an und quiekte, Cotopaxi hingegen spitzte die Ohren und schien neugierig zu sein.

Papa kam in den Stall und klopfte den Schnee von seiner Jacke.

»Er heißt Lancelot«, teilte er mir mit. »Jens, hol eine Stalldecke.«

»Wir haben keine Ponydecken«, antwortete der Aknefrosch.

»Das ist doch kein Pony!«, empörte ich mich, aber ich musste insgeheim zugeben, dass Lancelot zwischen Ronalda und Cotopaxi ziemlich mickrig wirkte.

»Nein, er ist ein Vollblüter.« Papa runzelte die Stirn. »Angeblich ist er in Holland schon ein paar Turniere gegangen.«

»Sicher in der Führzügelklasse, mit einem Zwerg im Sattel!«, spottete Jens und verschwand, um eine passende Stalldecke zu suchen.

»Geh jetzt ins Bett, Elena«, sagte Papa. »Morgen Nachmittag kannst du Lancelot reiten.«

»Okay.« Ich nickte und wünschte ihm und Lancelot eine gute Nacht.

Jens konnte es nicht lassen, sich über Lancelot, den ich Lenzi nannte, weil man das besser rufen konnte, lustig zu machen. Er nannte ihn nur »Mini«, »Liliput« oder »das Pony«, aber selbst er musste zugeben, dass in dem zierlichen Pferdchen sehr viel mehr steckte, als man ihm auf den ersten Blick zutrauen mochte. Nachdem Jens den dunkelbraunen Wallach geschoren und ich ihm die Mähne ordentlich verzogen hatte, sah er schon völlig anders aus.

Lenzi war ein spezielles Pferd, aber er hatte ein Herz wie ein Löwe. Kein Oxer war ihm zu breit, kein Steilsprung zu hoch. Er war extrem vorsichtig am Sprung, wollte mit einem höheren Grundtempo gehen als Fritzi oder Skyfall und war sensibler im Maul und im Rücken. Papa, Niklas und dessen Mutter waren begeistert von ihm, Mama hingegen trieb es den Angstschweiß auf die Stirn, wenn sie mich auf Lenzi reiten sah.

»Das kann ein Weltklassepferd werden«, urteilte Frau Schütze.

»Aber er ist doch kaum größer als ein Pony«, bemerkte Christian.

»Einige der besten Springpferde der Welt waren klein«, erwiderte Niklas' Mutter. »Der legendäre Jappeloup in den Achtzigerjahren oder Itot du Chateau von Edwina Alexander, Checkmate von Meredith Michaels-Beerbaum – die waren alle nicht viel größer als eins sechzig im Stockmaß.«

»Springen kann er auf jeden Fall alles«, bekräftigte ich.

»Ein passender Reiter für ihn dürfte schwierig zu finden sein«, sagte Frau Schütze.

Von mir aus müsste niemals ein passender Reiter für Lenzi gefunden werden. Ich liebte es, ihn zu reiten, mit ihm zu springen und vertraute ihm grenzenlos.

Mit ihm und Skyfall fuhr ich dann auch am Samstagmittag zum Sonnenhof. Lenzi hatte mich glücklicherweise abgelenkt, sodass ich in den Tagen vor dem Lehrgang kaum noch Zeit gehabt hatte, nervös zu sein. Morgens, beim Frühstück, bekam ich allerdings keinen Bissen herunter, und als mir Tim vor der ersten Besprechung im Reiterstübchen des Sonnenhofs plötzlich gegenüberstand, war ich heilfroh, dass ich nichts gegessen hatte, denn mein Magen flatterte und meine Knie wurden butterweich. Die Theorie war eben doch etwas anderes als die Realität. Ich konnte dem Blick aus seinen wahnsinnig blauen Augen kaum standhalten, trotzdem gelang mir mit äußerster Willensanstrengung das freundlich-oberflächliche Lächeln, das ich mit Niklas und allein vor dem Badezimmerspiegel ausgiebig trainiert hatte.

»Hi!«, sagte ich scheinbar lässig. »Alles klar?«

»Ja, alles bestens«, erwiderte Tim. »Und wie geht's dir?«

»Gut.«

»Siehst auch echt gut aus.« Tim lächelte so süß, dass mir schwindelig wurde. Mit einer solchen Bemerkung hatte ich nicht gerechnet. Ich stand da, starrte ihn an und die Sekunden wurden zu Minuten, Stunden, Wochen. Mein Verstand schrie mich an, ich solle weitergehen, aber mein Herz wollte das Gegenteil. Es war ausgerechnet Ariane, die mich rettete.

»Darf ich mal vorbei, bitte?«, sagte sie und quetschte sich mit zwei Stühlen in den Händen zwischen uns durch. Der magische Moment war vorüber, die Vernunft kehrte zurück.

»Danke«, sagte ich zu Tim, ging an ihm vorbei ins Reiterstübchen und setzte mich auf den freien Stuhl neben Niklas in der ersten Reihe.

»Und?«, flüsterte er mir zu.

»Ich glaube, ich war gut«, flüsterte ich zurück.

Ich konnte mich kaum auf das, was Jürgen Bergmann uns über den Ablauf des Lehrgangs und kommende Turniere erzählte, konzentrieren, denn ich spürte dauernd Tims Blicke in meinem Rücken.

Nach einer Stunde war die Besprechung vorüber.

»Ist Tim noch da?«, fragte ich Niklas, der schon aufgestanden war.

»Nein, er ist gerade rausgegangen«, erwiderte der. »Komm, gehen wir satteln.«

»Bleib bloß bei mir«, bat ich ihn.

»Worauf du dich verlassen kannst.« Niklas grinste, und ich verließ dicht an seiner Seite das Reiterstübchen, dabei hielt ich nach Tim Ausschau. Denn genauso sehr, wie ich eine Begegnung mit ihm fürchtete, so wünschte ich sie mir insgeheim auch.

Jürgen Bergmann war von Skyfall und Lenzi begeistert und sagte zu Papa, dass er mich mit beiden Pferden in den D-Kader aufnehmen würde. Später sprach Tim mich auf Lenzi an, wollte seine Abstammung wissen. Ich antwortete ihm höflich, wie ich jedem anderen auch geantwortet hätte.

Kiki war ebenfalls da, obwohl sie bei diesem Lehrgang eigentlich nichts verloren hatte. Wieder kamen mir Melikes Worte in den Sinn, und ich fragte mich, ob Kiki tatsächlich ihre vermeintliche Chance nutzen wollte.

Am zweiten Lehrgangstag fanden vormittags zwei Unterrichtseinheiten statt, mittags gab es einen Vortrag und danach ein gemeinsames Mittagessen im Reiterstübchen des Sonnenhofs. Arianes Vater ließ sich nicht lumpen, er hatte ein richtiges Büffet auffahren lassen!

Ich saß mit Niklas und zwei anderen Kaderreitern aus

Südhessen an einem Tisch, ein Platz auf der Eckbank war noch frei.

»Darf ich?« Tim erschien mit einem vollbeladenen Teller.

»Klar.« Wir nickten und rückten ein Stück zusammen.

Ich fragte mich, wie es sich für Tim wohl anfühlen musste, quasi Gast auf der eigenen Reitanlage zu sein.

»Das Essen ist echt spitze«, sagte einer der anderen Jungs. »Mal was anderes als dauernd Bratwurst und Pommes.«

»Wäre sinnvoller, die Kohle in einen neuen Hallenboden zu stecken«, entgegnete Niklas. Der Boden war nämlich katastrophal schlecht und Bergmann hatte Arianes Vater deswegen gestern ziemlich in den Senkel gestellt. Er habe fest zugesagt, dass bis zum Lehrgang ein neuer Boden in die Reithalle eingebracht werde, nur deshalb habe er überhaupt den Zuschlag als Veranstalter erhalten. Herr Teichert hatte sich herausgeredet und behauptet, dies sei wegen der Kälte nicht möglich gewesen.

Ich beobachtete Kiki, die sich am Büffet den Teller vollgeladen hatte und sich nun zu ihrem Bruder und Ariane an den kleinen Zweiertisch setzen wollte, doch Ariane sagte irgendetwas zu ihr und da stand sie dann und schaute sich ein bisschen hilflos in dem vollbesetzten Reiterstübchen um. Schließlich steuerte sie in unsere Richtung.

»Rück doch mal ein Stück«, forderte sie Tim auf.

»Nö. Dann hab ich ja keinen Platz mehr zum Essen.« Er hob nicht mal den Blick, aß weiter und unterhielt sich mit Niklas über irgendein Turnier, auf dem sie beide schon mal geritten waren. Wenn mir jemand eine so deutliche Abfuhr verpasst hätte, wäre ich wohl auf der Stelle im Erdboden versunken, aber Kiki lächelte nur und blieb mit ihrem Teller neben unserem Tisch stehen.

»Komm, setz dich hierher«, bot ich ihr an, weil sie mir leidtat. »Ich bin eh fertig mit essen.«

»Danke.« Kiki wartete kaum ab, bis ich aufgestanden war und quetschte sich auf den Platz zwischen Niklas und Tim. Da saß sie und lächelte zufrieden. Ich brachte meinen Teller weg.

»Na, jetzt ist sie endlich glücklich, die kleine Schlange«, hörte ich Arianes boshafte Stimme. Fabian und sie saßen direkt neben dem Eingang zu der kleinen Küche, in der das schmutzige Geschirr gesammelt wurde, und so wurde ich unfreiwillig Zeugin ihres Streits.

»Warum musst du dauernd auf meiner Schwester rumhacken?«, verteidigte Fabian Kiki. »Sie tut dir doch gar nichts!«

»Überall muss sie sich dazwischendrängen«, beschwerte Ariane sich. »Das nervt mich tierisch. Wir sind fast nie alleine, weil sie immer dabei sein will.«

»So schlimm ist es doch gar nicht«, sagte Fabian.

»Doch!«, entgegnete Ariane scharf. »Du bist einfach zu gutmütig mit ihr! Wenn du ihr nicht bald sagst, dass sie mal wegbleiben soll, dann mach ich das!«

Ich erhaschte einen kurzen Blick auf Fabians Gesicht. Er wirkte nicht gerade glücklich. Kiki und er standen sich sehr nahe, das wusste ich. Bedingt durch den Beruf ihres Vaters waren sie oft umgezogen und hatten nie Zeit gehabt, irgendwo Freundschaften zu schließen. Deshalb waren sie wie siamesische Zwillinge: Wo der eine war, war der andere nicht fern. Melike hatte das nie sonderlich gestört, weil sie Fabian alleine unendlich langweilig fand, aber dass es Ariane ärgerte, war mir klar. Sie wollte immer und überall im Mittelpunkt stehen und ihren Freund nicht teilen, jetzt, da sie endlich einen hatte. Auch – und schon gar nicht – mit dessen Schwester. Arme Kiki!

23. Kapitel

Pünktlich zur Einweihungsfeier der neuen Reithalle war der Schnee geschmolzen, der dritte Samstag im Februar präsentierte sich als trockener sonniger Tag. Die Außenanlagen waren fertig geworden, genauso wie die Renovierungsarbeiten in Omas Gaststätte »Pferdetränke«, die ab sofort wieder geöffnet hatte. Gemeinsam mit Lajos und dem Reitverein hatten Papa und Mama einen Tag der offenen Tür auf dem Amselhof organisiert, zur offiziellen Reithalleneinweihung wurden der Bürgermeister von Steinau und der Landrat erwartet.

Auf dem Programm standen ab 14 Uhr Reitvorführungen, Ponyreiten für Kinder in der alten Reithalle, Führungen durch die Stallungen und die Pferdeklinik. Die Mitglieder des Vereins bauten Stände auf, an denen man Waffeln, Kuchen, Würstchen und Getränke bekommen konnte. Seitdem Lajos auf dem Amselhof war, florierte seine Pferdeklinik so gut, dass er sich die modernsten Geräte kaufen konnte. Erst vor wenigen Tagen war in einer der Boxen des Stalltraktes, der seinen vierbeinigen Patienten vorbehalten war, ein sogenannter »Vitafloor« eingebaut worden. Dabei handelte es sich um eine mit Vollgummi bezogene Rüttelplatte, auf der sich die Pferde frei bewegen konnten. Natürlich hatten Melike, Niklas, Christian und ich das Ding sofort selbst ausprobiert und Lajos hatte uns einen Vortrag über die Wirkungsweise dieser Platte gehalten. Die Ganzkörpervibration war eine biomechanische Muskelstimulation, die gerade bei rekonvaleszenten Pferden sehr gut wirkte, weil sie Heilungsprozesse beschleunigte.

Der Tag der offenen Tür wurde zu einem vollen Erfolg. Die große Koppel neben dem Hoftor, die als Parkplatz ausgewiesen war, war schon um halb zwei so voll, dass die Besucher bis fast vorne zum Sportplatz ihre Autos links und rechts der schmalen Straße, die zum Amselhof führte, abstellten. Während des offiziellen Teils mit ein paar Reden und den anschließenden Reitvorführungen war die Tribüne in der neuen Reithalle bis auf den letzten Platz gefüllt. Berit Teves und Laura Baumgarten zeigten mit ihren Dressurpferden ein *Pas de deux* auf sehr hohem Niveau, es gab aber auch eine Schulreiterquadrille und eine Springquadrille. Anschließend ritten Papa, Christian, Niklas, Jens und ich einen Parcours, der ein paarmal erhöht wurde. Alle Vorführungen klappten wie am Schnürchen und wir bekamen viel Applaus.

»Das Einzige, was hier wirklich fehlt, ist eine Voltigiergruppe«, sagte Melike, als wir abends mit Niklas, Laura, Kiki, Lisa-Sophie und Christian an einem Tisch in der Ecke der »Pferdetränke« saßen.

»Oh ja!«, rief Niklas.

»Bloß nicht«, sagte Christian gleichzeitig.

Aber Melike erwärmte sich immer mehr für diese Idee.

»Ich hab früher so gerne voltigiert, aber dann gab's kein passendes Pferd mehr«, erinnerte sie sich. »Ich wette, auf Dicky könnte man prima voltigieren.«

»Mir hat das auch riesigen Spaß gemacht«, schwärmte Niklas. »Ich würde es glatt mal wieder versuchen.«

»Oh ja! Ich auch!«, riefen Laura und Lisa-Sophie gleichzeitig und mussten kichern.

»Als zukünftiger Hoferbe untersage ich diesen Schwachsinn«, sagte mein Bruder. »Auf dem Amselhof wird nicht voltigiert!«

»Nur weil du es nie gut konntest«, behauptete ich und alle lachten.

Es war eine lustige Runde. Laura und Lisa-Sophie verabschiedeten sich irgendwann und es wurde noch gemütlicher. Melike, Christian und ich erzählten Niklas ausführlich von Fritzis abenteuerlicher Rettung aus den Händen der Pferdediebe, von unserem Ritt durch den nächtlichen Wald und davon, wie einer der Pferdediebe auf mich geschossen hatte, als ich auf Ronalda davongeritten war, um Hilfe zu holen.

»Ach, ich bin so froh, hier zu sein«, sagte Niklas plötzlich. »Es ist richtig cool mit euch.«

Er war nie mit seinen Pferden in einem Stall gewesen, in dem es andere Jugendliche gab, nur immer in irgendwelchen Profiställen. Seine Eltern, die beide total nett, normal und kein bisschen arrogant waren, saßen mit Papa und Mama, Lajos, Opa und Tims Großvater Friedrich Gottschalk an einem anderen Tisch. Melike und ich erzählten abwechselnd die peinliche Geschichte, wie wir Lajos, dem Waldschrat und vermeintlichen Pferdedieb, im alten Forsthaus die Polizei auf den Hals gehetzt hatten. Und davon, wie ich dachte, Lajos wollte Friedrich Gottschalk umbringen und in dem Loch, das ich für ein Grab gehalten hatte, beerdigen. Das Loch stellte sich jedoch als Pferdeschwemme heraus und Lajos als begnadeter Osteopath, der auch bei Menschen Wunder wirken konnte. Glücklicherweise hatte Lajos uns all das nicht übel genommen. Niklas erfuhr, wie Lajos Lagunas gerettet hatte, sodass Papa ihn am nächsten Tag doch noch verkaufen und dadurch den Amselhof retten konnte. Schließlich erzählte ich, wie ich ins Büro von Herrn Teichert marschiert war, um das Geld zu holen, das er meinen Eltern schuldete. Wir lachten Tränen. Irgendwann musste Melike auf die Toilette.

»Los!«, flüsterte ich Niklas ins Ohr. »Das ist *die* Gelegenheit!«

»Aber ich kann doch nicht auf die Damentoilette …«, zischte er.

»Dann wartest du halt vor der Tür, bis sie rauskommt! Los, geh schon!«

»Ich trau mich nicht. Was, wenn sie mich nicht mag?«

»Das tut sie, ich schwör's dir! Ich hab doch schon vorgearbeitet!«

»Was tuschelt ihr denn da?«, wollte Christian neugierig wissen.

»Wer flüstert, lügt!«, ergänzte Kiki, die den ganzen Abend nur mit ihrem neuen Smartphone herumspielte.

»Verraten wir nicht!«, grinste ich. Schließlich stand Niklas auf, holte tief Luft und verschwand in Richtung Toiletten.

»Ich geh noch schnell die Pferde umdecken«, sagte Kiki, und so saßen Christian und ich plötzlich alleine am Tisch.

»Wo bleiben die denn?«, fragte mein Bruder nach zehn Minuten. »Ich glaube, ich geh mal nachgucken.«

»Nein, das machst du besser nicht.« Ich zwinkerte ihm

zu. »Jetzt, wo Niklas und ich so lange auf den passenden Moment gewartet haben.«

»Wie? Was denn?« Christians Miene war ein einziges Fragezeichen, aber dann kapierte er. »Ach was! Nick und Melike?«

»Wir arbeiten schon seit Wochen daran, aber Niklas hat sich nie getraut«, vertraute ich meinem Bruder an und grinste zufrieden. »Er war nämlich vom ersten Moment an in Melike verschossen. Seit sie ihm in der Festhalle gesagt hat, dass sie ihn gegoogelt hat. Das fand er total cool.«

Christian war fassungslos. »Na so was!« Er schüttelte ungläubig den Kopf. »Und ich hab immer gedacht, er wäre hinter dir her, so wie ihr dauernd zusammenhängt!«

»Das haben alle gedacht. Leider sogar Tim. Deshalb hat er mit mir Schluss gemacht«, erwiderte ich.

»Warum sagst du ihm denn nicht die Wahrheit?«, fragte mein Bruder erstaunt.

»Als ich sie ihm sagen wollte, hat er mir nicht zuhören wollen«, entgegnete ich. »Ich bin total enttäuscht von ihm, weil er anderen Leuten mehr geglaubt hat als mir. Und ehrlich gesagt ist es mir jetzt auch egal. So, wie es ist, gefällt's mir fast noch besser.«

Das entsprach zwar absolut nicht der Wahrheit, aber es war Teil der Strategie, die Niklas und ich ausgeheckt hatten. Niklas hatte zuerst vorgeschlagen, ich solle Christian einweihen, aber ich war davon überzeugt, dass mein Bruder seine Rolle besser spielen würde, wenn er nicht Bescheid wusste.

Nach einer Dreiviertelstunde tauchten Melike und Niklas endlich wieder auf. Ihre Augen glänzten verräterisch und

Melike hatte eine sehr gesunde Gesichtsfarbe. Niklas zwinkerte mir unauffällig zu.

»Wir dachten schon, ihr hättet euch verlaufen«, sagte Christian.

»Ich hab Melike meine Pferde gezeigt«, erwiderte Niklas.

»Ach so, klar.« Mein Bruder grinste. »Die hattest du ja noch gar nicht gesehen, Melike, was?«

»Nicht im Dunkeln«, gab Melike schlagfertig zurück. Niklas legte seinen Arm um Melikes Schulter und küsste ihre Wange. Und Melike strahlte.

»Habt ihr Kiki gesehen?«, erkundigte ich mich. »Sie wollte in den Stall gehen und White Face umdecken.«

»Nein, haben wir nicht.« Melike warf Niklas einen langen Blick zu, den er erwiderte. »Ich glaube, wir hätten sie nicht mal bemerkt, wenn sie ein Feuerwerk angezündet hätte, nicht wahr?«

»Du sagst es«, bekräftigte Niklas und zog sie enger an sich.

»Puh, ist ja nicht auszuhalten!«, stöhnte Christian und Melike kicherte.

24. Kapitel

Die Wochen vergingen wie im Flug. Tim war nie mehr zum Training auf den Amselhof gekommen und ich vermisste ihn noch immer, aber es war ein unterschwelliger Schmerz, an den ich mich beinahe gewöhnt hatte. Die Stimmung auf dem Amselhof war prima, Niklas trainierte mit Papa und das funktionierte so gut, dass er Papa auf den Hallenturnieren in Braunschweig, Münster und Neumünster ein paar Mal in kleineren Prüfungen hinter sich ließ. Melike und ich fuhren jedes Mal mit und erlebten, wie Papa, befreit von den Sorgen der letzten Jahre, so erfolgreich ritt wie selten zuvor. Mit Calvador gewann er den Großen Preis von Neumünster, eine Woche später wurden die beiden Zweite im Großen Preis von Braunschweig und wiederum zwei Wochen darauf siegte Papa mit Cornado im Großen Preis von Münster. Er hatte einen echten »Lauf«, wie das der Fernsehreporter ausdrückte. Aber auch Niklas und Jens brachten ein paar schöne Schleifen mit nach Hause und Niklas hatte auf Palais de Danse im Großen Preis von Münster im Stechen zwar die schnellste Zeit geritten, ein Abwurf hatte jedoch seinen Sieg verhindert.

Unterdessen rückte das Osterturnier in Bischofsheim, auf dem ich zum ersten Mal mit Skyfall und Lenzi in

L- und M-Springen starten sollte, näher. Niklas gönnte seinen besten Pferden eine Pause und ritt nur die Springpferdeprüfungen mit Unique de Reve.

Ariane hielt sich in der Schule neuerdings zurück. Fabians Gesellschaft schien den Verlust von Laura und Lisa-Sophie wettgemacht zu haben. Vom Leistungszentrum Sonnenhof war allerdings nicht mehr die Rede. Der Stall stand halb leer und ein neuer Reithallenboden war auch ein bloßes Versprechen geblieben.

Am Freitag brachte Jens die Pferde, die Papa, er und ich in den Springpferdeprüfungen reiten würden, mit dem Lkw nach Bischofsheim. Papa holte Melike und mich mit dem Mercedes an der Schule ab. Direkt vor uns rollte der alte Lkw von Richard Jungblut auf die große Wiese, die als Parkplatz für Pferdetransporter ausgewiesen war.

»Ich dachte, Herr Teichert wollte einen riesengroßen topmodernen neuen Lkw kaufen«, bemerkte Melike spitz.

»Und eine neue Reithalle für das *Leistungszentrum* bauen«, ergänzte ich spöttisch und wir kicherten.

»Hört auf zu lästern, ihr Mädchen«, tadelte Papa uns. Er hielt hinter unserem Lkw, wir stiegen aus und ich kletterte in das Wohnabteil, um mich umzuziehen. Durch das Fenster hörte ich Ariane mit dem jungen Mann schimpfen, der den Lkw gefahren hatte. Er sei zu schnell um die Kurven gefahren, zeterte sie, und er habe viel zu unsanft gebremst.

Melike und ich warteten, bis sie weg war.

Vor der Meldestelle, die in einem Wohnwagen zwischen den beiden Reithallen untergebracht war, standen Niklas und – Tim.

»Da bist du ja endlich, Süße!« Niklas lächelte und Tims Miene versteinerte.

Ich musste mir ein Grinsen verkneifen. Den verdutzten Ausdruck auf Tims Gesicht hätte ich zu gerne fotografiert, als Niklas nun den Arm um Melikes und nicht etwa um meine Schulter legte und ihr einen Kuss gab.

»Ich hab dich schon eingetragen, Elena«, sagte Niklas. »Gehen wir schnell noch was essen, bevor es losgeht?«

»Ja, klar.« Ich lächelte Tim sehr gekonnt freundlich-oberflächlich an und wünschte ihm viel Erfolg, dann folgte ich Melike und Niklas in die Halle.

In der ersten Springpferdeprüfung ritten nur Papa und der Aknefrosch zwei ganz junge Pferde. Niklas, Melike und ich hatten uns Pommes und Bratwürste gegönnt und ich saß nun auf einem der verstaubten Barhocker an der langen Seite der Reithalle und verfolgte die Prüfung.

Ariane und Fabian kamen herein, gefolgt von Kiki. Arianes Augen leuchteten triumphierend auf, als sie mich erblickte, und sie steuerte direkt auf mich zu.

»Sag mal, hab ich eben richtig gesehen?« Sie blieb neben mir stehen.

»Was denn?«, erwiderte ich uninteressiert.

»Dein Freund und deine angeblich beste Freundin kamen uns auf dem Parkplatz entgegen – Hand in Hand!«

»Ich hab keinen Freund. Wen meinst du?« Ich schaute weiter zu dem Reiter in den Parcours, weil ich mir nicht sicher war, ob es mir gelingen würde, ein Grinsen zu unterdrücken.

»Na, *das* Spielchen kannst du allmählich lassen. Die Spatzen pfeifen es doch längst von allen Dächern, dass du mit

Niklas zusammen bist«, sagte Ariane. »Du solltest vielleicht besser auf ihn aufpassen, sonst schnappt Melike ihn dir weg.«

»Niklas war nie mein Freund«, entgegnete ich und wandte mich zu Ariane um. »Wie kommst du denn auf den Quatsch? Melike und er sind doch schon seit ein paar Wochen zusammen.«

Es kam nicht häufig vor, dass es Ariane die Sprache verschlug, aber jetzt war es der Fall.

»Seine Entscheidung, die Pferde auf den Amselhof zu stellen, hatte übrigens eher etwas mit den suboptimalen Trainingsmöglichkeiten auf dem Sonnenhof zu tun. Weder mit Melike, noch mit mir.«

Ich empfand eine fast boshafte Genugtuung, als ich erkannte, wie Ariane innerlich zu kochen begann. Sie öffnete schon den Mund zu einer Entgegnung, besann sich dann aber anders.

»Komm!«, bellte sie stattdessen und Fabian trottete ihr gehorsam wie ein Hund nach. Ich wunderte mich, wo Kiki geblieben war. Die war doch eben mit den beiden in die Halle gekommen – oder hatte ich mich getäuscht?

In der Springpferdeprüfung Klasse L war ich mit Fritzi als 21. Starterin an der Reihe. In der Abreitehalle war es voll, aber das störte meinen Hengst glücklicherweise nicht. Ariane hatte hingegen Probleme. Sie saß auf einem neuen Pferd, einem schicken Fuchswallach, den ihr Vater erst kürzlich gekauft hatte. Dauernd ritt sie mir in den Weg, aber das tat sie diesmal nicht mit Absicht. Der junge Fuchs war ganz offensichtlich noch sehr unerfahren und mit den vielen anderen Pferden in der Halle unsicher und aufgeregt. Er stieg und sprang jedes Mal, wenn ihm ein Pferd entgegenkam, zur Seite.

»He, junge Dame!«, rief ein anderer Reiter. »Wenn du dein Pferd nicht unter Kontrolle hast, dann reite draußen auf dem Platz ab!«

»Halt's Maul, du dämlicher Bauer!«, entgegnete Ariane erbost. »Reit selber draußen!«

»Also, das ist doch wohl die Höhe!«, regte sich der Mann auf. »So was musste ich mir ja noch nie sagen lassen!«

Ariane bekam ihr Pferd über den Steilsprung, aber der Mann ritt zum Richter, der neben der Startertafel stand, und beschwerte sich empört. Der Richter fackelte nicht lange und zitierte Ariane zu sich.

»So geht das nicht!«, ermahnte er sie streng. »Du trägst das Verbandswappen auf dem Jackett und Kaderreiter haben eine Vorbildfunktion. Wenn du dein Pferd nicht beherrschst, solltest du tatsächlich draußen abreiten, bevor du andere hier in Gefahr bringst.«

Ariane verkniff sich eine schnippische Erwiderung und verließ mit ihrem Pferd die Halle.

Papa ließ mich, kurz bevor ich an der Reihe war, noch einen etwas höheren Steilsprung springen. Ich war ziemlich aufgeregt, als ich dann mit Fritzi aus der Abreitehalle hinüber zur Turnierhalle ritt. Das erste Mal seit jener verunglückten Springpferdeprüfung im vergangenen Frühjahr, bei der ich den Parcours vergessen hatte, durfte ich meinen Hengst wieder selbst reiten. Im letzten Jahr war Fritzi nur von Papa auf Turnieren vorgestellt worden und er hatte jede Springpferdeprüfung gewonnen! Was, wenn ich es nun verpatzte?

»Ich muss dir ja nicht viel sagen, du kennst Fritzi besser als ich.« Papa klopfte mir aufmunternd aufs Knie, als sich die große Hallentür öffnete. »Reite ein gleichmäßiges Tempo und pass auf, dass er dir nicht zu dicht an den gelben Steilsprung nach der Kombination kommt.«

Ich nickte und holte tief Luft, dann trabte ich in den Parcours. Richtig viele Zuschauer gab es an Vormittagen bei Springpferdeprüfungen normalerweise nie. Aber jetzt schien jeder, der sich auf dem Turnier aufhielt, in der Halle zu sein. Das war kein Wunder, denn sie alle kannten Fritzi, nachdem er mit Papa in der letzten Saison mit spektakulären Wertnoten auf allen Turnieren für Furore gesorgt hatte. Und durch seine Entführung war er noch bekannter geworden.

Ich fasste die Zügel kürzer, grüßte die Richter und konzentrierte mich auf mein Pferd und die Hindernisse. Fritzi sprang traumhaft gut und berührte nicht eine Stange. Zu meiner Erleichterung gelang mir eine sehr gute und fehlerfreie Runde, die mit einer 8,8 belohnt wurde. Eine so hohe Wertnote hatte vorher noch niemand bekommen! Überglücklich ritt ich aus der Halle hinaus, klopfte Fritzi ausgiebig den Hals und lockerte den Sattelgurt.

»Bist sehr ordentlich geritten.« Aus Papas Mund war das ein sehr großes Lob, denn er neigte nicht zu euphorischen Lobeshymnen.

Nach mir starteten noch sieben Reiter, von denen niemand mehr eine höhere Wertnote erreichte, und so gewannen Fritzi und ich die Prüfung.

»Glückwunsch«, sagte Tim zu mir, als ich nach der Siegerehrung die Halle betrat, in der die Gastronomie untergebracht war. »Das war echt eine Superrunde.«

»Danke.« Ich lächelte und stellte mich an der Schlange vor dem Getränkestand an.

»Ja, *Glückwunsch!*«, rief Ariane, die mit Fabian und ein paar anderen jungen Leuten an einem Tisch in der Nähe saß. »Obwohl es ja keine große Kunst ist, mit einem Pferd zu gewinnen, das einem der Papi zurechtreitet.«

Ich wollte schon etwas erwidern, doch da ergriff zu meinem Erstaunen Tim meine Partei.

»Weißt du was, Ariane«, sagte er, »deine neidische Lästerei ist ja echt nicht mehr zu ertragen. Elena hat dieses Pferd ganz alleine ausgebildet.«

»Ach, seid ihr auf einmal wieder dicke Freunde?« Ariane lachte spöttisch. »Sind deine Svea und Kiki etwa abgemeldet?«

»Sie waren noch nie angemeldet, um bei deiner Ausdrucksweise zu bleiben«, entgegnete Tim kühl. »Genauso wenig wie du es jemals warst, trotz deiner Bemühungen. Sei lieber nett zu deiner Zweitbesetzung, sonst schlägst du den auch noch in die Flucht.«

»Jetzt mach mal halblang, Tim«, mischte sich Fabian, der diese Beleidigung nicht auf sich sitzen lassen wollte, ein.

»Sorry, Fabian«, sagte Tim. »Aber du wirst leider auch eines Tages merken, was du da für einen faulen Fisch an der Angel hast – falls du es nicht schon längst weißt.«

Ein paar von den Umstehenden lachten und Arianes hübsches Gesicht verzerrte sich vor Zorn. Ich bemerkte Kiki. Sie saß zwischen den anderen Leuten, machte sich noch kleiner, als sie ohnehin war und wandte mir den Rücken zu, als ob sie nicht wollte, dass ich sie am gleichen Tisch wie Ariane sah.

»Ich frag mich echt, woher *du* deine Arroganz nimmst!«, fauchte Ariane Tim an.

»Hab ich mir von einer wahren Meisterin abgeguckt«, grinste Tim. »Nämlich von dir.«

Am Abend bekam ich zum ersten Mal seit Monaten wieder eine SMS von Tim. Mein Herz schlug einen Salto und ich musste lächeln, als ich die Nachricht las. *Ich war so ein Idiot und hab anderen mehr geglaubt als dir. Wenn du Zeit (und Lust) hast, mit mir zu telefonieren, würd ich mich freuen.*

Mir wurde innerlich ganz warm vor Glück und dieser ziehende, leise Schmerz, der in den letzten Wochen mein ständiger unerwünschter Begleiter gewesen war, war plötzlich wie weggezaubert.

Tims Äußerung Ariane gegenüber hatte mir bewiesen, dass die Geschichte mit Svea nur ein blödes Gerücht gewesen war. Warum aber hatte Ariane vorhin bei dem Wortwechsel mit Tim nach der Siegerehrung Kiki erwähnt? Darüber hatte ich nachgegrübelt, seitdem wir das Turnier verlassen hatten. Mir wollte nicht einfallen, wer mir erzählt hatte, Tim sei mit Svea Lundström zusammen. War es Ariane gewesen? Oder war es Kiki, die ich noch immer für meine Freundin hielt, obwohl Melike mich gewarnt hatte?

Ich musste Tims Nummer in den Kontakten suchen, so lange hatte ich nicht mit ihm telefoniert. Es klingelte nur ein Mal, schon war er dran. Beim Klang seiner Stimme klopfte mein Herz, ganz so wie früher, als wir angefangen hatten heimlich miteinander zu telefonieren. Wir quatschten fast zwei Stunden lang, denn es gab eine Menge zu reden.

»An dem Tag, als wir eigentlich zum Geschenke kaufen verabredet waren, wusste ich wirklich nicht, wo meine

Mutter hinwollte«, sagte Tim. »Es ging alles so schnell und ich hatte vergessen, mein Handy wieder einzuschalten. Der Anwalt von meinem Vater war auch da, wir saßen alle in diesem Besucherzimmer im Knast. Es ging um den Prozess gegen meinen Vater, der ja im Februar angefangen hat. Dank Liam hat die Polizei alle geschnappt, die zu der Bande gehört haben. In den letzten vier Jahren haben die allein in Deutschland fast hundertfünfzig Pferde gestohlen! Der Anwalt sagte mir, ich müsse als Zeuge für meinen Vater im Prozess aussagen. Er meinte, es würde sich mildernd auf sein Urteil auswirken, weil er mich schützen wollte, als dieser Idiot hinter dir hergeschossen hat.« Tim schnaubte bei der Erinnerung an diesen Tag zornig.

»Mein Vater starrte mich die ganze Zeit an. Und dann sagte er: ›Junge, ich baue auf dich! Du kannst doch nicht wollen, dass ich für zehn Jahre oder länger im Gefängnis sitzen muss. Es liegt einzig und allein an dir.‹ Meine Mutter hat nur geflennt und da bin ich wahnsinnig wütend geworden. Ich … ich konnte auf einmal nicht mehr den Mund halten. Es ist einfach so aus mir herausgeplatzt.«

Ich hörte gespannt zu und hütete mich davor, ihn zu unterbrechen.

»Ich hab an Lajos gedacht und an deine Eltern«, fuhr Tim fort. »Wie nett die immer zu mir gewesen sind, obwohl mein Vater nur Unglück über sie gebracht hat. Und als er zum dritten Mal gesagt hat, dass er auf mich zählt und wir zusammenhalten müssen, hab ich's gesagt.«

»Was?«, flüsterte ich, obwohl ich es mir beinahe denken konnte.

»Dass er von mir aus im Gefängnis sitzen kann, bis er schwarz wird und dass er dahin gehört, weil er vor zwanzig

Jahren besoffen Auto gefahren ist und damit einen Menschen getötet hat. Und weil er nicht den Mumm hatte, dazu zu stehen. Weil er seinen Freund dafür hat leiden lassen. Ich hab ihm gesagt, dass mein Leben jetzt viel schöner ist, weil mich niemand mehr verprügelt und ich endlich Freunde gefunden habe. Und ganz zum Schluss habe ich gesagt, dass ich ihm vielleicht noch geholfen hätte, wenn er nicht ausgerechnet Fritzi gestohlen hätte.«

»Oh«, machte ich nur betroffen. Das hatte ich nicht erwartet.

»Der Anwalt saß mit offenem Mund da. Mein Vater ist ganz blass geworden. Er fing dann wieder an mit irgend so einem Scheiß, von wegen, ich wär doch sein Sohn und Blut wär dicker als Wasser. Da hab ich ihm gesagt, ich würde mich schämen, sein Sohn zu sein und am liebsten würde ich ihn niemals wiedersehen. Und das war's. Meine Mutter hat auf der ganzen Heimfahrt keinen Ton mit mir gesprochen, was ich überhaupt nicht verstehe. Mein Vater hat sie immer wie den letzten Dreck behandelt und sie war nie so fröhlich, wie in den letzten Monaten.« Tim seufzte. »Ich kam mir vor wie ein … Verräter. Aber ich hab die Wahrheit gesagt. Ich wünschte, ich müsste ihn niemals wiedersehen.«

»Er war nie nett zu dir«, meinte ich leise. »Ich kann dich verstehen.«

»Wirklich?«

»Ja, wirklich.«

»Ach, Elena, ich habe dich so sehr vermisst. Es tut mir leid, dass ich damals so komisch war und dass ich dir nicht geglaubt habe. Ich hätte doch besser wissen müssen, wie Ariane ist.«

»Ja, das hättest du«, erwiderte ich. »Ich war so enttäuscht, weil du mir nicht mal zugehört hast. Warum hast du mir die Geschichte nicht früher erzählt?«

Tim zögerte und schwieg eine ganze Weile.

»Sie … sie haben mir gesagt, du wärst jetzt mit Niklas Schütze zusammen«, gestand er mir schließlich. »Ich hab's geglaubt, denn ich dachte, du würdest sonst niemals so einfach akzeptieren, dass Schluss ist. Aber du warst … so kühl. Keine SMS, keine Tränen, kein Brief. In der Schule hast du mit mir geredet, aber immer irgendwie … durch mich durch gelächelt.«

Oberflächlich-freundlich, dachte ich und musste grinsen.

»Na ja, und da dachte ich, ich hätte es vermasselt«, sagte Tim. »Niklas ist ja auch echt okay. Als Ariane mir wütend erzählte, dass er seine Pferde zu euch und nicht auf den Sonnenhof stellt, war für mich alles klar.«

»Wenn du wüsstest, wie schwer es mir gefallen ist, dir nicht zu schreiben oder zu heulen«, gestand ich Tim. »Als ich im Krankenhaus war, habe ich gehofft, dass du dich melden würdest. Ich hab nie richtig daran geglaubt, dass du mit Ariane und Fabian durch die Clubs ziehst und auch noch Spaß daran haben könntest. Aber ich habe mir fest vorgenommen, nicht den ersten Schritt zu machen. Ich hab nichts falsch gemacht.«

»Nein, das hast du nicht«, gab Tim zu. »Ich war ein Idiot.«

»Sehen wir uns morgen auf dem Turnier?«, fragte ich ihn. »Ich reite zum ersten Mal Skyfall und Lenzi.«

»Klar sehen wir uns. Ich bin total gespannt«, antwortete Tim.

Einen Moment sagte keiner von uns etwas.

»Elena?«

»Ja?«

»Meinst du, du kannst mir verzeihen, dass ich so dumm war?«

»Möglicherweise«, erwiderte ich. »Aber nur unter einer Bedingung.«

»Und die wäre?«

»Dass du mir in Zukunft zuhörst und mir vertraust.«

»Das werde ich. Das verspreche ich dir.« Tims Stimme klang belegt. »Ach, Elena! Ich liebe dich. Du bist einfach alles für mich und ich habe dich so sehr vermisst!«

Ich schloss die Augen und genoss seine Worte, die sich wie Balsam über meine verletzte Seele legten und alle Zweifel zerstreuten.

»Ich liebe dich auch, Tim«, flüsterte ich. »Ich habe niemals damit aufgehört.«

25. Kapitel

Tims Großvater freute sich wie ein Plätzchen, als er von Opa erfuhr, dass zwischen Tim und mir wieder alles im Lot war. Wann immer er es einrichten konnte, schaute er seinem Enkelsohn, den er so viele Jahre nicht gesehen hatte, beim Reiten zu.

Eines Abends rief Tim mich noch spät an. Er hatte zufällig ein Gespräch zwischen seiner Mutter und seinem Großvater mit angehört.

»Die Hin- und Herfahrerei mit den Pferden geht doch auf Dauer nicht«, hatte Friedrich Gottschalk zu seiner Tochter, Tims Mutter, gesagt. »Der Junge soll seine drei Pferde auf den Amselhof stellen. Dann kann er gescheit trainieren und hat noch ein bisschen Spaß mit den anderen jungen Leuten.«

»Wie soll ich das denn wohl seinem Vater erklären?«, hatte Linda Jungblut protestiert. »Immerhin gehört der Sonnenhof noch uns und wer soll das überhaupt bezahlen? Ich kann mir das nicht leisten, denn ich …«

»Ich übernehme selbstverständlich alle Kosten.« Friedrich Gottschalk hatte seine Tochter unterbrochen. »Dein Mann wird noch eine ganze Weile hinter schwedischen Gardinen sitzen. Mach endlich Frieden mit den Weilands.

Sie mögen Tim und sie tragen dir nichts nach. Die Trainingsbedingungen auf dem Sonnenhof sind unter aller Kanone, seitdem Hans-Dieter Teichert dort schaltet und waltet, wie er will.«

Das hatte Tims Mutter allerdings auch zugeben müssen und deshalb schließlich widerstrebend zugestimmt.

So kam es, dass Tims Pferde Ende März in die letzten drei freien Boxen auf dem Amselhof zogen. Meine Eltern waren zufrieden, der Stall war voll ausgelastet und sie konnten ohne Probleme das Darlehen, das sie zum Bau der neuen Halle aufgenommen hatten, zurückzahlen. Und Tims Großvater und Niklas' Vater bezahlten Papa dafür, dass er Niklas und Tim trainierte, obwohl Papa das nicht wollte.

»Sie bringen eine Leistung, dafür gibt es Geld. Keine Widerrede«, hatte Herr Schütze gesagt und so war es dann auch.

Ich war überglücklich. Niklas, Melike, Tim und ich waren ein wirklich großartiges Team, auch Christian setzte sich wieder öfter aufs Pferd, allerdings hatte er keine Lust mehr, Turniere zu reiten. Niklas und Tim waren für das Turnier »Preis der Besten« im Mai in Warendorf nominiert worden – eine wichtige Sichtung für die Europameisterschaften, die in diesem Jahr in Vejer de la Frontera in Andalusien stattfinden würden.

Kiki war bei Ariane in Ungnade gefallen und versuchte, wieder Anschluss an uns zu finden, aber Tim und Melike konnten sie nicht mehr leiden. Ich war die Einzige, die immer wieder versuchte, sie ein wenig zu integrieren, denn sie tat mir leid.

In der Schule war die alljährliche Abi-Party das Hauptgesprächsthema. Wie jedes Jahr versuchte die Hälfte meiner Klassenkameraden, Karten für die Party zu ergattern, aber das war ohne Beziehungen zu jemandem aus der Oberstufe so gut wie unmöglich. Traditionell waren die elften Klassen Ausrichter dieser Party, die in der Mehrzweckhalle in Königshofen stattfinden sollte. Wir Jüngeren waren nicht eingeladen, wahrscheinlich weil es sonst einfach zu voll werden würde. Ich konnte die wachsende Hysterie nicht recht nachvollziehen. Seit Tagen begrüßte man sich auf dem Schulhof fast nur noch mit »Und? Gehst du hin?« Die, die irgendwie an eine der begehrten Karten gekommen waren, wurden glühend beneidet und es kursierten wilde und wenig schmeichelhafte Gerüchte, wie bestimmte Leute an Karten gelangt waren. Ich würde mit Tim hingehen, denn er gehörte – wie Christian auch – zum Organisationsteam, aber das sagte ich niemandem. Mein Bruder hatte Karten für Niklas und Melike besorgt und nur deshalb freute ich mich ein bisschen.

Ariane kriegte über Fabian, der in diesem Jahr sein Abi gemacht hatte, natürlich ebenfalls eine Karte und gab damit hemmungslos an.

»Ich hab mir extra ein megageiles Kleid gekauft«, erzählte sie auf dem Weg zum Physiksaal und beschrieb es Tessa und Ricky, die vor Neid fast platzten, bis ins kleinste Detail.

»Hoffentlich haben sie genug Alkohol besorgt, wenn du kommst«, bemerkte Franzi spöttisch.

»Höre ich da etwa einen neidischen Elefanten tröten?«, erwiderte Ariane herablassend.

»Ich muss mich auf jeden Fall nicht an den langweiligsten

Typen der ganzen Schule hängen, um auf diese Party zu kommen«, entgegnete Franzi schlagfertig.

»Sag bloß, du gehst auch hin, Franzi?«, rief Ricky und machte große Augen.

»Wie hast du eine Karte bekommen?« Tessa ließ Ariane stehen. »Sag's mir doch, bitte, bitte!«

Ich konnte nicht fassen, wie blöd die beiden waren. Jeder wusste, dass Franzi die Chefredakteurin der Schülerzeitung war und als solche natürlich vom Organisationsteam eingeladen wurde.

Der Samstag rückte näher und Melike kam am Nachmittag zu mir, denn Mama wollte uns nach Königshofen fahren und später auch wieder dort abholen. Christian und Tim waren schon mit ihren Mopeds in die Halle gefahren, denn sie halfen beim Aufbau mit, und Niklas hatte es von zu Hause aus ja nicht weit und konnte zu Fuß laufen.

»Willst du hier einziehen?«, fragte ich meine Freundin belustigt, als sie die riesige Reisetasche vom Gepäckträger ihres Fahrrads wuchtete und keuchend zum Haus schleppte.

»Ich wette, du wirst noch froh sein, dass ich so viel Zeug dabeihabe«, sagte Melike wie eine Wahrsagerin und sie sollte recht behalten.

»Zuerst«, verkündete sie in meinem Zimmer, »checken wir unsere Outfits.«

Sie öffnete ihre Reisetasche und zog zwei Kleider hervor.

»Gelb oder pink?«, fragte sie.

»Steht dir beides gut.«

»Du bist ja echt eine tolle Hilfe, Elena!« Melike schüttelte den Kopf, überlegte kurz und entschied sich dann für das knallgelbe Kleid.

»Boah, du siehst einfach irre aus!«, bewunderte ich sie. In dem Kleid würde sie zweifellos der Hingucker des Abends sein.

Schon immer hatte ich meine Freundin um ihr Äußeres beneidet. Ihren braunen Teint verdankte sie dem Erbe ihrer türkischen Vorfahren, genauso wie ihr glänzendes, dunkles Haar und ihre großen dunklen Augen. Gegen Melike kam ich mir wie ein unscheinbares, bleiches Gespenst vor.

»So, dann ist das geklärt. Was ziehst du an?«, erkundigte Melike sich.

»Keine Ahnung. Ich dachte an das dunkle Kleid vom Reiterball.«

»Das ist ein Winterkleid«, widersprach Melike. »Draußen sind's fünfundzwanzig Grad und in der Halle wird es noch viel heißer sein. Du schwitzt dich tot und dann glänzt dein Gesicht.«

Ich stand ziemlich ratlos vor meinem Kleiderschrank, der beinahe ausschließlich Reitklamotten, Jeans und andere praktische Kleidungsstücke enthielt.

»Lass mal schauen.« Melike schob mich energisch zur Seite und unterzog den Inhalt meines Schrankes einer kritischen Inspektion. Sie suchte mir drei Teile heraus, die ich alle unmöglich fand.

»Da ich mir so was schon gedacht habe«, grinste meine Freundin, »hab ich dir in weiser Voraussicht etwas mitgebracht.«

Sie öffnete wieder ihre Reisetasche und zog ein hellblaues Teil hervor.

»Zieh das mal an«, sagte sie und reichte es mir.

»Wie denn?« Ich drehte ratlos den Stoff in den Fingern,

bis sie es mir wieder abnahm und so hinhielt, dass ich reinschlüpfen konnte.

»Upps! Das ist ja kaum mehr als ein Badeanzug!«, stellte ich fest.

»Das ist ein Stretchkleid«, erklärte Melike. »Du, mit deiner Superfigur und deinen langen Beinen, kannst so was anziehen. Das sieht so was von sexy aus, Tim werden die Augen aus dem Kopf fallen!«

»Zuerst einmal werden meiner Mutter die Augen aus dem Kopf fallen«, befürchtete ich. »So lässt die mich niemals auf 'ne Party!«

»Klar! Du ziehst deine dünne Jeansjacke drüber und dazu diese Peeptoes.« Natürlich hatte sie auch passendes Schuhwerk mitgebracht. Im Gegensatz zu mir war Melike verrückt nach Klamotten und Schuhen. Ginge es nach ihr, so würde sie jeden Tag shoppen gehen. Ich zog die hellen Peeptoes mit einem ziemlich kleinen Absatz an, die wie angegossen passten.

»Sehr gut!«, kommentierte Melike. »Ach, ich glaube, ich werde doch keine Anwältin, sondern Stylistin. Ich hab ein Auge für so was und außerdem einen guten Geschmack.«

»Eigenlob stinkt«, grinste ich.

Das Outfit war also geklärt, jetzt ging es an Haare und Make-up und die passenden Accessoires wie Schmuck und Tasche. Melike hatte an alles gedacht.

Mama zog bei unserem Anblick zwar die Augenbrauen hoch, verkniff sich aber jeden Kommentar. Sie fuhr uns nach Königshofen und wünschte uns viel Spaß.

Tim und Niklas warteten schon vor der Halle auf uns, und Tim war nicht der Einzige, der bei meinem Anblick große

Augen bekam. Ein paar Jungs aus der Zwölften gingen vorbei und pfiffen anerkennend.

»Elena, Melike! Wartet mal!« Das war Franzi, die eine riesige Kamera um den Hals hängen hatte. »Bitte ein Bild für die Schülerzeitung und die Schulwebseite!«

Sie dirigierte uns vor das große Abi-Plakat, vor dem sie alle fotografierte, die in die Halle hineingingen. Genau in dem Moment, als sie Tim, Niklas, Melike und mich knipste, stakste Ariane an der Hand von Fabian vorbei. Sie trug ein ultraknappes Kleid in Altrosa, das ihren Rücken frei ließ, dazu mindestens zwölf Zentimeter hohe Plateauschuhe. Fabian hatte sich mit seinem Äußeren keine große Mühe gegeben, er sah aus wie immer in T-Shirt und Jeans.

»Danke euch«, sagte Franzi zu uns. »Viel Spaß heute Abend!«

»He!« Ariane stellte sich in Positur. »Jetzt sind wir dran.«

»Die Speicherkarte ist voll, sorry.« Franzi grinste und nahm die Kamera herunter. »Das ist also *das* Kleid, aha. Vielleicht sollte ich dich doch fotografieren. Für die Kategorie Flohmarkt.«

»Daran merkt man mal wieder, dass du keine Ahnung hast, du fetter Elefantentrampel.« Ariane wurde böse. »Du fotografierst alle Leute. Warum uns nicht?«

»Weil ich auf dich keinen Bock hab«, entgegnete Franzi ehrlich. »Und ich kann entscheiden, wen ich fotografiere und wen nicht. Also, zieh ab und nerv mich nicht.«

»Das«, zischte Ariane und drohte ihr mit dem Zeigefinger, »wirst du bereuen, du fette Kuh!«

»Hoffentlich verträgst du das Echo«, antwortete Franzi, die allmählich sauer wurde. Ein paar andere Leute kamen dazu und ergriffen Franzis Partei. Fabian wollte Ariane weiterziehen, aber sie machte sich von ihm los und zoffte sich jetzt auch mit den anderen. Und dann tauchte Jonas, Franzis Freund, auf.

»Puh, die mögen sich ja«, sagte Niklas, der Franzi nicht kannte.

»Franzi ist unsere Klassensprecherin und wirklich voll okay«, erklärte ich ihm. »Aber Ariane hat sie seit ein paar Wochen zu ihrem absoluten Hassobjekt auserkoren.«

Ich hatte Melike nie im Detail erzählt, was Ariane über sie gesagt hatte.

»Wie auch immer.« Tim nahm mich in seine Arme und küsste mich. »Wir haben die hübschesten Mädels des Abends. Lasst uns reingehen.«

»Gute Idee.« Niklas legte seinen Arm um Melike und wir gingen zur Kasse, zeigten unsere Eintrittskarten vor und bekamen einen Stempel auf die Hand gedrückt. In der Halle war bereits die Hölle los, die Musik war sehr laut, aber richtig cool. Christian hatte den DJ besorgt; er war der ältere Bruder eines seiner Kumpels aus Steinau, der auch in richtigen Clubs auflegte.

Die Tanzfläche war bereits gut gefüllt, aber Tim hatte für uns einen Tisch in einer Ecke reserviert. Er und Niklas gingen los, um Getränke zu holen.

»Das kracht heute noch richtig, wenn Ariane so weitermacht«, prophezeite Melike.

»Glaubst du, Fabian würde sich wegen ihr prügeln?«, fragte ich.

»Der?« Melike schnaubte. »Nie und nimmer.«

Tim und Niklas kehrten mit zwei Virgin Coladas für uns zurück. Nachdem wir sie getrunken hatten, gingen wir tanzen. Christian, der immer noch Dienst an der Bar hatte, brachte uns später noch eine Runde alkoholfreie Cocktails.

»Kiki ist übrigens auch da!« Er wies mit dem Kopf in Richtung eines Tisches auf der anderen Seite der Tanzfläche. Dort saßen Ariane und Fabian mit ein paar anderen Leuten, und selbst ohne ein Wort zu verstehen, war deutlich zu erkennen, dass sich die beiden Mädchen miteinander stritten. Kiki zog offenbar den Kürzeren, denn sie drehte sich um und marschierte in Richtung Bar. Sie trug ein Kleid, das noch kürzer war als das von Ariane. Zu unserer Überraschung stand Fabian auf. Ariane wollte ihn zurückhalten, aber er stieß sie weg und folgte Kiki, die ihn jedoch ebenfalls abwies.

»Oha!«, kommentierte Melike. »Jetzt wird's spannend!«

»Guck nicht so auffällig hin«, sagte ich zu ihr.

»Ist doch besser als Fernsehen«, erwiderte Melike.

Tim musste für eine Stunde an der Getränkeausgabe arbeiten und verabschiedete sich mit einem Kuss.

»Kommt, Mädels, lasst uns noch etwas das Tanzbein schwingen!« Niklas stand auf und zog Melike hoch, die jedoch nur widerstrebend ihren Beobachtungsposten aufgab.

»Ich geh mal kurz rüber zu Kiki«, sagte ich und drängte mich durch die Leute bis zu Kiki durch, die alleine auf einem Barhocker saß und ziemlich deprimiert aussah.

»Hey! Komm doch mit tanzen!«, rief ich ihr ins Ohr. Sie warf mir einen bösen Blick zu.

»Kannst du mich nicht mal in Ruhe lassen mit deiner Fürsorge?«, pflaumte sie mich an. »Ich komm mir bei deinem ständigen Geglucke ja allmählich vor wie ein Sozialfall!«

»Was?« Ich glaubte, mich verhört zu haben. Auf dem Amselhof schlich sie ständig hinter uns her und hatte es nur mir zu verdanken, dass sie mit ins Kino oder ins Schwimmbad gehen konnte.

»Geh tanzen und lass mich in Ruhe.« Kiki stand auf, knallte ihr Glas auf den Tresen und ließ mich einfach stehen. Ich ging hinter die Bar zu Tim und erzählte ihm, was sie zu mir gesagt hatte.

»Meine Süße mit dem weichen Herz!« Tim umarmte mich und gab mir einen Kuss. »Du bist nicht für Kikis Befinden verantwortlich. Sie kennt doch hier genug Leute.«

Wahrscheinlich hatte er recht. Ich ging zurück auf die Tanzfläche und wir hatten jede Menge Spaß. Nach einer Weile wurde die Musik langsamer, Tim kam zu mir und nahm mich in die Arme. Die Pogotänzer waren verschwunden, auf der Tanzfläche waren nur noch Pärchen unterwegs. Ich genoss es sehr, mit ihm zu tanzen. Noch vor einem Jahr wäre das unmöglich gewesen. Plötzlich stand einer der Jungs vom Organisationskomitee am Rand und bedeutete Tim, zu ihm zu kommen.

»Sorry, Baby, es gibt wohl ein Problem. Ich bin gleich zurück.« Tim gab mir einen Kuss, tippte Niklas auf die Schulter und verschwand mit ihm.

»Was ist denn los?«, rief ich Melike ins Ohr. »Warum gehen alle nach draußen?«

»Lass uns mal schauen.« Wir gingen auch hinaus. In der Halle war die Luft verbraucht und stickig, und als wir ins Freie traten, war es ein bisschen so, als würde man an einem heißen Tag ins kühle Wasser tauchen. Hinter uns verstummte die Musik, die Lichter gingen an, dabei war es erst kurz vor Mitternacht. Irgendetwas musste passiert sein. Die Leute standen in Grüppchen zusammen wie tagsüber auf dem Schulhof und das Gerücht, man habe Ariane irgendwo bewusstlos gefunden, ging von Mund zu Mund. Alles redete durcheinander. Ein paar der Väter und Mütter, die in Rufbereitschaft in der Nähe waren, wurden geholt, dann kam der Notarztwagen mit Blaulicht. Die Stimmung war hinüber und die Party damit beendet.

Endlich tauchten Tim, Christian und Niklas auf und sie wussten mehr. Irgendjemand hatte Ariane im Umkleideraum der Jungen gefunden, der für die Party zum Getränkelager umfunktioniert worden war.

»Na, das ist ja mal wieder typisch!« Melike schüttelte den Kopf. »Jetzt reicht's ihr schon nicht mehr, an der Bar einen zu kippen.«

»Das ist aber nicht alles«, sagte Tim. »Jemand hat ihr die Haare abgeschnitten.«

»Und zwar komplett«, fügte Christian hinzu, dessen Mitleid mit Ariane sich sehr in Grenzen hielt. »Direkt an der Kopfhaut.«

»Oh nein!« Ich war entsetzt. »Wer macht so was?«

»Jemand, dem Ariane so richtig schön auf die Nerven gegangen ist«, antwortete Melike und blickte sich um. »Wenn ich das richtig sehe, dann könnte es also wohl jeder Zweite hier gewesen sein.«

26. Kapitel

Die Party hatte ein sehr ernstes Nachspiel. Im Krankenhaus wurde in Arianes Blut nämlich außer Alkohol noch irgendeine Droge festgestellt und deshalb schalteten sich Polizei und Staatsanwaltschaft ein. Es fanden Vernehmungen statt, bei denen jeder jeden beschuldigte. Viele hatten den Streit zwischen Ariane und Fabian mitbekommen, Franzi geriet unter Verdacht, genauso wie Christian, Tim und die anderen Jungs, die an der Bar gearbeitet hatten. Arianes Eltern erstatteten außerdem Anzeige gegen Unbekannt wegen Körperverletzung und setzten sogar eine Belohnung für denjenigen aus, der ihnen den Täter nannte.

Christian und Tim mussten zur Polizei kommen und eine Aussage machen, aber schließlich fand die Polizei in Fabians Auto ein Fläschchen mit einem weißen Pulver, das im Labor der Kriminalpolizei analysiert wurde. Es handelte sich um Ketamin, ein Narkosemittel, das aber auch illegal als Partydroge missbraucht wurde. Hatte Fabian etwa als Rache dafür, wie Ariane ihn und Kiki behandelt hatte, ihr dieses Zeug verabreicht, um ihr die Haare, auf die sie so stolz war, abzuschneiden? Fabian beteuerte seine Unschuld. Er habe nach dem Streit mit Ariane auf der Party noch kurz mit seiner Schwester gesprochen und sei dann nach Hause gefahren.

Ariane verließ das Haus nicht mehr. Sie weigerte sich strikt, zur Schule und in den Stall zu gehen, hatte ihre Facebook-Seite und das Gästebuch ihrer eigenen Homepage wegen der vielen hämischen und schadenfrohen Einträge geschlossen.

Fabians Pferd kehrte zurück auf den Amselhof, nachdem Frau Denninger Papa und Mama regelrecht deswegen angebettelt hatte. Fabian selbst ließ sich jedoch nicht blicken, Kiki ritt jeden Tag, war kleinlaut und versuchte, wieder gut Freund mit uns zu sein. Aber mit mir hatte sie es sich ein für alle Mal verscherzt. Ich hatte Kikis Abfuhr auf der Abiparty nicht vergessen und ging ihr aus dem Weg, so gut ich konnte.

Ariane saß eines Morgens wieder auf ihrem Tisch im Klassenzimmer, als sei nichts geschehen. Das kurze Haar versteckte sie unter einem Kopftuch, und ich musste zugeben, der neue Look stand ihr gut.

»Ich sag euch, das ist eine Riesenerleichterung mit den kurzen Haaren«, schwärmte sie Tessa und Ricky vor. »Ich brauche morgens nur noch eine Viertelstunde im Bad und kann deshalb eine halbe Stunde länger pennen.«

Es würde mich nicht wundern, wenn sich Tessa und Ricky noch heute Glatzen scheren lassen würden.

»Hey«, sagte Ariane zu mir, als ich an ihr vorbei zu meinem Platz ging. »Ihr habt ja bei euch auf dem Amselhof wohl jeden Einsteller nötig.«

»Wie meinst du das?«, wollte ich wissen.

»An deiner Stelle wollte ich dieses intrigante Miststück

von Kiki nicht mehr in meiner Nähe haben.« Ariane musterte mich überheblich wie eh und je. »Aber du und deine Familie, ihr seid wohl einfach zu dämlich, um sie zu durchschauen.«

»Wovon redest du?« Ich verstand kein Wort.

»Was glaubst du, wer diese Fotos hier gemacht und mir geschickt hat, damit ich sie Tim zeige?« Ariane schwang sich von ihrem Tisch und hielt mir ihr Smartphone unter die Nase. Ich sah Fotos, die mich und Niklas zeigten. Offenbar waren sie ohne Blitz aufgenommen, denn sie waren ziemlich schummerig. Ich flüsterte Niklas gerade etwas ins Ohr und hatte meine Hand auf seinem Unterarm liegen. Tatsächlich konnte es auch sein, dass ich Niklas gerade auf die Wange küsste.

»Was sind das für Bilder?«, fragte ich fassungslos.

»Das war wohl nach eurer grandiosen Reithallen-Einweihungsparty«, antwortete Ariane und jetzt erinnerte ich mich. Es war der Abend, an dem ich Niklas überredet hatte, hinter Melike herzugehen. Seitdem waren die beiden zusammen. Kiki hatte mit uns am Tisch gesessen, war dann aber unter dem Vorwand, ihr Pferd noch eindecken zu müssen, verschwunden. Sie hatte kaum geredet, dafür die ganze Zeit mit ihrem neuen Handy herumgemacht.

»Warte, es kommt noch besser.«

Ariane suchte eine Weile in ihren Bildern, von denen sie offenbar Hunderte auf ihrem Smartphone gespeichert hatte, dann zeigte sie mir weitere Fotos von Niklas und mir. Am Busbahnhof im Einkaufszentrum, durch die Schaufensterscheibe des Schuhladens beim Schuhe anprobieren, in diversen anderen Geschäften und schließlich beim Essen. Ich war schockiert.

»Die hat mir übrigens deine gute Freundin Kiki geschickt«, informierte mich Ariane und weidete sich genüsslich an meiner Fassungslosigkeit. »Ich gebe zu, ich habe sie dann Tim gezeigt, weil ich ihn ein bisschen ärgern wollte. Ich konnte ja nicht ahnen, dass er deshalb gleich mit dir Schluss machen würde.«

Damit war das Geheimnis gelüftet. Kiki war also an allem schuld und sie hatte mich dreist angelogen, indem sie sich die Geschichte von Niklas' Mutter ausgedacht hatte, die angeblich Frau Teichert erzählt hatte, dass Niklas und ich zusammen shoppen gewesen waren.

»Kannst du mir diese Fotos schicken?«, krächzte ich mühsam.

»Aber mit dem allergrößten Vergnügen«, antwortete Ariane. »Kiki hat Tim übrigens dauernd Geschichten über dich und Niklas erzählt, weil sie selbst schon immer hinter Tim her war und wohl gehofft hat, sie kann ihn sich krallen. Aber der war nicht so blöd, sich mit diesem hinterhältigen Frettchen abzugeben.«

Mir war richtig schlecht vor Enttäuschung und Zorn. Wie konnte Kiki mir so etwas antun und anschließend unverfroren meine Freundin spielen? Wieso hatte ich bloß nicht auf Melikes Warnungen gehört?

Am späten Nachmittag saßen Tim, Niklas, Melike, mein Bruder und ich an unserem Lieblingstisch in der »Pferdetränke« und hielten Kriegsrat. Oma brachte jedem von uns ein Stück ihres frisch gebackenen Streuselkuchens und eine Kanne Apfelsaft.

»Wie konnte ich mich nur so in Kiki irren?«, sagte ich wieder und wieder.

»Wenn du das noch einmal sagst, klebe ich dir den Mund zu und fress deinen Kuchen«, drohte Christian mir. Ich schob ihm stumm meinen Teller hin. Mir hatte es den Appetit verschlagen, ich war völlig fertig.

»Weil du gutmütig bist und kein bisschen hinterhältig denken kannst«, sagte Melike. »Und ich schwöre euch, dass Kiki auch hinter der Sache mit Ariane steckt.«

»Wie soll sie denn an dieses Drogenzeugs gekommen sein?«, fragte Niklas, der manchmal ziemlich naiv sein konnte.

»Das kannst du bei uns auf dem Schulhof kaufen«, winkte Melike ab. »Wie jede andere Droge auch. Kriegt man leichter als Alkohol.«

»Und wenn man die richtigen Leute fragt, kriegt man auch raus, wer das Zeug gekauft hat: Kiki oder Fabian«, ergänzte Christian.

»Aber wieso sollte sie das Zeug im Auto ihres Bruders verstecken und damit den Verdacht auf ihn lenken?«, wollte Niklas wissen. »Das ergibt doch keinen Sinn.«

»Du kennst diese Kiki nicht.« Melike schüttelte sich vor Abscheu. »Sie war immer total eifersüchtig auf Fabians Freundinnen, deshalb hatte er nie lange welche. Mir war's damals schnuppe, dass sie immer dabei war. Allein mit Fabian hätte ich mich zu Tode gelangweilt. Aber Ariane hatte keinen Bock drauf, sie wollte Fabian für sich haben. Und Kiki wollte Fabian wieder ganz unter ihrer Kontrolle haben. Hat ja auch funktioniert. Jetzt fährt er sie überall rum, hat ewig viel Zeit. Anstatt Arianes Sklave zu sein, ist er wieder ihrer.«

»Arme Sau«, murmelte Niklas.

»Ich will sie nie mehr sehen!«, stieß ich hervor. »Diese

falsche Schlange! Sie hat Tim und mich auseinandergebracht und dann hat sie sich noch an mein Bett gehockt und Mitleid geheuchelt. Und ich blöde Kuh hab immer noch zu ihr gehalten!«

»Ich finde, wir sollten das deinen Eltern sagen«, pflichtete Melike mir bei. »Die Denningers müssen vom Amselhof verschwinden.«

»Gute Idee«, sagte Christian mit vollem Mund. »Weg mit dem verlogenen Pack.«

»Kiki wird alles abstreiten und wir haben keine Beweise«, gab Tim, der sich bisher noch gar nicht geäußert hatte, zu bedenken.

»Die Fotos reichen doch aus!«, widersprach ich ihm. »Und du weißt selbst am besten, was sie dir wann erzählt hat.«

»Ich werde gleich morgen mal mit ein paar Jungs in der Schule reden«, schlug Melike vor. »Und sollte ich rauskriegen, dass Kiki dieses Zeug gekauft hat, dann werden wir ihr das unter die Nase reiben.«

»So lange halten wir sie unter Beobachtung«, stimmte Tim zu.

»Wenn ihr meint.« Ich zuckte die Achseln. »Für mich ist die blöde Kuh allerdings gestorben.«

27. Kapitel

An diesem Tag geschah jedoch noch etwas anderes, das uns Kiki und den Anschlag auf Ariane erst einmal vergessen ließ. Niklas und Tim hatten am Abend noch eine Trainingsstunde bei Papa und nach einem kleinen Oxer überschlug Tim sich mit Tanot. Glücklicherweise schien nichts passiert zu sein. Das Pferd kam wieder auf die Beine und Tim stand auch auf.

»Was war das denn?«, fragte Papa erschrocken.

»Er hat einfach sein Vorderbein nicht mehr ausgestreckt!« Ich hatte direkt neben dem Sprung gestanden und als Einzige genau gesehen, was passiert war. »Mit seinem rechten Vorderbein stimmte schon letztes Jahr vor dem Festhallenturnier etwas nicht.«

Alle schauten mich verblüfft an, und Papa wollte wissen, wie ich darauf kam.

»Ich habe dieses Kribbeln gespürt, als ich ihm die Gamaschen draufgemacht habe.« Mir war es immer etwas peinlich, über meine seltsame Gabe zu sprechen. »Einmal an dem Tag, an dem Tims Pferde hier auf dem Amselhof blieben, und dann noch mal am Freitagabend in der Festhalle.«

»Wieso hast du damals nichts gesagt?«, fragte Tim.

»Ich hab's ja versucht, auf dem Festhallenturnier im VIP-Raum«, entgegnete ich. »Aber du wolltest mir nicht zuhören.«

Melike war losgelaufen und kehrte nun mit Lajos im Schlepptau zurück.

»Tanot ging nie lahm und es war auch nichts warm oder dick.« Tim nahm Tanot die rechte Gamasche ab und betastete das Bein seines Pferdes.

»Es war auch nicht an der Sehne.« Ich zeigte ihm die Stelle, an der ich das Kribbeln gespürt hatte. »Sondern hier, etwas weiter oben. Am Karpalgelenk.«

Lajos betrat die Bahn und erkundigte sich, was geschehen war. Tim und ich machten ihm Platz, und Lajos ließ mit geschlossenen Augen seine Finger über die von mir bezeichnete Stelle gleiten.

»Komm mal bitte her, Elena«, bat er mich dann. Ich hockte mich neben ihn und berührte ebenfalls Tanots Bein. Sofort zuckte ich zurück.

»Und?«, fragte Lajos mich. Er ließ mich immer wieder seine vierbeinigen Patienten testen und ich hatte noch nie falschgelegen.

»Genauso wie neulich bei diesem Schimmel«, erwiderte ich.

»Verdammt, hoffentlich ist da nichts Schlimmes. Mit Juke Box kann ich den Preis der Besten und die EM vergessen!«, sagte Tim und streichelte seinem Pferd mit besorgter Miene den Hals.

»Bring ihn rüber zu mir.« Lajos erhob sich und klopfte sich den Sand von der Jeans. »Ich mache gleich mal eine Sonografie.«

Tim verließ mit Tanot die Halle, sattelte im Stall ab und

führte sein Pferd hinüber in den Behandlungsraum. Melike, Papa und ich kamen mit. Lajos rasierte sorgfältig das Karpalgelenk von Tanot und holte das fahrbare Ultraschallgerät. Er trug ein durchsichtiges Gleitgel auf den Schallkopf des Gerätes auf und fuhr damit über die Stelle, an der ich das Kribbeln gespürt hatte.

»Ich fürchte, ich habe keine guten Nachrichten. Elena hat leider recht«, sagte Lajos nach einer Weile. Er zeigte Tim eine Stelle auf den Ultraschallbildern. »Der Fesselträgerursprung deines Pferdes ist völlig zerfasert. Um das genauer zu sehen, müsste man eine Szintigrafie machen, aber dazu muss dein Pferd in eine Klinik, die auf solche Behandlungen spezialisiert ist.«

»Wie kann so etwas passieren? Und so plötzlich?«, fragte Tim.

»Leider ist das eine sehr typische Verletzung bei Springpferden«, antwortete Lajos. »Abrupte Wendungen und Überlastung in zu tiefem Boden können schnell zu einer Verletzung des Fesselträgers führen. Wenn nämlich der Fesselträger zu sehr gedehnt wird, können Sehnenfasern reißen und dann entsteht eine Entzündung. Damit will der Körper des Pferdes die Schäden reparieren. Das dadurch entstehende Narbengewebe ist dann nicht mehr so elastisch.«

Er wischte mit einem Tuch das Gel von Tanots Bein ab.

»Diese Verletzung hier ist schon etwas älter. Das ist nicht erst vor zwei, drei Tagen entstanden. Tückisch ist dabei, dass es keine äußeren Anzeichen gibt, wie zum Beispiel bei einer Verletzung der tiefen Beugesehne. Deshalb merkt man zuerst nichts. Das Pferd wird bewegungsunwillig, stolpert öfter.«

»Es fällt mir seit ein paar Wochen auf, dass er anders läuft, irgendwie stumpf. Und er stolpert wirklich immer wieder mal«, erinnerte Tim sich und runzelte die Stirn. »Aber ich dachte, er hätte einfach zu wenig Kondition. Vor zwei Jahren hatte Tanot schon mal Probleme mit dem Fesselträgerursprung.«

»Es tut mir leid, dir das zu sagen, aber du wirst ihn so bald nicht mehr als Springpferd einsetzen können«, sagte Lajos. »Die Heilung eines solchen Schadens ist äußerst langwierig.«

Innerhalb weniger Minuten waren Tims Träume vom Preis der Besten und der Europameisterschaft in Andalusien geplatzt. Juke Box hatte nicht genug Qualität für diese schweren Aufgaben und Cascade de la Licorne war noch zu jung mit seinen sieben Jahren.

»Eine Schande, dass der Junge jetzt diese Chance nicht nutzen kann, nachdem er eine ganze Saison lang und dann auch noch in der Festhalle so gut geritten ist«, sagte Papa beim Abendessen.

»Er kann doch Ronalda haben«, bot Christian an. »Sie steht sonst eh nur herum.«

Ich ließ Messer und Gabel sinken und starrte meinen Bruder an.

»Was ist mit DIR los?«, fragte ich.

»Wieso? Was meinst du?« Christian grinste und lehnte sich zurück.

»Na ja, vor einem Jahr bist du ausgetickt, nur weil Tim ...«

»Ewig her«, unterbrach mein Bruder mich. »Tim kann echt viel besser reiten als ich, das gebe ich neidlos zu. Mir reicht's völlig, dass ich letztes Jahr Hessenmeister war. Ab jetzt bin ich nur noch Hobbyreiter.«

»Das Angebot ist sehr nett von dir, Christian«, antwortete Papa. »Aber ob die Stute noch so schwer gehen kann, weiß ich nicht. Sie ist immerhin auch schon fünfzehn.«

»Sie ist sauschnell, total ehrgeizig und supervorsichtig.«

»Stimmt. Und als sie jünger war, habe ich ja wirklich ein paar schöne S-Springen mit ihr gewonnen«, bestätigte Papa. »Da wären auch noch Paradiso, Intermezzo und Cotopaxi. Ich überlege mir mal was und rede morgen mit Tim.«

»Micha, glaubst du, der Junge kann sich in so kurzer Zeit an ein neues Pferd gewöhnen?«, fragte Mama skeptisch.

»Wenn nicht er, wer dann?«, entgegnete Papa. »Tim ist der Sohn eines Pferdehändlers, er ist es von klein auf gewöhnt, dauernd andere Pferde zu reiten. Das ist nicht das Problem.«

»Was denn dann?«

»Ob er das selbst will – und ob Bergmann als Kadertrainer zustimmt. Immerhin ist Tim nur mit Tanot und Juke Box im Kader«, sagte Papa. »Da gibt es einige, die hinter ihm auf der Longlist stehen. Ihre Eltern werden vielleicht Protest einlegen.«

Damit hatte Papa recht. Einige der anderen Kaderreiter hatten Eltern, die vom Ehrgeiz zerfressen waren und Geld dafür bezahlt hätten, wenn ihr Kind zum Preis der Besten fahren durfte, selbst wenn es da nicht die geringste Chance hatte. Ich räumte noch die Küche auf, aber dann rannte ich auf mein Zimmer und rief Tim an, um ihm zu erzählen, was Christian vorhin gesagt hatte.

»Er würde mir echt seine Stute zur Verfügung stellen?«, fragte Tim ungläubig.

»Ja, wirklich!«, bestätigte ich. »Papa will morgen mal mit dir reden. Ich bin sicher, da gibt es eine Lösung für dich.«

»Mensch, das wäre ja wirklich super.« Tims Stimme klang wieder hoffnungsvoll. »Aber falls es nicht funktioniert, fahre ich halt als dein Turniertrottel mit.«

Das Jugendturnier in Alsfeld war als Sichtungsturnier für den Preis der Besten in Warendorf im Mai ausgeschrieben. Tim hatte Intermezzo, Paradiso, Ronalda und Cotopaxi ausprobiert und kam mit Cotopaxi und Christians Stute am besten zurecht. Jürgen Bergmann kam extra auf den Amselhof, um sich davon zu überzeugen, dass Tims Aufnahme in den Kader mit diesen beiden Pferden gerechtfertigt war. Aus Hessen waren für den Preis der Besten als Junioren nur Tim und Niklas bereits fest gesetzt, denn sie waren im C-Kader. Ich sollte in Alsfeld mit Skyfall und Lenzi mein erstes S-Springen reiten, Ariane mit Con Amore ebenso.

»Jungs«, sagte Bergmann zu Tim und Niklas, nachdem beide mit ihren Pferden den sehr hohen Parcours jeweils fehlerfrei gemeistert hatten. »Wir Hessen waren in den letzten Jahren beim Preis der Besten meistens nur das Kanonenfutter. Immer dominierten die Westfalen und die Norddeutschen dieses Turnier, aber in diesem Jahr rechne ich mir durch euch beide echt gute Chancen bei den Junioren aus. Gerade gestern habe ich mit dem Bundestrainer telefoniert und man beabsichtigt, euch beide sogar in den Perspektivkader der FN zu holen. Was das bedeutet, muss ich euch ja wohl nicht erklären.«

»Musst du die Jungs so nervös machen?«, fragte Papa ungehalten.

»Bist du nervös?« Tim sah Niklas an.

»Nee«, grinste der. »Du etwa?«

»Nö. Ich glaub, nur unser Trainer ist nervös!«

»Ich geb euch gleich ein paar hinter die Ohren!«, drohte Papa grinsend. »Ich bin nie nervös.«

»Nein, nie!« Mama, die neben Melike, Christian und mir an der Bande stand, lachte. »Außer in der Festhalle oder neulich in Münster, als Niklas den Fehler am letzten Sprung hatte.«

»Na ja, gut. Manchmal bin ich ein bisschen … aufgeregt«, gab Papa zu.

»Merkt euch dieses Jahr nur gut!«, rief ich Tim und Niklas zu. »In zwei Jahren lassen Fritzi und ich euch keine goldene Schleife mehr übrig!«

Da kam Kiki in die Halle geschlendert. Sie bekam große Augen, als sie Tim von Ronalda absitzen sah.

»Warum reitest du Ronalda?«, wollte sie wissen.

»Geht dich das was an?«, fragte Tim zurück.

Kiki lief rot an. »Christian hat mir versprochen, dass ich Ronalda in diesem Jahr ein paar Turniere reiten darf!«, platzte es aus ihr heraus.

»Spinnst du? Ich hab dir überhaupt nichts versprochen!«, mischte sich Christian ein. »*Du* hast *mich* zig Mal deswegen genervt, bis ich gesagt habe, dass du dich ja mal draufsetzen kannst und schauen, ob du überhaupt mit ihr zurechtkommst.«

»Das hast du mir versprochen! Und jetzt reitet der sie!« Kikis Stimme wurde schrill.

»Du hast ja einen Dachschaden.« Christian schüttelte den Kopf. »Wie willst du denn wohl dieses Pferd reiten? Du hast doch schon die Hosen voll, wenn dein alter Zosse mal den Kopf hebt.«

»Wie gemein du bist! Wie gemein ihr alle seid, ihr arroganten Arschlöcher!«, kreischte sie und rannte weg. Papa, Mama und Jürgen Bergmann blickten ihr verblüfft nach.

»Was ist denn in Kiki gefahren?«, fragte Mama entgeistert.

»Das«, sagte Melike, »ist eine lange Geschichte. Und sie ist noch nicht zu Ende.«

28. Kapitel

»Ich schaue mir das nicht länger an«, sagte Papa beim Mittagessen zu Mama. »Weder Fabian noch Kiki kümmern sich um ihre Pferde. Seit einer Woche gehen Carino und White Face nur noch an der Führmaschine. Ruf doch bitte mal Frau Denninger an und frag sie, was da los ist.«

»Das mache ich«, sagte Mama und wandte sich an Christian und mich. »Ihr seid doch Freunde. Was ist denn mit den beiden? Warum kommen sie nicht mehr in den Stall? Ist irgendetwas passiert?«

Ich warf Christian einen warnenden Blick zu, aber der übersah ihn absichtlich.

»Kiki war schuld daran, dass Tim drei Tage vor Weihnachten mit Elena Schluss gemacht hat«, erzählte mein Bruder, obwohl ich ihn unter dem Tisch gegen das Schienbein trat. »Sie hat aus lauter Eifersucht jede Menge blöde Gerüchte in die Welt gesetzt.«

»Tatsächlich? Aber … ihr seid doch Freundinnen!«

»Ja, das habe ich auch mal gedacht.« Ich seufzte. »Aber sie war schon immer hinter Tim her, seit letztem Sommer. Und mir hat sie die mitfühlende Freundin vorgespielt!«

Jetzt waren unsere Eltern neugierig und ich mal wieder

erstaunt darüber, wie wenig sie von unserem Leben doch manchmal mitbekamen.

»In der Zeit, als Fabian mit Ariane zusammen war, hat Kiki sich immer dazwischengedrängt«, erklärte Christian. »Irgendwann hatte Ariane die Nase voll davon und hat deswegen mit ihm Schluss gemacht. Diese Kiki ist eine absolute Psychopathin.«

»Na, na«, mahnte Mama. »So was darfst du nicht sagen!«

»Doch, ich habe es gerade letzte Woche in einem Artikel im SPIEGEL gelesen«, behauptete Christian. »Psychopathen sind sprunghaft, impulsiv, verantwortungslos und haben ein völlig übersteigertes Gefühl der eigenen Wichtigkeit. Das alles trifft auf Kiki im höchsten Maße zu.«

»Seit wann liest du den SPIEGEL?« Mama war überrascht.

»Seitdem ich erkannt habe, wie ungebildet ich bin«, antwortete Christian. »Die Welt besteht nicht nur aus Facebook und Reitturnieren.«

»Hört, hört.« Papa grinste. »Eine weise Erkenntnis für jemanden, der sich jahrelang nichts anderes gewünscht hat als die neuesten Computerspiele und Spielkonsolen.«

»Gut, dass du es erwähnst«, entgegnete Christian. »Man muss ja irgendwann erwachsen werden. Zum Geburtstag wünsche ich mir nämlich ein Jahresabo der FAZ.«

Ich starrte meinen Bruder an, als seien ihm plötzlich noch zwei Köpfe gewachsen.

»Hoffentlich werde ich nie erwachsen«, sagte ich und alle lachten.

Doch dann wurde Papa ernst. »Noch mal zurück zu Kiki und ihrem seltsamen Benehmen. Wenn ihr denkt, dass es besser ist, kündigen wir den Denningers. Lieber habe ich zwei Boxen leer stehen als einen solchen Zirkus auf dem Hof.«

»Oh ja, bitte, Papa. Tu das!«, rief ich erleichtert. »Ich will diese blöde Kuh nie mehr in meinem Leben sehen.«

Bereits am nächsten Morgen rief Mama Frau Denninger an und schilderte ihr die Situation. Fabians und Kikis Mutter fiel aus allen Wolken. Sie hatte keinen blassen Schimmer, was ihre Tochter angerichtet hatte. Schon am Nachmittag holte eine Spedition die beiden Pferde auf dem Amselhof ab, Frau Denninger kam gleichzeitig mit Kiki. Gemeinsam räumten sie die Spinde leer.

»Wo sie die Pferde wohl hinbringen lassen?«, fragte Melike. Wir ritten gerade in der neuen Reithalle und konnten durch die großen Fensterscheiben beobachten, wie Kiki einen Sattel und zwei Trensen in den Kofferraum des Autos ihrer Mutter feuerte. Ihr Gesicht war ganz verheult.

»Das ist mir so was von egal«, erwiderte ich und meinte es aus tiefstem Herzen.

Ich war heilfroh, dass die Gefahr, Kiki zufällig irgendwo auf dem Hof zu begegnen, ab sofort gebannt war. Noch immer war ich schrecklich enttäuscht und verletzt, weil ich sie für meine Freundin gehalten und ihr vertraut hatte. Wir warteten, bis Denningers abgefahren waren, dann brachten wir Lenzi und Dicky in ihre Boxen. Morgen Nachmittag gleich nach der Schule sollte es losgehen, aufs Turnier nach Alsfeld! Vorher war noch eine Menge zu tun. Weil ich es am besten konnte, flocht ich die Mähnen von Skyfall, Lenzi, Ronalda und Cotopaxi ein. Tim und Christian putzten das Sattelzeug und beluden gemeinsam mit Niklas Papas großen Lkw mit allem, was man für ein langes Turnierwochenende und sechs Pferde brauchte. Melike und ich hängten die Turnierklamotten in die Wohnkabine, füllten den Kühlschrank und packten das Bettzeug in den Wohnwagen.

Papa kam, hängte den Wohnwagen an den Lkw und rangierte ihn vor die Scheune. Gerade als wir über den Parkplatz zum Haus gingen, meldete sich mein Handy mit dem Signalton für eine SMS.

»Wer ist das denn wohl?«, wunderte ich mich. Die einzigen Menschen, von denen ich SMS bekam, liefen neben mir her. Ich öffnete die Nachricht und blieb vor Schreck stehen.

»Was ist?«, erkundigte sich Tim. Ich reichte ihm wortlos mein Handy.

»*Das werdet ihr alle noch bereuen!*«, las er laut vor.

»Von wem ist die?«, wollte Melike wissen.

»Keine Ahnung.« Ich zuckte die Schultern. »Die Nummer sagt mir gar nichts.«

Tim wählte die Nummer, aber es kam nur die Ansage, dass der Teilnehmer vorübergehend nicht erreichbar sei.

»Komisch«, sagte er.

»Das war Kiki«, vermutete ich und Melike war ganz meiner Meinung.

Wir aßen alle zusammen, aber die Stimmung war seltsam gedrückt.

»Kiki wird sich beruhigen«, meinte Mama, der ich die SMS gezeigt hatte. »Sie ist jetzt verständlicherweise gekränkt, aber in einem neuen Stall wird sie neue Leute kennenlernen.«

»Das glaube ich nicht«, sagte ich düster.

Niklas und Melike fuhren nach Hause, Tim blieb über Nacht, weil es schon so spät geworden war. Leider musste er bei Christian schlafen. Bei aller Großzügigkeit waren meine Eltern in diesem Punkt streng und ich hütete mich natürlich davor, ihnen zu verraten, dass Tim im letzten Sommer schon einmal bei uns übernachtet hatte.

29. Kapitel

Twix hüpfte in mein Bett und rollte sich auf meiner Bettdecke zusammen. Ich schlief beinahe sofort ein, so müde war ich nach diesem anstrengenden Tag. Mitten in der Nacht wachte ich auf, weil Twix unruhig war und knurrte.

»Was ist denn?«, murmelte ich und tastete nach dem Hund. Er saß stocksteif da, das Fell gesträubt und ließ sich nicht beruhigen. Ich machte das Licht auf meinem Nachttisch an, stand auf und öffnete die Tür. Twix schoss an mir vorbei, raste die Treppe hinunter und fing an zu kläffen. Ich stolperte hinter ihm her.

»Bist du wohl ruhig?«, flüsterte ich. »Du weckst ja alle auf.«

Der Hund hörte nicht auf mich. Er gebärdete sich wie toll und kratzte an der Haustür.

Papa tauchte schlaftrunken und mit zerzaustem Haar in der Tür des Schlafzimmers auf.

»Was hat er denn?«, fragte er, als er mich sah.

»Ich weiß auch nicht«, erwiderte ich besorgt. »So habe ich ihn noch nie erlebt.«

»Lass ihn mal raus.« Papa gähnte. »Vielleicht läuft ein Pferd draußen herum. Ich zieh mir schnell was über und schaue nach.«

Als ich die Haustür öffnete, schoss Twix hinaus. Es roch verbrannt. Und dann sah ich den hellroten Schein am Himmel, vor dem sich die Umrisse der alten Reithalle abzeichneten.

»Papa!«, schrie ich entsetzt. »Es brennt!«

»Hoffentlich ist es nicht die neue Reithalle!« Papa machte kehrt und stürmte im Schlafanzug an mir vorbei, Mama erschien im Flur.

»Susanne, ruf die Feuerwehr an!«, befahl Papa, ging ins Schlafzimmer und kam Sekunden später angezogen zurück. Mama stellte keine Fragen, sondern griff sofort zum Telefon. Ich hörte, wie sie etwas von »Feuer« und »Amselhof« sagte, rannte die Treppe hoch, riss die Tür zu Christians Zimmer auf und machte das Licht an. Christian und Tim, der auf einer Matratze auf dem Boden schlief, blinzelten verwirrt ins Licht.

»Steht auf und zieht euch an!«, rief ich. »Es brennt!«

Dann lief ich in mein Zimmer, zog Jeans und ein Kapuzenshirt über und stürzte wieder die Treppe hinunter. Mama hatte sich ebenfalls angezogen und schlüpfte gerade in ihre Jacke, als Christian und Tim völlig verschlafen die Treppe hinuntertaumelten.

»Elena, du kommst mit mir.« Ihre Stimme klang beherrscht. »Jungs, ihr lauft los und weckt Jens, Heinrich, Stani, Opa und Oma! Sie sollen sich beeilen!«

Ich bewunderte Mama dafür, dass sie in einer Situation wie dieser so ruhig und überlegt reden und handeln konnte. Ich selbst war kurz vor dem Durchdrehen.

»Wie machst du das nur?«, fragte ich sie, als wir durch die vom Feuerschein erhellte Nacht über den Parkplatz liefen.

»Es nützt ja nichts, wenn ich heule«, entgegnete sie. »Also versuche ich, ruhig zu bleiben und hoffe, dass nicht noch Schlimmeres passiert.«

Es war die Scheune, die in hellen Flammen stand. Das Feuer brauste und knackte, knisterte und brüllte. Das war kein zahmes Kaminfeuer oder ein Osterfeuer, wie Opa es immer in der Osternacht auf einem Acker anzündete, dies war ein gewaltiger Brand, dunkelrot und hellorange und grellgelb.

»Gott sei Dank ist es nicht die neue Reithalle«, bemerkte Papa nüchtern.

»Und Gott sei Dank befinden sich keine Pferde mehr in der Scheune«, ergänzte Opa.

Ich stand da und starrte wie gebannt in die Flammen, bis Mama mich am Arm weiterzog.

»Komm, Elena!«, rief sie. »Wir müssen alle Fenster in den Ställen zumachen!«

Die Pferde waren durch die starke Rauchentwicklung unruhig. Mama schloss den Turnierstall auf und Robbie, der sonst so gemütliche Berner Sennenhund, rannte sie beinahe über den Haufen und verschwand bellend in der Dunkelheit.

Opa, Heinrich, Stani, Jens und Papa öffneten die Anschlüsse für die Wasserpumpen, Tim, Oma, Mama und ich liefen um die Ställe herum und schlossen alle Fenster, die seit ein paar Tagen wegen der warmen Witterung auch nachts geöffnet waren.

»Ihr bleibt jetzt alle hier am Stall«, befahl Papa. »Die Scheune ist nicht mehr zu retten und ich will nicht, dass sich jemand von euch unnötig in Gefahr begibt.«

»Schau nicht hin.« Tim hatte seine Arme um mich gelegt, aber ich konnte die Augen nicht abwenden. Meterhoch schlugen die Flammen aus dem Dach der Scheune, in der Heu und Stroh wie Zunder brannten. Mit einer Mischung aus Grauen und Faszination beobachtete ich dieses grausige, gewaltige Schauspiel.

»Der Wohnwagen brennt!«, schrie mein Bruder plötzlich. »Schnell, Papa, du musst den Lkw wegfahren!«

Tatsächlich! Unser Wohnwagen, in den Melike und ich vorhin noch das Bettzeug geladen hatten, stand schon in hellen Flammen. Ich sah Christian wie einen Scherenschnitt vor dem hellroten Lichtschein zwischen Wohnwagen und Lkw verschwinden.

»Verdammt, Christian! Geh sofort da weg!«, brüllte Papa und begann zu laufen. »Im Wohnwagen sind die Propangasflaschen!«

»Was macht der Junge denn nur?«, rief Oma und schlug die Hände vor den Mund. Christian wollte wohl die Anhängerkupplung des Wohnwagens vom Lkw lösen, er hatte Papas Warnung nicht mehr gehört. Der Aknefrosch spurtete ebenfalls los.

»Micha! Er hört dich nicht! Beeil dich!«, schrie Mama schrill.

Von Steinau aus näherten sich die Löschzüge der Feuerwehr mit Sirenen und Blaulicht. Jens hatte Christian zuerst erreicht. Er warf sich einfach auf ihn, riss ihn mit sich zu Boden. Nur Sekunden später knallte es gewaltig, ein greller Blitz zuckte im Inneren des Wohnwagens auf. Ich sah wie in Zeitlupe, wie die Fensterscheiben barsten und der ganze Wohnwagen von der heftigen Explosion in Stücke zerfetzt wurde. Das Dach flog ein paar Meter in die Luft und die

Druckwelle war so gewaltig, dass sie Mama und Papa von den Füßen fegte.

»Oh scheiße!«, fluchte Tim, ließ mich los und rannte auf den brennenden Wohnwagen zu. Ich stand mit hängenden Armen da. Das musste einer dieser irrsinnigen Träume sein. So etwas passierte nicht in Wirklichkeit!

Nach einer halben Ewigkeit tauchten Tim, Christian und Jens hinter dem Lkw auf, der nun auch Feuer gefangen hatte. Papa und Mama hatten sich wieder aufgerappelt und liefen zu meinem Bruder. Christian war nichts passiert, aber Jens blutete im Gesicht und am linken Arm, wo ihn ein Splitter des Wohnwagens getroffen hatte.

Mama weinte vor Erleichterung und bedankte sich beim Aknefrosch, Papa schrie Christian an und musste sich dann erst mal hinsetzen.

Hilflos sahen wir zu, wie nun auch der Lkw ein Raub der Flammen wurde. Als die Feuerwehr eine Viertelstunde später endlich die Schläuche ausgerollt hatte und der Befehl »Wasser marsch!« erteilt worden war, waren Lkw und Wohnwagen bereits zu glühenden Gerippen ausgebrannt.

Glücklicherweise war die Nacht windstill, sonst hätte das Feuer durch Funkenflug schnell auf die neue Reithalle und die Stallungen übergreifen können. Die Feuerwehr beschränkte sich deshalb auch darauf, die Dächer der in der Nähe liegenden Gebäude mit Wasser zu besprühen, denn die Scheune war nicht mehr zu retten.

»Das war Kiki«, stammelte ich immer wieder. »Sie hat es mit ihrer SMS angekündigt.«

Ich zitterte am ganzen Körper, denn als die Hitze des Feuers nachgelassen hatte, wurde es ziemlich kühl. An Schlafen dachte niemand von uns. Mama holte Jacken und

Pullover, Oma und Heinrich trugen Kaffee und Schnaps für die Männer herbei.

Im Osten graute der Morgen und im ersten dünnen Licht des neuen Tages konnten wir das Ausmaß der Zerstörung erst richtig erkennen. Robbie kam an und leckte mir die Hand und in diesem Moment fiel mir auf, dass Twix nicht da war. Ich fragte jeden, ob er meinen Hund irgendwo gesehen hatte, rannte rufend und pfeifend durch alle Ställe, aber es gab keine Spur von meinem braun-weißen Jack-Russell-Terrier.

Das war zu viel für mich. Ich sank auf einen umgedrehten Eimer und begann hysterisch zu weinen. Tim, Papa und Mama versuchten mich zu beruhigen, aber ich war außer mir vor Sorge.

»Wenn er ins Feuer geraten ist!«, schluchzte ich. »Was, wenn er verbrannt ist?«

»Er ist ganz sicher nicht ins Feuer gelaufen«, sagte Papa. »Er ist doch nicht dumm!«

»Vielleicht hat er Angst bekommen und ist in den Wald gerannt«, meinte einer der Feuerwehrleute.

»Twix bekommt nie Angst!«, entgegnete ich verzweifelt. »Ihm muss etwas passiert sein!«

Tim hatte Melike und Niklas SMS geschrieben. Melike kam mit dem Fahrrad an, wenig später fuhren Niklas und seine Eltern durch das Tor.

Fassungslos betrachteten sie das Schlachtfeld, das der nächtliche Brand hinterlassen hatte.

»Komm, wir gehen Twix suchen«, schlug Melike vor und zog mich energisch von meinem Eimer hoch. »Besser als hier herumzuhocken und zu heulen!«

Melike, Niklas, Tim und ich zogen los und suchten nach

meinem Hund. Wir stolperten durch die taufeuchten Wiesen bis zum Bach, wir suchten rings um die Reitplätze, liefen die Feldwege entlang. Immer wieder riefen wir Twix' Namen und hielten dann inne, um zu lauschen. Wenn er irgendwo verletzt lag, würde er winseln. Es war kurz vor acht, als wir die Suche aufgaben. Twix war verschwunden und ich befürchtete das Schlimmste.

30. Kapitel

Niklas und Tim überlegten, ob sie wohl noch genug Ersatz für das Sattelzeug und die ganzen anderen Ausrüstungsgegenstände auftreiben konnten, die mit Papas Lkw abgebrannt waren. Ich hatte vor lauter Sorge um Twix das Turnier komplett vergessen.

»Carlos fährt die Pferde heute Nachmittag mit unserem Lkw nach Alsfeld«, bot Niklas' Vater an. »Das ist kein Problem.«

»Wir müssen allmählich los«, sagte Tim, der heute noch eine wichtige Klausur zu schreiben hatte. »Es ist gleich halb acht.«

»Ich geh heute nicht in die Schule«, verkündete ich. »Nicht, bevor ich nicht weiß, was mit Twix ist.«

Oma hatte unterdessen Frühstück gemacht und alle bis auf mich stürzten sich nun hungrig auf die belegten Brötchen. Mama hatte Jens verarztet und sich immer und immer wieder bei ihm dafür bedankt, dass er Christian das Leben gerettet hatte. Mein Bruder war ziemlich kleinlaut und Papa telefonierte alle benachbarten Bauern ab, um Ersatz für das verbrannte Heu und Stroh zu bekommen. Die ersten Reporter trafen ein, sogar ein Fernsehteam und

Schaulustige aus Steinau. Auch die Kripo, die für Brandsachen zuständig war, kam. Papa tat sich nicht leicht damit, der Polizei meinen Verdacht mitzuteilen, aber schließlich nannte er Kikis Namen und erzählte kurz, woher meine Befürchtung kam, Saskia Denninger könnte hinter dem Brand stecken. Ich musste den Polizisten die SMS zeigen und sie notierten die mir unbekannte Nummer.

»Da kommt Lajos.« Tim stieß mich an. »Hey, Elena, schau mal, wen er dabeihat!«

Auf dem Beifahrersitz von Lajos' altem Mercedes thronte – mein Hund!

Ein freudiger Schreck zuckte durch meinen Körper, ich sprang auf und rannte hinaus. Melike, Tim, Niklas und Christian folgten mir.

»Du hast Twix gefunden, Lajos!«, rief ich überglücklich. »Wir haben ihn überall gesucht! Wo war er denn?«

Ich wollte schon die Beifahrertür aufreißen und Twix in die Arme schließen, doch Lajos hielt mich zurück. Papa und Mama kamen ebenfalls angelaufen.

»Ich habe ihn am Ortsrand aufgegabelt«, sagte Lajos. »Die Zunge hing ihm fast bis auf den Boden. Er muss irgendjemand nachgelaufen sein. Und schaut hier – an seiner Schnauze ist Blut, aber das ist nicht seins. Ich glaube, er hat jemanden gebissen.«

»Vielleicht den Brandstifter«, vermutete Tim.

»Die Brandstifter*in*«, korrigierte ich grimmig. »Das war Kiki, hundertprozentig.«

»Elena, sag das nicht«, ermahnte Mama mich. »Bisher gibt es überhaupt keine Beweise.«

Außer ihr widersprach mir jedoch niemand, denn insgeheim hielten es wohl alle für möglich. Lajos nahm einen

Abstrich von dem Blut an Twix' Schnauze und asservierte ihn für die Polizei. Erst dann durfte ich meinen Hund umarmen, und das tat ich ausführlich!

Twix' Gebell hatte alle geweckt und noch Schlimmeres verhindert, er war unbestritten der Held des Tages und genoss die Aufmerksamkeit.

Lajos sah nach den Pferden, aber sie waren alle mit dem Schrecken davongekommen. Nur die Pferde in den Laufställen, die dem Feuer am nächsten waren, hatten leichte Rauchvergiftungen davongetragen.

»Wir kriegen heute noch Heu und Stroh geliefert«, sagte Papa. »Das lagern wir erst mal auf dem Dressurplatz, da kann man es abdecken. Wie gut, dass keine Pferde mehr in der Scheune standen.«

Niklas' Vater fuhr uns in die Schule. Wir kamen zwar erst zur zweiten Stunde, aber so verpassten Tim und Christian ihre wichtige Klausur nicht. Ariane war nicht da, sie hatte sich wegen des Turniers in Warendorf für heute und morgen beurlauben lassen. Meine Klassenkameraden rümpften die Nase, als ich das Klassenzimmer betrat, aber nachdem ich kurz erzählt hatte, was in der letzten Nacht passiert war, waren sie nur noch neugierig und wollten am liebsten mehr hören.

In der Pause trafen Melike und ich uns an unserem Stammplatz.

»He, schau mal, da ist dein Vater!«, sagte Melike plötzlich.

Ich drehte mich um. Tatsächlich! Papa kam zusammen mit Frau Denninger und dem Mann von der Kripo über den Schulhof.

»Jetzt kriegt Kiki eins auf den Deckel«, frohlockte Melike. »Diese hinterhältige Kuh!«

»Glaubst du wirklich, dass sie zu so was fähig ist?« Ich war heute Nacht noch fest davon überzeugt gewesen, dass Kiki aus Rache die Scheune angezündet hatte, aber mittlerweile war ich mir da nicht mehr so sicher.

»Zutrauen würde ich ihr das«, erwiderte Melike. »Du weißt selbst, wie sie ausflippen kann. Und sie ist gerade total wütend und gekränkt. Ihr schöner Plan ist voll danebengegangen. Du und Tim, ihr seid wieder zusammen. Schlimmer noch: Seine Pferde stehen jetzt auch auf dem Amselhof und er reitet sogar ein Pferd von Christian! Keiner von uns kann sie mehr leiden und dann kündigen deine Eltern die Boxen. Wer weiß, wo sie ihre Pferde jetzt hingebracht haben, nachdem ihnen auch der Sonnenhof versperrt ist.«

»Hm. Trotzdem«, zweifelte ich. »Es gehört schon was dazu, eine Scheune anzuzünden.«

»Aber es passt«, sagte Melike überzeugt. »Eine Scheune ist kein Stall, in dem Pferde in direkte Gefahr geraten wären. Kiki liebt Pferde. Das hätte ich nicht mal ihr zugetraut.«

Ich schaute Papa, Frau Denninger und dem Polizisten mit einem flauen Gefühl im Magen nach. Wahrscheinlich gingen sie direkt ins Sekretariat. Und tatsächlich, in dem Moment, als es zum Pausenende gongte, gab es eine Durchsage. Kiki sollte zum Direktor kommen.

»Was passiert jetzt mit ihr?«, fragte ich beklommen. Immerhin war ich es, die Kiki die Polizei auf den Hals gehetzt hatte.

»Sie werden sie fragen, wo sie heute Nacht war, und dann bei ihr zu Hause ihr Zimmer durchsuchen und ihre Klamotten checken. Ob die nach Rauch riechen. Und wahrscheinlich wird man sie auf Bisswunden untersuchen. Aber ihr passiert nichts, wenn sie's nicht gewesen ist«, beruhigte Melike mich.

Als wir aus der Schule kamen, gab es in der »Pferdetränke« Mittagessen für alle. Niklas, Jens und Carlos hatten schon den Lkw beladen. Nur auf einen Wohnwagen mussten wir in Alsfeld verzichten. Natürlich wollten wir alle wissen, was nun mit Kiki war.

»Sie hat den Brand definitiv nicht gelegt«, berichtete Papa. »Und ich bin darüber sehr erleichtert.«

Ich war es insgeheim auch. Allerdings stellte sich jetzt die Frage, wer hinter der Brandstiftung steckte, falls es sich um einen vorsätzlich gelegten Brand gehandelt hatte.

Kiki hatte zugegeben, dass sie mir die SMS heimlich vom Handy einer Bekannten ihrer Mutter geschickt hatte, die zufällig abends bei Denningers zu Besuch gewesen war. Die war natürlich alles andere als erfreut darüber, dass die Polizei bei ihr aufgetaucht war, nachdem sie die Nummer zu ihr zurückverfolgt hatte. Kikis Mutter hatte sich bei Papa dafür bedankt, dass er mit der Polizei zuerst zu ihr gekommen und nicht direkt in die Schule gefahren war. Ihr war das alles entsetzlich peinlich und unangenehm.

»Und was passiert jetzt?«, fragte Christian in die Runde.

»Die Polizei wird nach Zeugen suchen, nach jemandem, der möglicherweise etwas beobachtet hat oder dem etwas aufgefallen ist«, erwiderte Papa. »Es ist zwar ziemlich unwahrscheinlich, dass jemand morgens um drei im Feld herumläuft, aber man weiß ja nie. Außerdem wird man das Blut, das Lajos an Twix' Schnauze gefunden hat, untersuchen und im Polizeicomputer überprüfen, ob die DNA bereits im System gespeichert ist.«

»Wir müssen losfahren«, meldete sich Carlos. »Sonst kommen wir auf der A5 in den Nachmittagsstau.«

Wir gingen hinüber in den Stall, doch bevor wir die Pferde verluden, schauten wir uns noch einmal die Stelle an, an der die Scheune gestanden hatte. Die Polizei hatte alles mit Flatterband abgesperrt und die Beamten der Spurensicherung begannen, den Brandort zu untersuchen. Die Feuerwehr hatte die Überreste der Scheune mit einem Bagger auseinandergefahren, damit sich nicht ein neuer Brand aus Glutnestern bilden konnte. Es war kurz nach drei, als wir den Hof verließen. Tim, Niklas, Melike, Christian und ich fuhren gleich mit Carlos mit, Papa und Mama würden erst morgen nachkommen. Niklas' Eltern hatten aber beschlossen, gleich heute Abend nach Alsfeld zu fahren, damit wir nicht mit den Pferden und der Verantwortung allein waren.

31. Kapitel

Wir verpassten zwar die erste Team-Besprechung, aber Papa hatte Herrn Bergmann natürlich über den Grund unserer Verspätung informiert. Zuerst luden wir die Pferde ab und führten sie ins Stallzelt. Man hatte sieben nebeneinanderliegende Boxen für uns reserviert, in der leeren Box brachten wir unsere Sattelschränke, die Futtertonne und Heuballen unter.

Auf der Suche nach dem Wasseranschluss lief ich durch die Stallzelte und stieß beinahe mit Ariane zusammen, die zu meiner Überraschung in Begleitung von Fabian war. Sie trug eine Basecap und war schon wieder in voller Kriegsbemalung.

»Wir haben uns ausgesprochen«, erklärte mir Ariane, obwohl ich sie gar nicht gefragt hatte. »Zwischen uns ist alles wieder geklärt.«

»Schön für euch«, erwiderte ich. Fabian sagte keinen Ton. Er starrte mich nur so finster an, dass ich eine Gänsehaut bekam.

»Stimmt das, was die hier alle reden?«, fragte Ariane. »Auf dem Amselhof hat's gebrannt?«

In diesem Augenblick bog Melike um die Ecke. Sie stemmte die Hände in die Seiten.

»Tut doch nicht so«, sagte sie scharf, bevor ich antworten konnte. »Das wisst ihr doch ganz sicher schon.«

Ariane und Fabian wechselten einen raschen Blick.

»Stimmt«, sagte Fabian nun mit rauer Stimme. »Wir wissen, dass ihr meiner Schwester die Bullen auf den Hals gehetzt habt. Ihr seid echt ein mieses Pack. Nicht zu fassen, dass ich wirklich mal geglaubt habe, ihr wärt unsere Freunde.«

»Komm, wir gehen.« Ich griff nach Melikes Arm, aber die reagierte nicht.

»Das haben wir allerdings auch mal von dir und Kiki gedacht«, entgegnete sie. »Aber was deine miese kleine Schwester abgezogen hat, ist ja wohl das Allerletzte! Und du, Ariane, du hast dich auch noch von ihr benutzen lassen. Pfui, kann ich da nur sagen.«

»Was bildest du dir ein, du blöde Zicke?«, fuhr Ariane wütend auf.

»Gar nichts bilde ich mir ein. Im Gegensatz zu dir. Werde endlich wach, Ariane Teichert! Dein toller Freund hier hat bei Sven Kohlmeyer Special K gekauft und dich damit auf der Abiparty ausgeknockt.«

»Halt dein blödes Maul, Melike!«, fiel Fabian meiner Freundin ins Wort.

»Wieso sollte er das tun?«, fragte Ariane. Sie klang nicht mehr überheblich. So weit war es also mit der Aussprache nicht her.

»Weil er dich genauso wenig leiden kann wie alle anderen. Der Plan war, dich auszuziehen und Nacktfotos fürs Internet zu knipsen. Leider bist du schon auf dem Gang zusammengeklappt, deshalb mussten er und Kiki dich in den Umkleideraum schaffen ...«

»Die lügt doch wie gedruckt«, behauptete Fabian. »Hör nicht auf die dumme Kuh!«

Aber Ariane war nun wirklich verunsichert. »Rede weiter!«, forderte sie Melike auf.

»Kiki sah ihre Chance, sich an dir für alle Gemeinheiten, die du ihr angetan hast, zu rächen. Sie war es, die dir die Haare abgeschnitten hat. Und weißt du auch, woher ich das weiß? Sie war so dumm und hat es ausgerechnet Ulli erzählt, der minderbemittelten Schwester von Sven.«

Ariane wurde totenblass im Gesicht. Sie schluckte mühsam.

»Ist das wahr?«, fragte sie Fabian.

»Kein Wort davon! Die Alte lügt doch, wenn sie nur den Mund aufmacht! Du kennst sie doch!«

»Ja, leider kenne ich Melike«, erwiderte Ariane. »Und leider weiß ich, dass sie nie lügt.«

Fabian merkte, dass er verloren hatte. Er verzog hasserfüllt das Gesicht, machte einen raschen Schritt auf Melike zu und packte sie am Arm.

»Ich bring dich um!«, zischte er. »Dafür bring ich dich um!«

»Hilfe!«, brüllte ich, ließ die leeren Eimer fallen und sprang Fabian in den Rücken. Er machte eine heftige Bewegung und schleuderte mich gegen eine Mülltonne, die krachend umfiel. Dann versetzte er Melike einen Faustschlag in den Magen, sie ging in die Knie und schnappte röchelnd nach Luft. Ariane stand nur stumm da und starrte uns aus großen Augen an. Ein paar Leute, die durch meine Schreie aufmerksam geworden waren, kamen angelaufen.

»He, was ist denn hier los?«, rief ein älterer Mann und wurde von Fabian fast umgerempelt. Christian, Niklas und Tim tauchten von der anderen Seite auf. Ich hatte mich wieder aufgerappelt und erzählte schnell, was vorgefallen war. Niklas umarmte Melike besorgt.

»Geht schon wieder«, krächzte sie und rieb sich den Bauch.

Ariane ließ sich auf einen Strohballen sacken, griff sich mit beiden Händen an ihren rechten Unterschenkel und verzog das Gesicht.

»Ich kann's nicht fassen«, murmelte sie. »Ich kann das einfach nicht glauben!«

»Was ist mit deinem Bein?«, fragte Tim misstrauisch.

»Das geht dich nichts an!«, schnappte Ariane.

Tim, Niklas, Melike und ich tauschten Blicke. Wir alle dachten dasselbe.

»Was glotzt ihr so blöd?«, schnauzte Ariane uns an. Sie stand auf und humpelte davon. »Geht lieber den Irren suchen, bevor er irgendein Unglück anrichtet – oder Melike wirklich umbringt. Wobei mir das nicht leidtäte.«

Melike streckte ihr die Zunge heraus.

»Denkt ihr dasselbe wie ich?«, fragte Christian, als sie verschwunden war.

»Allerdings«, sagte Melike.

»Klar«, antwortete auch Niklas und zog Melike dichter an sich. »Twix hat ihr heute Nacht ins Bein gebissen, nachdem sie und Fabian das Feuer gelegt haben.«

»Genau.« Tim nickte.

»Wir gehen der Sache auf den Grund«, beschloss Niklas, Tim und Christian stimmten zu.

»Sollten wir Papa und Mama nicht sagen, was eben passiert ist?«, fragte ich. Mir saß der Schrecken noch in allen Gliedern.

»Auf gar keinen Fall«, widersprach mein Bruder. »Die haben im Moment ganz andere Sorgen. Wir müssen nur auf die Pferde aufpassen.«

»Das macht Carlos«, sagte Niklas. »Er pennt eh oft im Stallzelt bei den Pferden.«

»Da!«, rief Melike plötzlich. »Da ist Fabian! Er geht zu seinem Auto!«

»Verdammt, an das Auto hab ich gar nicht mehr gedacht«, sagte Tim. »Wenn er wegfährt, verlieren wir ihn aus dem Blick.«

»Ich hab doch das Moped im Lkw dabei!«, fiel Niklas ein. »Schnell, wir holen es! Vielleicht schaff ich es, ihm hinterherzufahren!«

Die Jungen rannten weg, Melike und ich blieben auf dem Beobachterposten.

Glücklicherweise schien Fabian es nicht eilig zu haben. Er hockte noch ein paar Minuten in seinem Auto und telefonierte, bevor er den alten Passat aus dem Fahrzeugdurcheinander manövrierte.

Überall standen Pkws, Lkws, Pferdehänger und Wohnwagen, denn die meisten Reiter waren heute schon angereist, weil die erste Prüfung bereits am nächsten Morgen um 7 Uhr anfing.

Das grelle Knattern einer Geländemaschine kam näher, Niklas fuhr, Tim saß hinter ihm.

»Er verlässt gerade den Parkplatz!«, rief Melike. »Aber pass auf dich auf, Nick! Du bist nicht James Bond!«

»Aber ein naher Verwandter!« Niklas grinste und zwinkerte uns zu, dann gab er Gas und das Moped schoss los. Es war nicht zu übersehen, dass ihm das Spaß machte!

Ich hatte kein gutes Gefühl bei der ganzen Sache. Auch Melike kontrollierte immer wieder unruhig ihr Handy, und ich hätte am liebsten bei Papa und Mama angerufen.

»Jetzt wartet wenigstens, bis sich Niklas und Tim melden«, sagte Christian, während wir die Pferde fütterten und die Wassereimer nachfüllten. »Sie werden schon nichts Leichtsinniges machen.«

Draußen war es bereits dunkel geworden. Das Stallzelt leerte sich. Endlich klingelte mein Handy. Es war Tim, er klang enttäuscht. Fabian war auf der Landstraße mit dem Auto zu schnell gewesen und hatte Niklas und ihn abgehängt.

Wir verabredeten uns im Hotel, in dem Niklas' Eltern abgestiegen waren und uns zum Abendessen erwarteten. Schützes hatten noch ein Zimmer für Melike und mich im Hotel bekommen, die Jungs sollten im Wohnabteil des Lkw übernachten und Carlos hatte freiwillig erklärt, er werde im Stall bei den Pferden schlafen.

Nach den ganzen Aufregungen hatten wir alle Hunger und aßen unsere Teller in einer solchen Rekordgeschwindigkeit leer, dass Niklas' Mutter lachen musste.

»Man könnte glauben, ihr hättet seit Tagen nichts zu essen bekommen«, meinte sie. Da kam Herr Bergmann an unseren Tisch.

»Sagt mal«, fragte er uns. »Habt ihr Ariane irgendwo gesehen?«

»Zuletzt im Stallzelt. Das ist aber eine Weile her«, sagte Tim. »So gegen fünf Uhr.«

»Ihr Vater hat mich schon angerufen, weil er sie auf dem Handy nicht erreichen kann.« Bergmann war verärgert. »Herrje! Ich hab allmählich die Nase voll! Immer wieder hab ich Ärger mit diesem Mädchen!«

Nach dem Essen liefen wir hinüber zum Turniergelände, weil Melike und ich unsere Klamotten aus dem Lkw holen wollten. Christian telefonierte mit Papa, um ihm zu sagen, dass alles in Ordnung war.

»Ist mir ziemlich egal, wo Ariane ist«, bemerkte Tim. »Wahrscheinlich hat sie sich auf ihrem Zimmer eingeschlossen und kämpft die Minibar nieder.«

»Mir ist's auch wurscht, was mit ihr ist«, pflichtete Melike ihm bei. »Das, was sie vorhin zu mir gesagt hat, war echt zu viel.«

Wir schauten noch einmal nach den Pferden, bevor wir in den Lkw kletterten. Im Stallzelt war alles ruhig, Carlos hatte es sich schon auf seiner Liege in der leeren Box bequem gemacht.

»Es ist zwar nett von deinen Eltern, uns ein Zimmer zu besorgen«, sagte Melike und blickte sich um. »Aber hier ist doch locker Platz für uns alle.«

Das Wohnabteil von Schützes Lkw war sehr viel größer und komfortabler als in Papas Lkw. Es gab sogar ein Mini-Badezimmer mit Toilette und überall ließen sich Schlafmöglichkeiten ausklappen. Niklas und Melike krochen in die Koje über dem Fahrerhaus, Christian legte sich auf eine Couch und Tim und ich machten es uns auf der Liegefläche bequem, in die man die Sitzecke verwandeln konnte.

Ich war fest davon überzeugt, nach all den Aufregungen kein Auge zumachen zu können, aber ich schlief in Tims

Armen beinahe in derselben Sekunde ein, in der mein Kopf das Kissen berührte.

Doch viel Schlaf war uns nicht gegönnt, denn mitten in der Nacht hämmerte jemand nachdrücklich mit der Faust gegen die Tür des Lkw.

32. Kapitel

»Wie viel Uhr ist es?«, flüsterte Tim.

»Halb zwei.« Christian richtete sich auf, stieß sich irgendwo den Kopf an und fluchte leise, dann öffnete er die Tür. Kalte Luft drang in die Wohnkabine und ich hörte meinen Bruder im Halbschlaf mit jemandem reden.

»Hört sich an wie der Teichert«, murmelte Tim neben mir. Die Matratze senkte sich unter seinem Gewicht, dann war er weg. Das Licht ging an und ich brauchte ein paar Sekunden um zu begreifen, wo ich mich befand.

»... bin gleich losgefahren, nachdem Bergmann mich angerufen hat«, sagte Herr Teichert. »In ihrem Hotelzimmer war sie offenbar gar nicht, denn da steht nur ihre unausgepackte Reisetasche.«

Vorne in der Wohnkabine rumorte es. Niklas und Melike tauchten auf.

»Herr Teichert sucht Ariane«, erklärte ich ihnen. »Sie ist nicht in ihrem Hotelzimmer.«

»Kommen Sie doch rein«, forderte Niklas Arianes Vater auf und der kletterte in den Lkw. Ich kannte Herrn Teichert nur mit einem jovialen Lächeln im Gesicht, er war genauso überheblich wie seine Tochter, doch jetzt war er ganz blass und außer sich vor Sorge. Es schien ihn nicht zu wundern, dass wir zu fünft im Lkw kampierten, oder es war ihm einfach nur egal.

»Wo kann sie bloß sein?«, fragte er verzweifelt in die Runde. »Wisst ihr etwas? Hat sie irgendwas zu euch gesagt?«

»Wir haben Ariane gestern am späten Nachmittag noch gesehen und mit ihr gesprochen«, sagte ich. »Das war so gegen fünf oder sechs. Sie und Fabian kamen gerade aus dem Stallzelt …«

»Wer?« Herr Teichert schien überrascht zu sein.

»Fabian Denninger. Arianes Freund.«

»Ich wusste gar nicht, dass der auch hier ist. Ariane sagte doch, es sei Schluss mit ihm.«

»Das dachten wir auch«, bestätigte ich.

»Und? Was war dann? Ist sie vielleicht mit ihm unterwegs?«

Ich warf Melike einen raschen Blick zu. Offenbar war die Situation ernst, wir hatten nicht das Recht, einem besorgten Vater irgendwelche Informationen vorzuenthalten.

»Erzähl's ihm«, forderte mein Bruder mich auf.

»Na ja …«, druckste ich herum. »Es kam zu einem Streit, weil Melike etwas herausgefunden hatte.«

»Was denn? Bitte, Elena, Melike, sagt es mir!«, flehte mich Herr Teichert an. »Ich weiß, dass Ariane nie besonders nett zu euch war, aber meine Frau und ich machen uns wirklich sehr große Sorgen.«

Es war schließlich Melike, die ihm in knappen Worten schilderte, was in den letzten Wochen passiert war. Der Gesichtsausdruck von Herrn Teichert wechselte von Fassungslosigkeit über Entsetzen bis hin zu purem Unglauben, als er von Fabians und Kikis gemeinem Anschlag auf seine Tochter hörte.

»Der Verrückte hat sie gekidnappt«, endete Melike. »Klare Sache.«

»Großer Gott!« Herr Teichert fuhr sich mit beiden Händen durchs Haar. »Was soll ich denn jetzt machen?«

»Ich würde die Polizei anrufen«, sagte Niklas vernünftig. »Falls Ariane wirklich bei Fabian ist, dann nicht freiwillig. Nach alldem, was sie gestern Abend erfahren hat.«

Melike versuchte, Fabian anzurufen, aber sein Handy war ausgeschaltet. Auch Kiki meldete sich nicht. Wahrscheinlich schon gar nicht, wenn sie Melikes Nummer sah.

»Ich fahre jetzt zur Polizei«, sagte Herr Teichert entschlossen.

Da fiel mir etwas ein. Es war eine Erinnerung, die schon seit dem Abend in meinem Kopf herumgeisterte, sich aber nicht hatte greifen lassen. Doch jetzt war sie plötzlich wieder da.

»Warten Sie!«, rief ich Arianes Vater nach. »Ich habe eine Idee!«

»Was denn?« Er blickte mich aus geröteten Augen ungeduldig an.

»Das Schreckenshaus am Schrecksee!«, rief ich. »Erinnert euch doch, Tim, Melike, Christian! Fabian und Kiki wollten letztes Jahr in den Sommerferien mit uns dahin fahren. Das war doch in der Nähe von Alsfeld, oder nicht?«

»Ja, natürlich!«, schrie Melike und sprang auf. »Die Wochenendblockhütte von Tante Gisela, von der sie uns immer vorgeschwärmt haben! Ich war letzten Herbst einmal mit Denningers dort, aber es war so langweilig, dass wir …«

»Wo ist das genau?«, unterbrach Herr Teichert sie aufgeregt. Ein Funken Hoffnung war in seine Augen zurückgekehrt.

»Ich hab keine Ahnung.« Melike dachte so angestrengt nach, dass sich ihre Stirn in Falten legte.

»Der See und der Ort hießen gleich«, erinnerte sich nun auch Christian und griff zu seinem Smartphone. Es dauerte einen Moment, bis er auf der Karte gefunden hatte, wonach er suchte.

»Hier, tatsächlich!«, rief er triumphierend. »Schrecksbach am Schrecksbachstausee. 14 Kilometer von hier.«

»Ich fahre hin«, sagte Vater Teichert entschlossen.

»Wir kommen mit«, entschied Christian. »Los, zieht euch an!«

Wir quetschten uns zu fünft mit Herrn Teichert in dessen Porsche Cayenne. Die Nacht war feucht, der Nebel hing tief über den Wiesen. Arianes Vater fuhr so schnell, dass er fast das Hinweisschild übersehen hätte, wenn Tim ihn nicht im letzten Moment darauf aufmerksam gemacht hätte. Er riss das Steuer scharf nach links, die Reifen radierten über den feuchten Asphalt.

»He! Sie müssen uns nicht gleich umbringen!«, rief Niklas.

»Entschuldigung«, murmelte Herr Teichert mit versteinerter Miene.

Der Nebel wurde so dicht, dass die Autoscheinwerfer ihn nicht mehr durchdringen konnten. Es war unheimlich, ganz so, als würden wir in eine feuchte, graue Wand fahren. Die Scheibenwischer kratzten über die Windschutzscheibe, Herr Teichert versuchte, sie auszustellen, doch stattdessen schaltete er den Schnellgang ein. Er fluchte leise vor sich hin.

»Der Nebel des Grauens«, flüsterte Tim, aber niemand von uns konnte darüber lachen. Wenig später rumpelte der Wagen über eine löchrige Asphaltstraße und wir wurden durchgeschüttelt wie Bonbons in einer Blechdose. Niklas' Kopf knallte unsanft gegen die Seitenscheibe.

»Also, wenn Sie nicht gleich langsamer fahren, dann fahre ich weiter!«, beschwerte er sich.

»Links!«, schrie Melike, die vorne auf dem Beifahrersitz saß, plötzlich. »Ich erinnere mich wieder! Da vorne kommt gleich ein Briefkasten und da geht es rechts runter zum See!«

Tatsächlich! Etwa fünfzig Meter weiter leuchtete ein gelber Briefkasten an einem efeubewachsenen Zaun. Herr Teichert bog rechts ab. Zwischen den Nebelschwaden tauchte schwarz und düster der See vor uns auf. Das Auto holperte den Weg entlang. Zwischen mächtigen Trauerweiden und hohen Büschen kauerten Holzhäuser mit verrammelten Fensterläden. Niemand von uns sagte einen Ton.

»Da!«, rief Melike und wies auf eines der Blockhäuser, auf dessen Veranda eine Lampe brannte. »Da vorne ist es! Und da steht Fabians Auto!«

Herr Teichert fuhr hinter den alten Passat von Fabian und sprang wie von der Tarantel gestochen aus dem Auto, kaum dass es zum Stehen gekommen war. Er rannte die drei hölzernen Treppenstufen hoch, trat und hämmerte mit beiden Fäusten gegen die Haustür und brüllte Fabians Namen.

»Fragt sich, wer hier der Irre ist«, sagte Niklas kopfschüttelnd. Wir hielten uns im Hintergrund, denn Fabian öffnete tatsächlich die Tür.

»Also, Mumm hat er ja.« In Christians Stimme schwang so etwas wie Anerkennung mit. »Ich würde dem jetzt sicher nicht die Tür aufmachen.«

»Wo ist meine Tochter?«, schrie Herr Teichert, drängte Fabian zur Seite und rief Arianes Namen.

»Hier ist sie nicht«, behauptete Fabian. Er verschränkte die Arme und lehnte sich in den Türrahmen. Dann sah er uns.

»Ach, schau einer an!«, spottete er. »Fünf Freunde in dunkler Nacht.«

»Halt doch dein Maul!«, fuhr Tim ihn an. »Was hast du mit Ariane gemacht?«

»Stell dir vor, Klugscheißer, überhaupt nichts.« Fabians Augen glitzerten hasserfüllt. »Was interessiert die euch überhaupt auf einmal so brennend? Ihr könnt sie doch alle nicht leiden.«

»Kommt, helft mir suchen!«, rief Herr Teichert aus dem Haus. Widerstrebend folgten wir ihm.

»Viel Spaß!« Fabian lachte gehässig. »Schaut am besten in den Weinkeller. Da hält sich die Schlampe doch am liebsten auf.«

Da packte Herrn Teichert die Wut. Er stürzte sich auf den jüngeren Mann, versetzte ihm einen Faustschlag mitten ins Gesicht. Fabian taumelte, hielt sich aber an einem Stuhl fest und ging dann auf Arianes Vater los. Er war jung und durchtrainiert und Herr Teichert hatte keine Chance gegen ihn. Niklas, Christian und Tim sprangen dazwischen. Ich wich zurück in die kleine Küche und schlug die Hände vor die Augen. Krachend und splitternd ging das Mobiliar zu Bruch, ich hörte Stöhnen und Schreien.

»Na, da wird sich Tante Gisela bei ihrem nächsten Besuch aber freuen«, sagte Melike neben mir und ihre Stimme klang spöttisch.

Als ich die Augen wieder öffnete, herrschte heilloses Durcheinander. Herr Teichert saß benommen auf dem Boden, Christian kroch auf allen vieren herum und blutete aus einer Platzwunde an der Stirn. Tim und Niklas versuchten, meinen Bruder wieder auf die Beine zu bringen und stellten die umgefallenen Möbel auf.

Draußen sprang ein Auto an, ein Motor heulte auf, Schotter spritzte.

»Scheiße! Der haut ab!«, schrie Tim und rannte hinaus, Niklas dicht hinter ihm her. Herr Teichert zog sich stöhnend am Holztisch hoch, der unbeschadet geblieben war. Auch Christian stand auf.

»Gib mir mal die Küchenrolle da neben dir«, sagte er zu mir. Ich erwachte aus meiner Erstarrung und reichte ihm das Gewünschte. Er riss ein paar Blätter ab und presste sie gegen seine Kopfwunde.

Niklas und Tim kehrten zurück.

»Sie haben den Schlüssel stecken lassen!«, warf Niklas Herrn Teichert vor. »Er ist mit Ihrem Auto abgehauen! Jetzt sitzen wir hier fest.«

Das schien Arianes Vater völlig gleichgültig zu sein. Er begann wie ein Wilder das kleine Häuschen nach seiner Tochter abzusuchen. Wir liefen in der Dunkelheit herum und riefen nach Ariane. Hier draußen im Nichts gab es keinen Handyempfang, keine Straßenlaternen und vor allen Dingen keine Nachbarn, die man hätte herausklingeln konnte.

Niklas fand ein Ruderboot ohne Persenning unter einem Bootssteg, keine zehn Meter vom Haus entfernt. Und im

Boot lag Arianes Basecap! Wir brachten das Fundstück zu Herrn Teichert, der mittlerweile die kleine Holzbude völlig auf den Kopf gestellt hatte.

»Sie war auf jeden Fall hier«, sagte Christian dumpf. »Wer weiß, was Fabian mit ihr gemacht hat.«

»Jetzt zu suchen, macht keinen Sinn«, meinte Tim vernünftig. »Wir müssen warten, bis es hell wird.«

Da drehte Herr Teichert völlig durch. Es war ein schrecklicher Anblick, diesen erwachsenen Mann so verzweifelt weinen zu sehen.

»Meine Ariane, mein kleines Mädchen!«, schluchzte er. »Ihr darf einfach nichts zugestoßen sein!«

Plötzlich griff er sich an die Brust. »Oh Gott, mir wird schlecht!«, stieß er hervor.

Er taumelte, verdrehte die Augen und fiel um wie eine gefällte Tanne. Christian, der direkt neben ihm gestanden hatte, sprang zur Seite.

»Ach du Schande!«, sagte mein Bruder herzlos. »Fast wäre er noch auf mich draufgefallen.«

Ein hysterisches Kichern stieg in mir auf, ich konnte es nicht unterdrücken. Das war alles so verrückt wie in einem meiner Träume!

Tim drehte Arianes Vater auf den Rücken, klopfte ihm auf die Wange.

»Herr Teichert!«, rief er. »Hallo! Hören Sie mich?«

»Was ist mit ihm?«, erkundigte sich Melike. »Ist er tot?«

»Nein.« Tim legte zwei Finger an die Halsschlagader von Herrn Teichert. »Er lebt noch. War wahrscheinlich alles ein bisschen viel Aufregung für den alten Knaben. Erst ist Ariane weg und dann noch sein geliebtes Auto …«

Da war es um mich geschehen. Der Druck in meinem

Innern wurde zu stark, das Lachen platzte einfach aus mir heraus und ich schämte mich gleichzeitig dafür.

»Jetzt dreht die Nächste durch«, sagte Christian trocken. Er packte mich bei den Schultern und schüttelte mich, bis ich mich wieder einkriegte.

»W...was machen wir jetzt mit ihm?«, stotterte ich und blickte auf den Mann hinunter, der bewusstlos auf der Veranda lag. Seitdem er versucht hatte, Papa um siebentausend Euro zu betrügen, hatte ich ihn nicht mehr ausstehen können, aber jetzt tat er mir doch leid.

»Es ist kurz nach vier.« Niklas blickte auf sein Handy, das nicht viel mehr anzeigte als die Uhrzeit. »Ich schlage vor, Melike und ich laufen hoch Richtung Straße. Vielleicht kriegen wir ja da oben ein Netz und können den Notarzt und die Polizei rufen.«

»Gute Idee.« Tim nickte. »Es wird frühestens in einer Stunde hell.«

Niklas nahm Melike bei der Hand und die beiden verschwanden in der nebligen Dunkelheit.

Ich hatte ein schlechtes Gewissen, weil ich eben gelacht hatte. Im Haus fand ich Kissen und Decken und trug beides auf die Veranda. Gemeinsam brachten wir den Bewusstlosen in eine stabile Seitenlage, die Christian und Tim gerade beim Erste-Hilfe-Kurs für den Führerschein erlernt hatten, betteten seinen Kopf auf ein Kissen und deckten ihn zu. Dann kochten wir uns einen starken Kaffee, setzten uns zu Herrn Teichert auf die Veranda und warteten auf den Tagesanbruch.

33. Kapitel

Der Morgen graute. Es war kalt, ich fror in meiner dünnen Jacke und mir fielen immer wieder die Augen zu. In den Bäumen ringsum erwachten die Vögel und stimmten ihr Frühkonzert an. Der Nebel lichtete sich etwas und wir erkannten undeutlich die Konturen einer Insel in der Mitte des Sees.

»Da steht eine Hütte auf der Insel. Ich hab im Gefühl, dass wir Ariane dort finden werden. Lasst uns rüberrudern«, schlug Tim vor.

»Mir tun alle Knochen weh von dieser Schlägerei«, protestierte Christian. »Ich rudere nicht aufs Geratewohl über den halben See.«

»Dann bleibst du eben hier«, entgegnete Tim.

»Moment.« Christian formte seine Hände zu einem Megafon und rief Arianes Namen. In der Stille klang seine Stimme sehr laut und die Bäume am gegenüberliegenden Ufer warfen ein Echo zurück. Wir lauschten angestrengt und dann hörten wir Geräusche, die wie ein schwaches Quieken klangen.

»BIST DU AUF DER INSEL?«, schrie Christian.

Wieder erhielten wir eine Antwort, die zwar unverständlich war, aber nur von Ariane kommen konnte.

»Dann los!«, rief Tim. »Einer von uns muss hierbleiben und auf den Teichert aufpassen.«

»Ich ganz sicher nicht!«, rief ich erschrocken und sprang auf. »Lieber rudere ich über den Bodensee!«

Keiner von uns wollte bei dem Bewusstlosen zurückbleiben. Er atmete ganz normal, insofern schien er nicht in akuter Lebensgefahr zu sein. Wir kletterten von dem Bootssteg aus in den hölzernen Kahn, Tim übernahm die Ruder. Das Holz der Sitzbank war feucht vom Nebel. Es war gespenstisch still, aber gleichzeitig faszinierend schön. Das einzige Geräusch stammte vom Eintauchen der Ruder in das Wasser. Aus dem Nebel tauchte ein Schwan auf, der uns neugierig musterte und lautlos weiterglitt.

Zehn Minuten später hatten wir die Insel erreicht. Das Boot rauschte durch das dichte Schilf. Christian balancierte an Tim vorbei zum Bug, sprang mit einem Satz ans Ufer und schlang das Tau um einen Baumstamm. Tim half erst mir aus dem Boot, dann folgte er mir. Die Insel war kleiner, als sie von ferne ausgesehen hatte. Wir rannten die paar Schritte hinüber zu der kleinen Hütte. Tim riss die Tür auf, Christian und ich traten ein. Ariane saß mit verschmiertem Make-up und verheulten Augen auf dem Boden. Fabian hatte sie geknebelt und mit Handschellen an einen rostigen, in den Boden eingelassenen Eisenring gekettet. Tim löste den Knebel. Ariane hustete und würgte.

»Wenigstens hat er dir Wasser und Proviant dagelassen, dieser Mistkerl.« Christian schraubte eine der Wasserflaschen auf, die auf dem Boden standen. »Allerdings frage ich mich, wie du das trinken solltest.«

Er hielt Ariane die Flasche an den Mund und sie trank sie gierig leer.

»Danke«, flüsterte sie dann. »Dieses miese Schwein! Wie konnte ich ihm bloß glauben?«

Tim und Christian schafften es, den rostigen Eisenring aus dem morschen Holzboden zu brechen, die Handschellen bekamen sie allerdings nicht auf. Als wir zum Boot gingen, sahen wir am anderen Ufer Blaulicht und einen Notarztwagen. Melike und Niklas hatten es also geschafft und Hilfe gerufen. Wir erzählten Ariane, was geschehen war und dass ihr Vater sich mit Fabian geprügelt hatte. Zum ersten Mal, seitdem ich Ariane kannte, benahm sie sich wie ein ganz normaler Mensch.

»Mein armer Papa«, flüsterte sie. »Hoffentlich wird er wieder gesund.«

Und dann begann sie an meiner Schulter zu schluchzen.

34. Kapitel

Der Notarzt hatte Arianes Vater, der wieder bei Bewusstsein war, versorgt. Herr Teichert war erleichtert, seine Tochter unverletzt zu sehen und bedankte sich bei uns. Niklas' Eltern waren auch gekommen. Sie schimpften glücklicherweise nicht, wollten aber natürlich genau wissen, was überhaupt passiert war.

Der Notarzt befreite Ariane von ihren Handschellen, dann fuhr er mit Arianes Vater ins Krankenhaus.

Tim blickte auf seine Uhr.

»Das L hat schon angefangen«, sagte er zu mir. »Aber wenn wir uns ein bisschen beeilen und telefonisch eintragen, dann schaffst du das M um halb neun noch, Elena.«

»Wenn du sie eintragen lässt, dann mich bitte auch«, ließ Ariane sich vernehmen.

»Du willst doch nicht ernsthaft jetzt reiten?«, fragte Niklas' Vater. »Nach so einer Nacht?«

»Klar«, erwiderte Ariane und reckte das Kinn. »Jetzt erst recht.«

»Na, dann lasst uns mal fahren«, sagte Herr Schütze und klopfte Ariane anerkennend auf die Schulter.

»Was hast du eigentlich mit deinem Bein gemacht?«, erkundigte ich mich beiläufig.

Ariane war es etwas peinlich, aber dann krempelte sie ihre Hose hoch. *Con Amore* stand eine Handbreit über ihrem Knöchel, daneben ein Herz. Sie hatte sich doch tatsächlich den Namen ihres Pferdes eintätowieren lassen!

»Du bist ja wirklich nicht mehr ganz dicht«, sagte Melike.

»Mein Pferd ist mein einziger Freund«, behauptete Ariane.

»Wenn du nicht so eklig und arrogant wärst, hättest du so viele Freunde, dass dein Körper für die ganzen Namen nicht ausreichen würde«, entgegnete Melike.

Da musste Ariane grinsen.

»Ehrlich, Melike. Ich bin froh, dass er dich nicht umgebracht hat.«

»Danke«, erwiderte die trocken. »Gleichfalls.«

Am Turnierplatz trafen wir eine Stunde später Papa und Mama.

»Und wie habt ihr geschlafen?«, fragte Papa mit einem Becher Kaffee in der Hand. »War alles ruhig?«

»Bis um halb zwei. Dann kam Herr Teichert«, erwiderte Christian. »Ariane ist nämlich von Fabian entführt worden, aber wir haben sie gefunden. Leider ist der Teichert vor lauter Aufregung zusammengeklappt, aber ihm geht's so weit wieder gut. Sie haben ihn nach Alsfeld ins Krankenhaus gebracht.«

Papa und Mama blickten uns ungläubig an.

»Ach ja?« Mehr fiel Papa nicht ein.

Niklas' Eltern kamen dazu.

»Euch kann man ja wirklich nicht einen Tag lang allein lassen«, sagte Papa kopfschüttelnd.

»Ja, wirklich«, pflichtete Herr Schütze ihm bei. »Ihr hättet uns wahrhaftig aufwecken können, anstatt euch auf so etwas Abenteuerliches einzulassen.«

»Wir müssen abreiten«, unterbrach Niklas seinen Vater. »Ihr könnt später noch meckern.«

»Ich wollte gar nicht meckern«, grinste Herr Schütze und zauste seinem Sohn das Haar. »Aber so ein kleines Abenteuer hätte mir auch wieder mal gefallen.«

»Übrigens«, sagte Papa, bevor wir zum Stall gingen. »Die Polizei hat den Brandstifter gefunden.«

»Waaaas? Und, wer war es?«, fragten wir alle wie aus einem Munde.

»Ein Landstreicher, ein guter Bekannter der Polizei. Twix hat ihn so arg ins Bein gebissen, dass er zu einem Arzt musste. Der hatte im Radio die Suchmeldung gehört und die Polizei gerufen. Der Mann hat es sich in der Scheune gemütlich gemacht und ist mit einer brennenden Zigarette eingeschlafen. Er hat alles zugegeben.«

»Ich muss mich wohl bei Kiki entschuldigen.« Ich ließ den Kopf hängen. »Ich habe sie echt verdächtigt.«

Da kam Jürgen Bergmann um die Ecke geschossen.

»Sag mal, macht ihr hier einen Kaffeeklatsch, oder was? Ariane, du bist die siebte Starterin! Ab aufs Pferd jetzt. Du auch, Elena!«

Mir gelang mit beiden Pferden eine Nullrunde, aber Niklas gewann das M*-Springen mit Palais de Danse vor Tim mit Ronalda. Ariane kassierte einen Abwurf, war aber zufrieden.

»Nach dieser Nacht war ich froh, dass ich den Parcours nicht vergessen habe.« Ariane grinste mir zu, als ich mich zur Siegerehrung in Skyfalls Sattel schwang. »Glückwunsch!«

»Ich glaube, ich träume«, sagte Tim plötzlich. »Da steht doch mein Vater, oder nicht?«

Ich folgte seinem Blick. Und tatsächlich! An der Umzäunung des Turnierplatzes standen Tims Eltern, Richard und Linda Jungblut. Nach der Ehrenrunde gratulierte Richard Jungblut Tim.

»Ich habe das Wochenende Hafturlaub bekommen«, erklärte er. »Und da wollte ich dich mal wieder reiten sehen. Hast du prima gemacht.«

»Danke, Papa«, sagte Tim. »Freut mich echt, dich zu sehen.«

Papa und Mama kamen angelaufen und dann standen sie sich gegenüber, mein Vater und Tims Vater – Feinde, die früher mal Freunde waren.

»Ich danke dir für alles, was du für meinen Jungen getan hast, Micha«, sagte Richard Jungblut. »Ich habe viele Fehler in meinem Leben gemacht, für die niemand etwas kann. Am wenigsten Tim. Umso mehr freue ich mich, dass unsere Kinder sich über alles hinweggesetzt haben, was zwischen unseren Familien stand.«

»Tim ist ein feiner Kerl«, erwiderte Papa. »Und ein exzellenter Reiter. Es macht Spaß, ihn zu trainieren.«

»Da hat er wenigstens etwas von mir geerbt.« Richard Jungblut grinste schief. »Ich werde noch eine Weile weg sein, aber es wird für mich nicht so schlimm, weil ich weiß, dass Tim mit dir einen Klassetrainer hat.«

Er streckte Papa die Hand hin und der schlug ein.

»Danke, Micha.«

»Gern geschehen.«

Wir ließen unsere Eltern allein und brachten unsere Pferde zurück ins Stallzelt. Ariane wartete vor unseren Boxen.

»Meine Mom hat grad angerufen«, sagte sie. »Die Polizei hat Fabian geschnappt. Er ist echt mit dem Auto von meinem Dad direkt zu sich nach Hause gefahren.«

»Gott sei Dank!« Ich war erleichtert, denn ich hatte mich wirklich vor Fabian gefürchtet.

Niklas umarmte Melike, Tim gab mir einen Kuss.

Mein Bruder sah Ariane an.

»Bevor ich ganz leer ausgehe …«, grinste er, zog Ariane an sich und küsste sie auf die Wange. »Schön, dass du noch lebst.«

»Schön, dass du mich gerettet hast«, erwiderte Ariane. »Ich fahre jetzt zu meinem Dad ins Krankenhaus. Heute Abend gebe ich eine Runde aus, okay?«

»Aber alkoholfrei«, sagte Melike.

»Ganz sicher.« Ariane lachte. »Mehr als Cola trinke ich nie mehr.«

Nele Neuhaus

Elena – Ein Leben für Pferde
Das Geheimnis der Oaktree-Farm

304 Seiten · Gebunden
ISBN 978 3 522 50574 1

Elena ist außer sich vor Freude, als sie plötzlich Post aus den USA bekommt. Brenda Murray, die ihr Berittpferd Quintano gekauft hat, lädt sie für die Sommerferien auf die Oaktree-Farm in Massachusetts ein – zusammen mit ihrer besten Freundin Melike! Auf den ersten Blick ist die Farm ein richtiges Pferdeparadies. Elena ist begeistert, denn nun kann sie das Westernreiten ausprobieren und darf sogar an einem Reining-Turnier teilnehmen. Doch als ein wertvolles Pferd schwer verletzt wird, kommt sie einem dunklen Geheimnis auf die Spur …

LESEPROBE ZUM 4. BAND DER Elena-REIHE

1. Kapitel

»Elena, bleib bitte noch einen Moment da«, sagte unsere Klassenlehrerin Frau Wernke zu mir, als der Gong zum Ende der vierten Stunde ertönte. Meine Klassenkameraden verschwanden in die Pause und mir schwante beim Anblick von Frau Wernkes Miene nichts Gutes. Zu Beginn der Stunde hatte sie uns die Deutscharbeiten zurückgegeben. Ich hatte eine Vier geschrieben, obwohl Deutsch eigentlich mein bestes Fach war! Mit einem unguten Gefühl im Bauch ging ich zu ihr ans Pult.

»In den letzten Monaten lassen deine Leistungen mehr als zu wünschen übrig.« Frau Wernke musterte mich ernst. »Eine Fünf in Mathe, eine Fünf in Englisch und jetzt auch noch eine Vier in Deutsch, die eigentlich auch eher eine Fünf war! Wenn du nicht sofort einen Endspurt einlegst, dann wirst du die Klasse wiederholen müssen.«

Die Klasse wiederholen? Oh Gott, bloß nicht! Das würde bedeuten, dass ich noch ein Jahr länger in der Schule herumsitzen musste!

»Was ist los mit dir, Elena? Hast du Probleme?«

»N…nein. Ich … ich … weiß auch nicht, was los ist«, stammelte ich verlegen.

Das stimmte nicht ganz, denn ich wusste ziemlich gut,

weshalb ich so schlechte Arbeiten geschrieben hatte. Kurz vor Weihnachten im letzten Jahr hatte Tim mit mir Schluss gemacht. Das hatte mich völlig durcheinandergebracht und danach war dauernd irgendetwas passiert, was mich vom Lernen abgehalten hatte: die Entdeckung, was für ein falsches Spiel meine angebliche Freundin Kiki hinter meinem Rücken trieb, Kaderlehrgänge und Turniere, außerdem ritt ich jeden Tag meine beiden Berittpferde Lenzi und Skyfall und oft auch noch Fritzi, mein eigenes Pferd. Aber das waren alles keine Argumente, die Frau Wernke gelten lassen würde – und meine Eltern erst recht nicht. Papa und Mama waren nie sonderlich streng gewesen, was die Schule betraf, aber wahrscheinlich nur deshalb, weil weder mein älterer Bruder Christian noch ich jemals Probleme mit Noten oder gar der Versetzung gehabt hatten.

»Ich weiß, dass du nicht dumm bist, Elena.« Frau Wernke stand auf und ergriff ihre Tasche. »Ich fürchte, du machst einfach zu wenig für die Schule.«

Ich fühlte mich ertappt und senkte den Kopf. Meistens kam ich erst um vier Uhr nachmittags aus der Schule und dann blieb nicht viel Zeit, um alles auf die Reihe zu kriegen. Und statt am Schreibtisch zu sitzen und für die Klassenarbeiten zu lernen, war ich lieber mit Melike, Nick und Tim im Stall.

»Frau Vollandt hat mir gesagt, dass die letzte Englischarbeit allgemein sehr schlecht ausgefallen ist und sie deshalb wiederholt wird. Ich rate dir, nutze diese Chance und gib Gas in den letzten Wochen. Sonst sieht's für dich nicht gut aus.«

»Werden Sie das meinen Eltern sagen?«, fragte ich zaghaft.

»Das muss ich, leider. Du bist akut versetzungsgefährdet.«

Sie ging hinaus. Ich folgte ihr und trottete niedergeschlagen den Flur entlang und die Treppe hinunter.

Irgendwie hatte ich meine schlechten Noten total verdrängt und das lag an den dramatischen Ereignissen der vergangenen Wochen. Am Abend vor dem Jugendturnier in Alsfeld waren die Scheune und Papas großer Lkw mitsamt dem Wohnwagen abgebrannt und ich war zuerst fest davon überzeugt gewesen, dass Kiki den Brand gelegt hatte. Auf dem Turnier war ich dann mit Lenzi, der eigentlich Lancelot hieß, und Skyfall mein erstes S-Springen geritten und auf Anhieb mit beiden Pferden platziert worden. Tim hatte mit Rolanda, der Stute meines Bruders, die schwerste Prüfung des Turniers gewonnen, ganz knapp vor Niklas Schütze, Melikes Freund. Kikis Bruder Fabian hatte auf dem Turnier Ariane entführt, aber wir hatten sie finden und befreien können, und die Polizei hatte schnell herausgefunden, wer unsere Scheune angezündet hatte. Zwar hatten Kiki und Fabian Denninger nichts damit zu tun gehabt, aber nach den ganzen Vorfällen hatten sie ihre Pferde in einen anderen Stall gestellt und ich war heilfroh, dass ich ihnen auf dem Amselhof nicht mehr begegnen würde. Bei dem Brand war nicht nur die Scheune mit den Stroh- und Heuvorräten, sondern auch das Sattelzeug im Lkw Opfer der Flammen geworden, doch glücklicherweise würde die Versicherung alle Schäden bezahlen. Ja, irgendwie hatten alle Begebenheiten der letzten Wochen und Monate ein gutes Ende gefunden, alles hätte wunderbar sein können – bis auf meine miesen Noten in der Schule!

Auf dem Schulhof hielt ich Ausschau nach Melike und fand meine beste Freundin auf einer Bank vor dem Eingang der Cafeteria. Sie tippte konzentriert auf ihrem Smartphone herum, wahrscheinlich schrieb sie sich Nachrichten mit Niklas.

»Hey!« Melike blickte auf und rückte ein Stück zur Seite, damit ich mich hinsetzen konnte. »Was machst du denn für ein Gesicht?«

Ich stieß einen Seufzer aus und erzählte ihr, was die Wernke mir eben gesagt hatte.

»Eine Vier in Deutsch und ein *Fünf* in Englisch?« Melike runzelte ungläubig die Stirn. »Wieso das denn?«

»Das war so eine blöde Grammatikarbeit.« Ich zuckte die Schultern. »Und in Deutsch hab ich vergessen, das Buch zu lesen.«

»Was lest ihr da gerade?«

»Ach, so was total Ödes von irgend so 'nem Typ, der unehelich war und dann umgebracht wurde, weil die geglaubt haben, er wäre Jude, dabei war er irgendwie eigentlich keiner.«

»Andorra von Max Frisch«, stellte meine Freundin nüchtern fest und erschreckte mich wieder einmal mit ihrem Wissen. »Das haben wir letztes Jahr auch gelesen und ich fand's ziemlich cool. Es geht um Schuld und Vorurteile und … Mann, Elena!«

Melike rüttelte mich an der Schulter, ihre Augen blitzten. »Sitzen bleiben ist voll scheiße! Weißt du, mit wem du dann in einer Klasse wärst?«

»Ja, klar.« Ich ließ deprimiert den Kopf hängen. »Die Englischarbeit wird wiederholt. Vielleicht bin ich dann besser.«

»Von alleine sicher nicht. Da musst du schon was für tun.«

Das wusste ich selbst. Das Problem war, dass ich überhaupt keine Lust hatte, englische Grammatik zu büffeln, wenn das Wetter toll war und ich stattdessen zusammen mit meinen Freunden reiten konnte. Nächste Woche schrieben wir die letzte Mathearbeit und ich hatte leider überhaupt keinen Plan von Dreiecksberechnungen und Wurzelgleichungen.

»Hey«, sagte jemand und wir blickten hoch.

Vor uns stand Ariane Teichert und lächelte – ein bisschen unsicher, wie ich fand und ohne ihre treuen Anhängerinnen Tessa und Ricky, die ihr normalerweise auf Schritt und Tritt folgten.

»Hi Ariane«, antwortete Melike. »Wie geht's deinem Vater?«

»Ganz okay.« Ariane machte die typische Kopfbewegung, mit der sie früher ihre lange blonde Mähne zurückgeworfen hatte, aber die Mähne gab es nicht mehr. Stattdessen war ihr Haar jetzt raspelkurz. »Meine Mutter holt ihn heute nach Hause.«

Noch vor gar nicht langer Zeit war Ariane alles andere als eine Freundin von uns gewesen, ja, sie hatte Melike sogar ziemlich übel beleidigt, aber seitdem war viel passiert. Fabian, ihr Exfreund, hatte sie auf dem Turnier entführt und darüber hatte sich ihr Vater derart aufgeregt, dass er zusammengeklappt und im Krankenhaus gelandet war. Ihre neue Frisur verdankte Ariane ebenfalls Fabian und seiner Schwester Kiki. Die beiden hatten ihr auf der Abi-Party vor ein paar Wochen eine Droge verabreicht, weil sie kompromittierende Fotos von ihr machen und ins Internet stellen wollten. Ariane hatte das Bewusstsein verloren und Kiki hatte ihr daraufhin die schönen langen Haare abgeschnitten, als Rache dafür, dass Ariane sie immer total mies behandelt hatte.

»Was wollte die Wernke denn noch von dir?«, erkundigte sich Ariane nun bei mir.

Es war für mich ungewohnt, sie plötzlich so freundlich zu erleben, nachdem sie sich mir gegenüber jahrelang feindselig oder herablassend verhalten hatte, deshalb zögerte ich mit einer Antwort.

»Sie hat mir gesagt, dass ich sitzen bleibe, wenn ich mich jetzt nicht anstrenge«, antwortete ich schließlich widerstrebend.

»Oh!«, machte Ariane nur. Im Gegensatz zu mir war sie ziemlich gut in der Schule, denn sie war nicht nur beim Reiten ehrgeizig.

»Also, Englisch kann ich mit dir lernen«, sagte Melike neben mir. »In Grammatik bin ich gut. Aber was Mathe betrifft, muss ich leider passen.«

»Englisch geht ja noch«, entgegnete ich düster. »Viel schlimmer ist Mathe. Ich schreibe nächste Woche ganz sicher wieder 'ne Fünf.«

»Ich kann dir helfen«, bot Ariane an und wirkte verlegen, als sie meinen überraschten Blick sah. »Also, nur wenn du willst, meine ich.«

Ariane war die Klassenbeste in Mathe, besser als alle Jungs.

»Äh, ich … das … das wäre cool«, stotterte ich. »Hast du denn Zeit dafür?«

»Na ja.« Sie zuckte die Achseln und grinste schief. »Einen Freund hab ich ja nun nicht mehr.«

Mein Handy piepste und ich warf einen Blick darauf. Tim hatte mir eine WhatsApp geschrieben.

Bin heut gegen 3 im Stall. Gehen wir ne Runde ins Gelände? Kuss! T.

Der Gong ertönte und Melike sprang von der Bank.

»Damit ist ja alles geklärt«, sagte sie. »Mit mir lernst du Englisch, mit Ariane Mathe. Einverstanden?«

Ich hatte alles andere als Lust auf blöde Grammatik und noch blödere Matheformeln, aber noch weniger Lust hatte ich auf Krach mit meinen Eltern und ein Jahr länger Schule.

»Einverstanden«, erwiderte ich also und rang mir ein Lächeln ab. Melike grinste, Ariane und ich machten uns auf den Weg zum Chemiesaal.

»Wenn du willst, können wir gleich nach der achten Stunde anfangen«, schlug Ariane eifrig vor. »Oder musst du nach Hause?«

Das Ausreden-Teufelchen in meinem Inneren flüsterte: *Das Wetter ist toll, die Sonne scheint – es reicht doch, wenn du morgen anfängst, oder übermorgen! Tim kommt um drei und ihr könnt einen herrlichen Ausritt durch die Wiesen, die Rapsfelder und den Wald machen.*

Ich zögerte und öffnete schon den Mund zu einer Ausrede, aber da fing ich Melikes warnenden Blick auf und seufzte.

»Nee. Wäre super, wenn wir gleich loslegen könnten«, sagte ich deshalb zu Ariane und schrieb Tim eine kurze Antwort.

Sorry, muss Mathe lernen. Vielleicht sehen wir uns später noch. Auch Kuss! E.

Neuhaus, Nele:
Elena – Ein Leben für Pferde
Schatten über dem Turnier
ISBN 978 3 522 50573 4

Umschlaggestaltung: Johannes Wiebel | punchdesign, München
unter Verwendung von Motiven von Shutterstock.com
(shutterstock_210501397/Carlos Amarillo; shutterstock_175620560/
Thanamat Somwan; shutterstock_312520403/Osetrik;
shutterstock_90528217/Jim Noetzel)
Vor- und Nachsatz: Tamara Lang
Innentypografie: Kadja Gericke
Reproduktion: Medienfabrik GmbH, Stuttgart
Druck und Bindung: GGP Media GmbH, Pößneck

FSC www.fsc.org MIX Papier aus verantwortungsvollen Quellen FSC® C014496

6. Auflage 2018

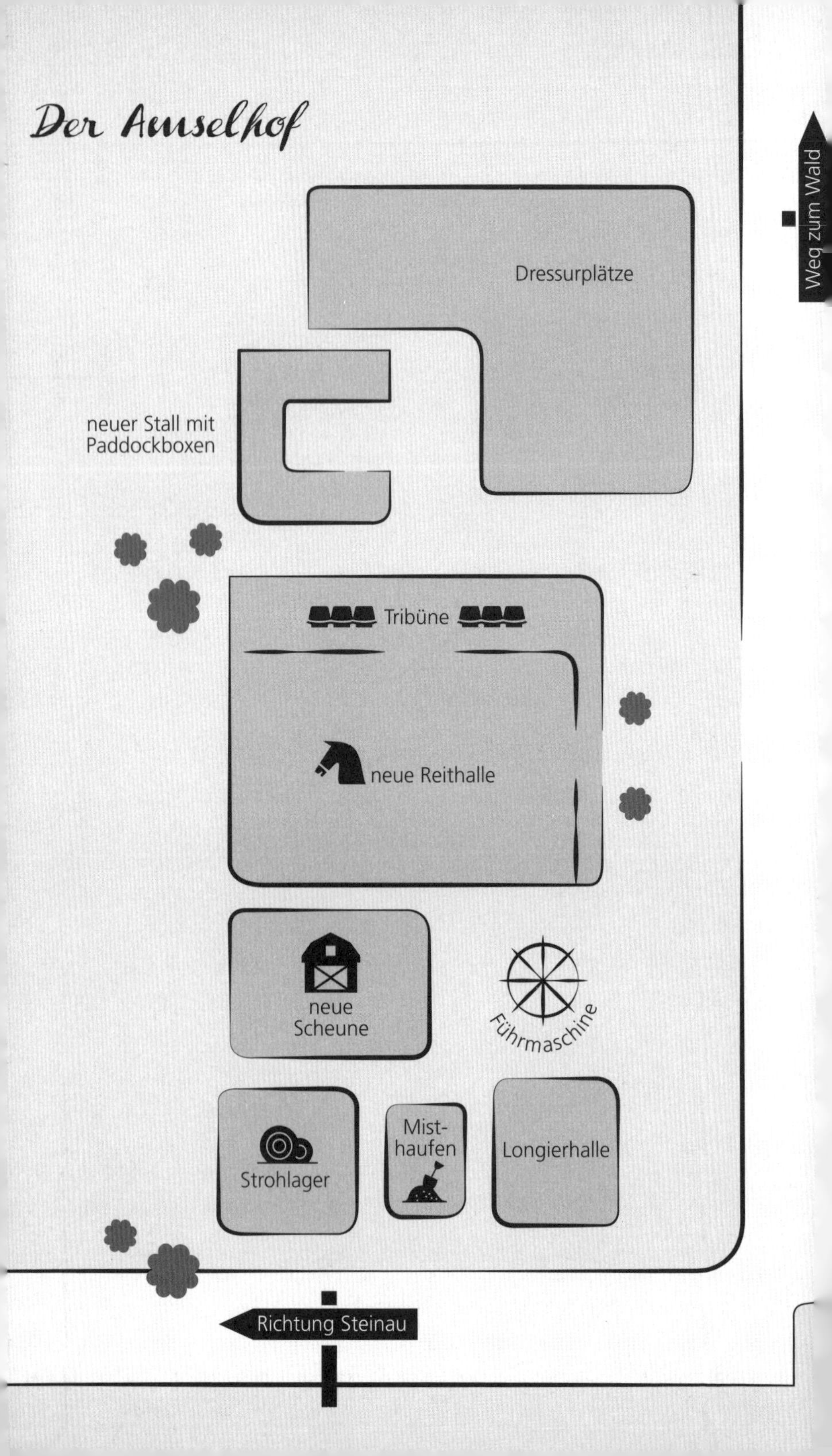
Der Amselhof
Weg zum Wald
Dressurplätze
neuer Stall mit
Paddockboxen
Tribüne
neue Reithalle
neue
Scheune
Führmaschine
Mist-
haufen
Strohlager
Longierhalle
Richtung Steinau